聊齋志異

原著／蒲松齡
編撰／曾珮琦
繪圖／尤淑瑜

好讀出版

一窺《聊齋》的宗廟之美，百官之富

文／盧源淡

《聊齋志異》是值得一看再看的好書。

這部小說光在清朝就有近百種抄本、刻本、注本、評本、繪圖本，截至目前，相關詮釋與討論的文字數以億計，根據它的內容所改編的影劇與戲曲也有上百齣，而這部中文短篇小說集到現在已有將近三十種外語譯本，世界五大洲都可發現它的蹤跡。這不是好書，什麼才是好書？

我很高興此生能與這本書結下不解之緣。

小時候，我和《聊齋志異》的首度接觸，是在兒童月刊《學友》。這本雜誌會不定期刊載童話版的志怪小說，當時只覺得道人種桃、古鏡照鬼的情節很好看，根本不知道、也不會想知道這些故事是怎麼來的。另外，《良友》之類的雜誌也會穿插短篇的《聊齋》連環圖，至今還依稀記得〈偷桃〉、〈妖術〉、〈佟客〉的精彩畫面。初中時，看過樂蒂和趙雷演的《倩女幽魂》，無意間從海報認識「聊齋」這個詞彙，後來聽老師講述，這才明白以前看過的那些鬼狐仙妖，都是從這本小說孕育出來的。

五十多年前的《皇冠》雜誌偶爾也有白話《聊齋》故事，印象較深的有〈胡四娘〉、〈局詐〉等等，都改寫得非常精彩，這也激起我閱讀原文的念想。就讀大學時，曾向圖書館借到一本附有注釋的《聊齋》，不過那本書品質粗糙，不但排版草率，聊備一格的注釋對讀者也毫無助益。後來雖在書店發現一些性質類似的「精選」本，但情況毫無二致。最後好不容易買到一套手稿本，卻讀得一頭霧水，即便手邊擺著一套《辭海》，仍舊跨不過那百仞宮牆。幸好，這一盆盆的冷水並沒有完全澆熄我對《聊齋志異》的滿腔熱火。

由於《聊齋志異》的手稿本斷簡殘編，因此幾十年前學者研讀的都以「青柯亭本」或「鑄雪齋本」爲主。呂湛恩與何垠的注解本雖在道光年間就有了，但不易取得。而一般讀者看的則大多是白話改寫的選本，通常都是寥寥二三十篇，實不容易滿足向慕者的需求。一九六二年，大陸學者張友鶴主編的《聊齋誌異會校會注會評本》問世，這對專業學者與業餘讀者來說，眞不啻爲一則天大的福音，有了這套工具書，研讀《聊齋志異》就相對輕鬆多了。後來，「康熙本」、「異史本」、「二十四卷本」，還有蒲松齡的相關文物陸續被發現，這些珍貴資料爲專家開闢不少探微索隱的幽徑，也造就一波波研討的浪潮。五十多年來，世界各地專家學者針對蒲松齡及《聊齋志異》所提出的論著和輯校的圖書，就像雨後春筍般出現，如：路大荒的《蒲松齡年譜》、盛偉的《蒲松齡全集》、馬瑞芳的《聊齋志異創作論》、于天池的《蒲松齡與聊齋志異脞說》、馬振方的《聊齋藝術論》、任篤行的《全校會注集評聊齋志異》、袁世碩與徐仲偉的《蒲松齡評傳》、朱一玄的《聊齋志異資料匯編》、朱其鎧的《全本新注聊齋誌異》等，數以千計。另外還有《蒲松齡研究》季刊和不定期舉辦的研討會，爲專家提供心得發表的平臺。「蒲學」遂一時蔚成風氣，足以與國際「紅學」相頡頏。

拜「蒲學」潮流之賜，我的夙願也得以逐步實現。兩岸開放交流後，我就經常利用暑假前往大陸，不是在圖書館蒐集資料，埋首抄錄，便是到書店選購「蒲學」相關文獻。我還三度造訪淄川蒲家莊和周村畢自嚴故居，向紀念館內的專業人士請益，並流連於柳泉、綽然堂，與「短篇小說之王」作穿越時空的交心偶語。我也曾尅趄濟南的大明湖畔，想像「寒月芙蕖」的奇觀；我也曾彳亍荷澤的牡丹花徑，領略「曹國夫人」的丰采。每次返臺，行囊、衣襟盡是濃郁的書香，這才體悟到梁任公所揭櫫的道理：「任何一門學問，只要深入的研究，必能引發出趣味來。」這是我畢生最引以爲樂的個人經驗，特地在此提出來與各位讀者分享。

在紙本文字日益式微的當前，好讀出版仍不惜耗費鉅資，禮聘學者點評、作注，出版一系列古典小說，促成多本曠世名著以最新穎的編排及更精緻的內涵增進大眾閱讀樂趣。這是經營者崇高的理念，更是使命感的展現，既獲取讀者的口碑，也贏得業界的敬重。而在決定出版《聊齋志異》全集時，好讀出版精挑的專家則是曾珮琦君。

曾珮琦君是位詠絮奇才，在學期間尤其屬意於中文，國學根柢扎實深厚。就讀研究所時，專攻老莊玄學，在王邦雄教授指導下，完成論文〈《老子》「正言若反」之解釋與重建〉，取得碩士學位。另外著有《圖解老莊思想》、《樂知學苑・莊子圖解》等書，字字珠璣，鞭辟入裡，備受學界推伏。近年來，曾君醉心《聊齋志異》奼紫嫣紅的幻域，含英咀華，芬芳在頰，乃決意長期從事注譯的編撰，將這部古典巨著推薦給青年學子，目前已發行《義狐紅顏》、《倩女幽魂》兩集單冊。我發現書中注釋引經據典，精確賅備，對理解原文必有極大裨益；白話翻譯則筆觸流利，既無直譯的生澀，亦無擴寫的模糊，文白對照，可獲得閱讀樂趣，並有助國文程度提升。此外，尤淑瑜君的插畫也能引領讀者進入故事情境，頗具錦上添花之效。我相信全書殺青後，必足以在出版界占一席之地。

馮鎮巒曾在〈讀聊齋雜說〉謂：「讀聊齋，不作文章看，但作故事看，便是呆漢。」馮鎮巒是清嘉慶年間的文學評論家，這句話說得眞夠犀利，同時也道出《聊齋志異》的特色。然而，從功利角度而言，但看故事實已值回書價，再涵泳辭藻便是物超所值了。總之，手執一卷，先淺出，再深入，則如倒吃甘蔗，樂即在其中矣。現在就請諸位在曾君的導覽下，跨進蒲松齡的異想世界，一窺《聊齋》的宗廟之美，百官之富。

盧源淡

淡江大學中文系畢業，桃園市私立育達高級中學退休教師，從事蒲學研究工作三十餘年。著有《詳注・精譯・細說聊齋志異》全八冊，一百七十餘萬言。

中國第一部彰顯女性地位的故事集

文／呂秋遠

在我年輕的那個世代，大學國文只有《古文觀止》可以學習；不過運氣很好，一年級下學期時，學校開放選修文學名著，我選擇了《聊齋志異》。不過，這並不是我的第一次接觸，早在小學就已經開始接觸白話文版本。

《聊齋志異》所使用的語言，並不是艱深的文言文。事實上，作者蒲松齡身處十七世紀的中國，使用的文字已經不是那麼艱澀，而且他所蒐集的故事素材，也是透過不同的訪談及自己所聽說的故事撰寫而成，因此不至於過度艱澀。

有學者以為，《聊齋志異》這部書，是一個落魄文人對於男性情愛幻想的烏托邦故事集。然而，如果把這部小說放在十七世紀的脈絡觀察，則可以看出當時保守的中國，有多少的女權情慾流動已經躁動萌芽。在《聊齋志異》中，女鬼、狐怪往往是善良的，而男性卻有許多負心人。女性在這部書中的愛情角色是主動積極、毫不畏縮的，如果與故事中的男主角相較，更可以看出其批判禮教迂腐與封閉之處，這點在書中隨處可見。

蒲松齡筆下的俠女、鬼狐、民女，都具備勇氣且勇於挑戰世俗。在那個婚姻奉媒妁之言、父母之命的年代，他藉由這些鬼怪故事，塑造出「嬰寧」、「聶小倩」、「白秋練」、「鴉頭」、「細柳」等人，她們遇到變故時總是比男性更爲冷靜與機智；而男性在他筆下，無能者多、負心者眾。因此，論這部書，說它是中國第一部彰顯女性地位的故事集也不爲過。

因此，我們可以輕鬆的來閱讀《聊齋志異》，但是當我們讀這些精彩俠女復仇記，或狐仙助人記的同時，別忘了，蒲松齡隱藏在故事中，想要說、卻不容於當時的潛言語其實是——女性的千言萬語。

呂秋遠

宇達經貿法律事務所律師、東吳大學社工系兼任助理教授。雖為法律背景，然國學根柢深厚，近年經常在ＦＢ臉書以娓娓道來的敘事之筆分享經手案例與時事觀察，筆力之雄健、觀點之風格化，贏得了「臺灣最會說故事的律師」讚譽。

熱愛文字與分享，著有《噬罪人》《噬罪人II：試煉》二書，曾於書中提到「希望讀者在書中找到自己人性的歸屬，也可以理解天使與惡魔的試煉，都是不容易通過的。如果能因此讓自己更自在，則一切的經驗分享也就值得了」，巧妙的與蒲松齡在《聊齋志異二·倩女幽魂》〈蓮香〉一文中的精闢結論，若合符節——「唉！死者求生，生者又求死，天底下最難得的，難道不是人身嗎？只可惜，擁有人身者往往不懂珍惜，以至於活著不知廉恥，還不如一隻狐狸；死的時候悄無聲息，還不如一個鬼。」

讀鬼狐精怪故事 讀懂蒲松齡用心

文／曾珮琦

談到《聊齋志異》這部小說（共四百九十一篇故事），給人的印象大多是講述些鬼狐精怪故事，歷來更有不少故事被改編成影視作品（且風行不輟、改編不斷）——其中最膾炙人口的是〈聶小倩〉，講述書生與女鬼之間的戀愛故事；〈畫皮〉也被改編爲電影，然原本故事僅講述女鬼變化成美女迷惑男子，裡面並無愛情成分。無論是人鬼戀，抑或鬼怪迷惑男子的故事，《聊齋志異》的作者蒲松齡，於屢次科舉失意後日益醉心蒐羅並撰寫鬼狐精怪、奇聞「異」事，其眞正用意不只是談狐說鬼，而想藉由這些故事諷刺當時官僚的腐敗、揭露科舉制度的弊病，反映出社會現實。

書裡收錄的各短篇故事，均爲奇聞異事，情節有趣、奇妙且精彩，不僅滿足讀者一窺天底下新鮮事的好奇心，還寓有教化世人、懲惡揚善的意涵，這也是這部古典文言文小說能從清朝流傳至今逾三百年的原因。當我們隨著蒲松齡的筆鋒遊覽神鬼妖狐的世界時，或可一邊思考故事背後隱含的思想，這些思想，很可能才是作者眞正想透過故事傳達的。

不過，《聊齋志異》中除了宣揚教化、諷刺世俗的故事，確實不乏浪漫純眞的愛情故事，如〈小翠〉、〈青鳳〉、〈聶小倩〉等均歌頌了人狐戀，意寓眞摯的愛情本質並不爲人狐之間的界限所侷限，此等故事相當感人。

《聊齋志異》第一位知音——清初詩壇領袖王士禎

至於蒲松齡的寫作素材來自哪裡？他是將聽聞來的鄉野怪譚予以編撰、整理，亦有各地同好提供故事題材。他蒐羅故事的經過，傳說是在路邊設一個茶棚，免費提供茶水給過路旅客，條件是要講一個故事（但也有人認爲不太可能，因他一生一直爲生計奔忙，在別人家中設館教書，怎有空擺攤）。明末清初，蒲松齡的家鄉山東慘遭兵禍，當時屍橫遍野，於是流傳了許多鬼怪傳說，由此成了他寫作的題材。

《聊齋志異》這部小說在當時即聲名大噪，知名文人王士禎對此書更是大力推崇。王士禎（一六三四～一七一一），小名豫孫，字貽上，號阮亭，別號漁洋山人，人稱王漁洋，謚文簡。蒲松齡在四十八歲時結識了這位當時詩壇領袖，王士禎讀了《聊齋志異》後十分欣賞，爲之題了一首詩：「姑妄言之姑聽之，豆棚瓜架雨如絲。料應厭作人間語，愛聽秋墳鬼唱時（詩）。」不僅如此，王士禎也爲書中多篇故事做了評點，足見他對此書的喜愛，而其評點文字的藝術性之高，亦廣泛成爲後代文人研究分析的主題。蒲松齡對此甚感榮幸，認爲王士禎是眞懂他，亦做了詩回贈：「志異書成共笑之，布袍蕭索鬢如絲。十年頗得黄州意，冷雨寒燈夜話時。」還將王士禎所做的評點，抄錄收進書中。王士禎的評點融入了他個人對小說創作的理論與審美觀點，這點影響了後世《聊齋志異》的評點家，如馮鎮巒等人。王氏評點貢獻有三：一、評論小說的藝術描寫與生活寫實。二、評論小說中人物形象的刻畫（然，他的評點往往過於簡略，未切合重點）。三、總結與簡述《聊齋志異》裡頭的佳作，所使用的高超寫作手法與傑出藝術成就。例如，他將〈連瑣〉評爲「結而不盡，甚妙」，點出小說的敘事手法，亦表達出他的小說美學觀點。

在介紹《聊齋志異》這部小說前，先來談談作者蒲松齡的生平經歷。他是個懷才不遇的文人，參加鄉試屢次落榜，於是一邊教書，一邊將精力放在編寫奇聞怪譚故事上。讀這部書，可發現蒲松齡實際上將自己的人生經歷與思想寄託在其中——例如〈葉生〉，便是講述一個於科舉考試屢屢名落孫山的讀書人，而後遇到一個欣賞他才華的知府。後來他病重，知府正好在此時罷官準備還鄉，想等葉生一起回去。葉生後來雖病死，魂魄卻跟隨知府一起返鄉，並教導知府的兒子讀書，知府的兒子一舉中榜，這全是葉生的功勞。以此故事對照蒲松齡的經歷來看，可發現他屢經落榜挫折時，也曾受到江蘇寶應知縣孫蕙（字樹百）的青睞，邀他前往擔任文書幕僚，也就是俗稱的「師爺」，兩人不僅是長官與下屬關係，更是知己好友；也正是在此時，蒲松齡看盡了官場黑暗，對那些貪官汙吏、地方權貴深惡痛絕。

在〈成仙〉中，地方權貴與官府勾結，將成生的好友周生誣陷下獄，還隨便編派罪名，要置他於死地；於是成生後來看破世情，出家修道。蒲松齡本人並未如主人翁成生那樣出家修道，反倒將心中的憤懣不平，藉著他手上那支文人的筆宣洩出來。足見，《聊齋志異》不僅寫鬼狐精怪、奇聞異事，更抒發了蒲松齡懷才不遇的苦悶。難怪他在〈聊齋自誌〉中要說「三閭氏感而為騷」，意即將自己比喻成屈原——屈原被楚懷王放逐後，才作了《離騷》；同樣的，蒲松齡也因失意於考場，才編著了《聊齋志異》。

《聊齋志異》的勸世思想——佛教、儒家、道家及道教兼有之

蒲松齡除了將自己人生經歷融入這些奇聞怪譚中，還不忘傳遞儒釋道三教的懲惡揚善思想。如〈畫壁〉，故事主人翁是一名朱姓舉人，和朋友偶然經過一間寺廟，進去參觀，看到牆上壁畫有位美女，心中頓時起了淫念，隨後進入畫中世界展開一段奇妙旅程。朱舉人在壁畫幻境中，與裡面的美女相好，但擔心被那裡的金甲武士發現，最後躲了起來。朱舉人心中非常恐懼害怕，最後經寺廟中的老和尚敲壁提醒，才總算從壁畫世界逃了出來，脫離險境。蒲松齡在故事末尾評論道：「人有淫心，是生褻境；人有褻心，是生怖境。」（人心中有淫思慾念，眼前所見就是如此；人有淫穢之心，故顯現恐

怖景象。）

可見，是善是惡，皆來自人心一念，此種思想頗似佛教所謂的「一念三千」。「一念三千」是指，我們在日夜間所起的一念心，必屬十法界中之某一法界，與殺生等之瞋恚心相應的是地獄界，與貪欲相應的是餓鬼界。所以，顯現在我們眼前的是哪一個法界，源於我們心中起的是什麼樣的心念。〈畫壁〉一文，不僅蘊含了佛教哲理，苦口婆心勸戒世人莫做苟且之事，通篇還使用許多佛教詞彙，足見蒲松齡佛學涵養之深厚。

至於蒲松齡的政治理想，則是孔孟所提倡的仁政——他尊崇儒家的仁義禮智，講求道德實踐，因此《聊齋志異》書中時常可見懲惡揚善的思想。值得注意的是，孔孟所提倡的仁義禮智，並非外在教條，而要我們發自內心理性的自我要求。《孟子．告子上》提到：「仁義禮智，非由外鑠我也，我固有之也，弗思耳矣。」（仁義禮智，不是由外在的制約逼迫、強制自己必須這麼做，而是我發自內心想這麼做。）孟子還舉了個例子——只要是人見到一個小孩快掉進井裡，都會無條件的衝過去救他。這麼做不是想博得美名，也不是想巴結小孩的父母，純粹只是不忍小孩掉進井裡溺死罷了。

這個「不忍人之心」，每個人生下來即有，也就是孔子所說的「仁心」。而孟子將此仁心的十字打開，發展成「仁義禮智」，其實此四者簡言之，就是「仁」而已。清代政治腐敗，貪官汙吏橫行，權貴為一己私慾，不惜傷害別人，甚至做出剝奪他人生存權利之事。孔孟所提倡的仁政與道德蕩然無存，這些貪官汙吏無視、更無法實踐，實是人心墮落與放縱私慾的結果。蒲松齡有感於此，藉著這些鄉野奇譚，寄寓了諷刺當時政治腐敗與人心黑暗的想法。因而，《聊齋志異》不僅是志怪小說，更是一部寓言。書中可看出蒲松齡試圖撥亂反正、爲百姓伸張正義的苦心；現實生活中的他無能爲力，只好將此憤懣不平心緒，藉自己的筆寫出，宣洩在小說中。

此外，《聊齋志異》也涵蓋了道家與道教的思想，像是書中時常可見《莊子》的詞彙與典故，亦有神仙方術、洞天福地等道教色彩。老莊等道家哲學，是以「道」爲中心開展的哲學，追求人的心靈之自由自在，解消人的身體或形體對我們心靈帶來的束縛。而道教則認爲，人可以透過神仙方術長生不老、飛升成仙。《聊齋志異》書中多篇故事，於是出現了懂得奇門遁甲法術、捉妖收妖、符咒的道士，這些奇幻的神仙色彩，增添了故事的精彩與可讀性，也讓後世之人改編成影視作品時有更多想像空間。

《聊齋志異》寫作體裁——筆記小說＋唐代傳奇

大陸學者馬積高、黃鈞主編的《中國古代文學史》，將《聊齋志異》分成三種體裁：一、短篇小說體：主要描寫主角人物的生平遭遇，篇幅較長，細膩刻畫了人物性格及曲折戲劇化的故事情節，此類作品有〈嬌娜〉、〈成仙〉等。二、散記特寫體：重點在於記述某事件，不著墨於人物刻畫，此則受到古代記事散文的影響，此類作品有〈偷桃〉、〈狐嫁女〉、〈考城隍〉等。三、隨筆寓言體：篇幅短小，將所聽之事記錄下來，並寄寓思想在其中，此類作品有〈夏雪〉、〈快刀〉等。

《聊齋志異》深受魏晉南北朝筆記小說、唐代傳奇小說的影響。筆記小說，是隨筆記錄下聽到的故事，比較像在記筆記，篇幅短小。此種小說乃受史書體例影響，十分重視將事件確實記錄下來，而非有意識的創作小說；且多爲志怪小說，又以干寶的《搜神記》最著名。《聊齋志異》裡頭有多篇保留了筆記小說特點的篇幅短小故事，如〈蛇癖〉、〈眞定女〉等。

唐代傳奇，則是文人有意識的創作小說，內容是虛構的、想像的，題材有志怪、愛情、俠義、歷史等等。像是《聊齋志異》中的〈葉生〉，葉生死後，魂魄隨知己丁乘鶴返鄉，直到回家看見屍體，才發現自己已死；此種離魂情節，乃受到唐傳奇陳玄佑〈離魂記〉的影響。由此可見，蒲松齡無論在創作手法或故事題材上，無不受到古代小說影響，此乃《聊齋志異》之承先。

《聊齋志異》之啓後在於，蒲松齡將六朝志怪與唐宋傳奇小說的主要特色融爲一體，給予後世小說家很大啓發，進而出現許多效仿之作，如清代乾隆年間沈起鳳的《諧鐸》、邦額的《夜譚隨錄》等，以及現代諸多影視作品。不過值得注意的是，改編後的電影或戲劇，爲了情節精彩與內容多樣化，不一定按照原著思想精神呈現，若想了解《聊齋志異》的原貌，實應回歸原典，才能體會蒲松齡寄寓其中的思想精神與用心。

此次，爲讓現代讀者輕鬆徜徉《聊齋志異》的志怪玄幻世界，才有了這套書的編撰，畢竟古典文言文小說在我們現代人讀來相當艱澀且陌生。因此，除收錄「原典」，還加上了「評點」、「白話翻譯」、「注釋」。其中，評點部分要感謝元智大學中國語文學系兼任助理教授張柏恩（研究專長：文學批評、古典詩詞創作、明清詩學），提供了許多寶貴資料，特在此銘誌感謝。至於白話翻譯，儘管已盡量貼近原典，然而任何一種翻譯都是主觀詮釋，裡頭融合了編撰者本身的社會背景、文化思想等因素，這些都會影響對經典的理解。但這並不是說白話翻譯不可信，而想提醒讀者，本書白話翻譯僅止於一種詮釋觀點，並不能與原典畫上等號。眞正的原典精華，只有待讀者自己去找尋了。

本書使用方法

原典，值得信賴

原典以一九九一年里仁書局出版的張友鶴《聊齋誌異會校會注會評本》（簡稱《三會本》）為底本。

張友鶴是以蒲松齡的半部手稿本，以及鑄雪齋抄本（乾隆十六年抄本，抄者為歷城張希傑）為主要底本，從而編輯了《三會本》。他的版本最為完整，且融合了多家的校注、評點，極富參考與研究價值。

好讀版本的《聊齋志異》，為求彩圖與文章流暢搭配之版面安排，每卷裡頭的文章或有可能調動次序，尚祈見諒。

「異史氏曰」，真有意思

《聊齋志異》有些故事在正文結束後，會有一段以「異史氏曰」開頭的文字，這是蒲松齡對故事及人物所做評論，或是陳述他自己的觀點、見解（但他亦有些評論，不見得都冠上「異史氏曰」）。這種作法沿用自史書，如《史記》的「太史公曰」，即司馬遷自己的評論。值得注意的是，有些「異史氏曰」相關文字，不僅僅做評論，還會再加附其他故事，以與正文的故事相應和。

文章中除了蒲松齡自己的評論，亦可見以「友人云」為開頭的親友評論，其中最常出現的是蒲松齡文友王士禎以「王阮亭云」或「王漁洋云」為開頭的評論；這些評論由蒲松齡親自收錄在文章中，與後世所作評點不同。

聊齋志異

僧孽

張姓暴卒，隨鬼使去，見冥王。王稽[1]簿，怒鬼使悞[2]捉，責令送歸。張下，私浼[3]鬼使，求觀冥獄[4]。鬼導歷九幽[5]，刀山、劍樹，一一指點。末至一處，有一僧扎股穿繩而倒懸[6]之，號痛欲絕。近視，則其兄也。張見之驚哀，問：「何罪至此？」鬼曰：「是為僧，廣募金錢，悉供淫賭，故罰之。欲脫此厄，須其自懺。」張既甦，疑兄已死。

時其兄居興福寺，因往探之。入門，便聞其號痛聲。入室，見瘡生股間，膿血崩潰，挂足壁上，宛然冥司倒懸狀。駭問其故。曰：「挂之稍可，不則痛徹心腑。」張因告以所見◆。僧大駭，乃戒葷酒，虔誦經咒，半月尋愈。遂為戒僧。

異史氏曰：「鬼獄渺茫，惡人每以自解；而不知昭昭之禍，即冥冥之罰也[7]。可勿懼哉！」

有個姓張的人突然死了，鬼差將他的魂魄拘去見冥王。冥王查核《生死簿》，發現鬼差抓錯人，盛怒之下命鬼差把人送回陽間。姓張的私下拜託鬼差帶他參觀冥獄，鬼差帶他導覽九幽、刀山、劍樹等景象。最後來到一個地方，見一僧人，繩子從其大腿穿透，頭下腳上的被懸在半空中，痛苦哀號不止，他走近一看，此人竟是自己兄長，驚問鬼差：「此人犯何罪？」鬼差答：「此人作爲和尚卻向信徒募款，把錢拿去嫖妓賭博，所以懲罰他。欲解脫，必須要他自己悔過才行。」姓張的醒來後，懷疑兄長已死。

118

注釋解析，增進中文造詣

針對原典中的艱難字詞加注，既有助讀者領略古人的用語，亦可賞讀蒲松齡作文之美。每條注釋，均扣緊原典的上下文文意而注，惟該字詞自有它用在別處的可能解釋，注釋意涵恐無法盡括。

注釋盡可能跟隨原典擺放，以收對照查看之效。

他前往兄長居住的興福寺探望，剛進門，便聽見兄長正痛苦哀號。走進內室，看到兄長的大腿長了膿瘡，膿血從傷口流出，雙腳懸掛在牆壁上，一如他在冥府所見。他驚訝的問兄長爲何將自己倒掛在牆上？兄長回答：「若不這樣倒掛，將痛徹心扉。」姓張的便把在冥府所見所聞告知兄長。和尚非常震驚，立刻戒掉葷酒，虔誠誦經。不過半個月，病已痊癒，從此成爲一名戒僧。

記下奇聞異事的作者如是說：「做壞事的人，以爲鬼獄不過是傳說而已，哪裡知道人世間的禍患，即來自幽冥的處罰。」

1 稽：查核、稽查。
2 悮：出了差錯。同今「誤」字，是誤的異體字。
3 浼：讀作「每」，拜託、請求。
4 冥獄：人死後，受刑的牢獄。
5 九幽：原指極深暗的地底，此處指九泉之下，囚禁鬼魂之地。
6 扎股穿繩：以繩子穿過大腿。扎，穿孔、穿洞。股，大腿。倒懸：人的腿腳被繩子綁住，頭下腳上的被吊掛在半空中。
7 昭昭：人世間。冥冥：陰間、地府。

◆**但明倫評點**：生時痛苦，即是陰罰；爲得見者而告之，使孽海眾生，翻然而登彼岸。

活著時受苦，正是來自冥獄的處罰，豈能讓你看到了解，使陷落在苦海的芸芸眾生，幡然悔悟而得解脫。

119

白話翻譯，助讀懂故事

為了讓讀者能輕鬆閱讀，每篇故事均附白話翻譯（採取意譯，非逐句逐字譯）。

值得注意的是，由於《聊齋志異》為古典文言文短篇小說集，作者蒲松齡講述故事時有時過於精簡，白話翻譯將視情況需要，於貼合原典的準則下，增加一些補述，以求上下文語意完整。

插圖，圖文共賞不枯燥

為了更增《聊齋志異》故事閱讀的生動，一方面盡可能收錄晚清時期珍貴的《聊齋志異圖詠》線稿圖畫，另方面亦邀請廿一世紀新生代繪者尤淑瑜，以藝術家的眼光、樸實的全彩筆觸，讓故事場景更加躍然紙上。

評點，有助理解故事

評點，是中國獨特的文學批評形式，近似讀書心得或讀書筆記。礙於篇幅關係，無法將《三會本》所收錄的評點全都附上，每篇僅擇最切合故事要旨、或發人深省哲思的一家評點，供讀者參考。由於《聊齋志異》並非每篇故事都有評點，若無，即從缺。

常見的代表性評點有與蒲松齡同時代的王士禎評本（清康熙年間）、馮鎮巒評本（清嘉慶年間）、何守奇評本（約清道光年間），以及但明倫評本（清道光年間）。其中，以馮、但這兩家的評點特別能顯出故事中隱藏的思想精神，他們皆以儒家的道德實踐為準則，著重揭露蒲松齡寫作的思想要旨、故事中人物的心理活動，同時也涉及社會現象等層面。

目次

唐序 [1]

諺有之云：「見槖駝謂馬腫背[2]。」此言雖小，可以喻大矣。夫[3]人以目所見者為有，所不見者為無。曰，此其常也；倏有而倏無則怪之。至於草木之榮落，昆蟲之變化，倏有倏無，又不之怪；而獨于神龍則怪之。彼萬竅之刁刁[4]，百川之活活，無所持之而動，無所激之而鳴，豈非怪乎？又習而安焉。獨至於鬼狐則怪之，至於人則又不怪。夫人，則亦誰持之而動，誰激之而鳴者乎？莫不曰：「我實為之。」

夫我之所以為我者，目能視而不能視其所以視，耳能聞而不能聞其所以聞，而況於聞見所不能及者乎？夫聞見所及以為有，所不及以為無，其為聞見也幾何矣。人之言曰：「有形形者，有物物者。」而不知有以無形為形，無物為物者。夫無形無物，則耳目窮矣，而不可謂之無也。有見蚊睫者，有不見泰山者；有聞蟻鬬[5]者，有不聞雷鳴者。見聞之不同者，聾瞽[6]未可妄論也。

自小儒為「人死如風火散」之說[7]，而原始要終之道，不明於天下；於是所見者愈少，所怪者愈多，而「馬腫背」之説昌行於天下。無可如何，輒以「孔子不語[8]」一詞了之，而齊諧[9]志怪，虞初[10]記異之編，疑之者參半矣。不知孔子之所不語者，乃中人以下不可得而聞者耳[11]，而謂《春秋》[12]盡刪怪神哉！

留仙蒲子[13]，幼而穎異，長而特達。下筆風起雲湧，能為載記之言。於制藝舉業[14]之暇，凡所見聞，輒為筆記，大要多鬼狐怪異之事。向得其一卷，輒為同人取去；今再得其一卷閱之。凡為余所習知者，十之三四，最足以破小儒拘墟之見，而與夏蟲語冰也15。余謂事無論常怪，但以有害於人者為妖。故日食星隕，鷁飛鵒巢16，石言龍鬬，不可謂異；惟土木甲兵17之不時，與亂臣賊子，乃為妖異耳。今觀留仙所著，其論斷大義，皆本於賞善罰淫與安義命之旨，足以開物而成務18；正如揚雲《法言》19，桓譚20謂其必傳矣。

康熙壬戌仲秋既望21，豹岩樵史唐夢賚拜題

1唐序：唐夢賚為《聊齋志異》所作的序。唐夢賚（讀作「賴」），字濟武，號嵐亭，別字豹岩，山東淄川人，是蒲松齡的同鄉，兩人交情甚好。唐夢賚是清世祖順治六年（西元一六四九年）進士，授庶吉士；八年，授翰林院檢討，九年罷歸，那時他才廿六歲，從此著書作文，閒居鄉里。

2見橐駝謂馬腫背：看到駱駝以為是腫背的馬。橐駝，讀作「陀陀」，駱駝的別名。

3夫：讀作「福」，發語詞，無義。

4萬竅：世間所有的孔洞，如山谷、洞穴等。典出《莊子．齊物論》：「夫大塊噫氣，其名為風。是唯无作，作則萬竅怒號。」（大地間的呼吸，人們稱為風。要不就是靜止無聲，然而一旦吹起，世間的孔洞都會隨風怒號。）刁刁：草木動搖的樣子。

5鬬：同今「鬥」字，是鬥的異體字。

6瞽：讀作「古」，盲眼，眼睛看不見。

7小儒：指眼界短淺的普通讀書人。人死如風火散：與「人死如燈滅」同義，人死了就如同燈火熄滅，什麼也沒有。

8孔子不語：典出《論語．述而》：「子不語怪，力，亂，神。」（孔子不談論神怪以及死後之事。）

9齊諧：古代志怪之書，專記載一些神怪故事，另一說為人名；後代志怪之書多以此為書名，如《齊諧記》、《續齊諧記》。

10虞初：西漢河南人，志怪小說家。

11乃中人以下不可得而聞者耳：典出《論語．庸也》，子曰：「中人以上，可以語上也；中人以下，不可以語上也。」（中等資質以上的人，可以告訴他較高的學問；

中等資質以下的人，不可以告訴他較高的學問。）

12 春秋：書名，孔子據魯史修訂而成，為編年體史書；所記起自魯隱公元年，迄魯哀公十四年，共二百四十二年；其書常以一字一語之褒貶，寓微言大義；因其記載春秋魯國十二公的史事，故也稱為「十二經」。

13 留仙蒲子：指蒲松齡。

14 制藝舉業：科舉考試。藝：即時藝，指八股文，科舉考試所用的文體。

15 破小儒拘墟之見，而與夏蟲語冰也：破解一般讀書人的見識淺薄，進而談論超出見識的事物。拘墟之見、夏蟲語冰，典故皆出自《莊子．秋水篇》：「井鼃（同「蛙」字）不可以語於海者，拘於虛也；夏蟲不可以語於冰者，篤於時也。」（不可以跟井底的青蛙說海的廣大，這是受空間所限制；不可以跟夏蟲說冬天的寒冷，這是受時間的限制。）

16 鷁飛鴝巢：鷁鳥飛到八哥的巢中，意指超出常理的怪異之事，因為八哥生活在樹上，而鷁是水鳥，兩者生活領域不相同，鷁卻飛到了八哥的巢。鷁，讀作「義」，一種水鳥。鴝，指雊鴝（讀作「夠玉」），八哥的別名。

17 土木甲兵：此應指天災與兵災戰亂。甲兵，原指鎧甲和兵械，後引申為戰亂、戰爭。

18 開物而成務：開通萬物之理，使人事各得其宜，語出《易經．繫辭上》：「夫易，開物成務，冒天下之道，如斯而已者也。」（人如果通曉周易卦象之理，就可以了解萬物的紋理，社會的各種領域、制度，都脫不了周易所涵蓋的範圍）。

19 揚雲《法言》：模擬《論語》語錄體裁而寫成的一部著作，內容是傳統的儒家思想；由揚雄所作，此處揚雲可能為筆誤。揚雄，字子雲，原本寫為楊雄，蜀郡成都（今四川成都郫都區）人，乃西漢哲學家、文學家、語言學家。

20 桓譚：人名，字君山，東漢相人，生卒年不詳；博學多通，遍習五經，能文章，光武朝官給事中，力諫讖書之不正，帝怒，出為六安郡丞，道卒；著《新論》二十九篇。

21 康熙壬戌：康熙二十一年，即西元一六八二年。仲秋：農曆八月。既望：農曆十五為望，十六為既望。

白話翻譯

俗諺說：「看到駱駝，以爲是腫背的馬。」這句話雖只是嘲諷那些不識駱駝的人，但也可廣泛用以比喻見識淺薄之人。一般人認爲看得見的東西才是眞實的，看不見的東西就是虛幻、不存在的。我說，這是人之常情；認爲一下子在，一下子又消失，是怪異現象。那麼，草木榮枯、花開花落、昆蟲的生長變化，也是一下子在，一下子消失，一般人卻又不覺怪異；唯獨認爲鬼神龍怪才是異事。世上的洞穴呼號、草木搖擺、百川流動，都毋需人相助即自行運作，沒有人刺激就自行鳴叫，難道這些現象不奇怪嗎？世人卻習以爲常。只認爲鬼怪狐妖是怪異的，但提到人，又不覺得奇怪。人的存在與行爲，又是誰來相助，誰來刺激的呢？一般人都會說：「這本來就是如此。」

我之所以是我，眼睛能看、卻看不見之所以讓我能看的原因；耳朵能聽、卻聽不到讓我之所以能聽的緣由，更何況，是那些看不見、聽不到的東西呢？能用感官加以經驗認識，就以爲是眞實，無法用感官去經驗認識，就以爲不存在；然而，能被感官認識的事物實則有限。有人說：「有形的東西必有形象，具體的東西才是眞實。」卻不知世間存有以無形爲有形，以不存在爲存在的事物。那些沒有形象、沒有具體的事物，乃礙於我們眼睛與耳朵的限制而無法認識，不能因此就說它們不存在。有人看得見蚊子睫毛這類細小的東西，卻也有人看不見泰山這麼大的事物；有人聽得到螞蟻的打鬥聲，卻也有人聽不到雷鳴。這都是因爲看見的東西與聽到的聲音有所不同罷了，不能因爲看不見某些事物就說他是瞎子，也不能因爲聽不到某些聲音就說他是聾子。

自從有些見識淺陋的讀書人提出「人死如風火散」的說法以後，探究世間事物發展始末的學問，就無法盛行於天下了；於是人們能看見的東西越來越少，覺得怪異的事也越來越多，於是「以爲駱駝是腫背的馬」這類說詞充斥周遭。最後無可奈何，只好拿「孔子不語怪力亂神」這句話來敷衍搪塞。至於對齊諧志怪、虞初記異故事懷疑不信的人，至少也占了一半。這些人不了解，孔子所謂「不語怪力亂神」是指——中等資質以下的人即使聽了也不懂，還當作是《春秋》把神怪故事全都刪除了呢！

蒲留仙這個人，自幼聰穎，長大後更傑出。下筆如風起雲湧，有辦法將這類怪異故事記載下來。攻讀科舉考試閒暇之時，凡有見聞，便寫成筆記小說，大多是鬼狐怪異這類故事。之前我曾得到其中一卷，後來被人拿去；現在又再得一卷閱覽。凡我所讀到習得的事，十件裡有三、四件足可打破一般井底之蛙的見識，還能觸及耳目感官所不能經驗的事。我認爲，無論是我們習以爲常或怪奇難解的世事，其中只要對人有害，就是妖異。因此，日蝕與流星、水鳥飛到八哥巢中、石頭開口說話、龍打架互鬥之事，都不能算是妖異；只有天災人害、戰亂兵禍與亂臣賊子，才算妖孽。我讀留仙所寫故事，大意要旨皆源自賞善罰惡與安身立命之言論，適足以開通萬物之理；正如東漢的桓譚曾經說過，揚雄的《法言》必能流傳後世。

康熙二十一年農曆八月十六，豹岩樵史唐夢賚拜題

聊齋自誌

披蘿帶荔[1]，三閭氏感而為騷[2]；牛鬼蛇神，長爪郎[3]吟而成癖。自鳴天籟[4]，不擇好音[5]，有由然矣。松[6]落落秋螢之火，魑魅[7]爭光；逐逐野馬之塵[8]，罔兩[9]見笑。才非干寶，雅愛搜神[10]；情類黃州[11]，喜人談鬼。聞則命筆，遂以成編。久之，四方同人，又以郵筒相寄，因而物以好聚，所積益夥。甚者：人非化外，事或奇于斷髮之鄉[12]；睫在眼前，怪有過于飛頭之國[13]。遄飛逸興[14]，狂固難辭；永托曠懷，癡且不諱。展如之人[15]，得毋向我胡盧[16]耶？然五父衢[17]頭，或涉濫聽[18]；而三生石[19]上，頗悟前因。放縱之言，有未可概以人廢者。

松懸弧[20]時，先大人[21]夢一病瘠瞿曇[22]，偏袒[23]入室，藥膏如錢，圓黏乳際。寤[24]而松生，果符墨誌[25]。且也：少羸[26]多病，長命不猶。門庭之淒寂，則冷淡如僧；筆墨之耕耘，則蕭條似鉢。每搔頭自念：勿亦面壁人[27]果是吾前身耶？蓋有漏根因[28]，未結人天之果[29]；而隨風蕩墮，竟成藩溷[30]之花。茫茫六道[31]，何可謂無理哉！獨是子夜熒熒[32]，燈昏欲蕊；蕭齋[33]瑟瑟，案冷凝冰。集腋為裘[34]，妄續幽冥之錄[35]；浮白載筆[36]，僅成孤憤[37]之書：寄托[38]如此，亦足悲矣！嗟乎！驚霜寒雀，抱樹無溫；弔月秋蟲，偎闌自熱。知我者，其在青林黑塞[39]間乎！

康熙己未[40]春日。

1 披蘿帶荔：語出《九歌》中的〈山鬼〉：「若有人兮山之阿，披薜荔兮帶女蘿。」這是指出沒在野外的山鬼，而薜荔、女蘿皆植物名。《九歌》原為南方楚地祭祀用的樂歌，經屈原潤色而成。分別為〈東皇太一〉〈雲中君〉〈湘君〉〈湘夫人〉〈大司命〉〈少司命〉〈東君〉〈河伯〉〈山鬼〉〈國殤〉及〈禮魂〉等十一篇。

2 三閭氏感而為騷：三閭氏，指屈原，他曾擔任楚國的三閭大夫。騷，指《離騷》，是屈原被楚懷王放逐漢水之北時所作自傳，抒發其懷才不遇的苦悶心情，以及理想抱負不得施展的悲苦。（編撰者按：蒲松齡之所以在作者自序中提及屈原所作《離騷》，可能是因他與屈原遭遇相似——蒲松齡鄉試落榜，正如空有滿腔抱負、卻不得君王重用的屈原。）

3 長爪郎：指唐朝詩人李賀，有「詩鬼」之稱；因其指爪長，故稱為「長爪郎」。

4 天籟：典故出自《莊子．齊物論》：「夫吹萬不同，而使其自己也。」天籟是無聲之聲，天籟因其無聲給出了一個空間，讓大自然的各種孔竅洞穴能發出聲音。此處指渾然天成的優秀詩作。

5 不擇好音：指這些作品雖好，卻不受世俗認可。

6 松：指本書作者，蒲松齡的自稱。

7 魑魅：讀作「癡媚」，山野中的鬼怪精靈。

8 野馬之塵：本意為塵土，此處指視科舉功名若塵土。

9 罔兩：亦作「魍魎」，山川草木中的鬼怪精靈。

10 才非干寶，雅愛搜神：不敢說自己才比干寶，只酷愛些鬼怪奇談而已。干寶，是東晉編集《搜神記》的作者，此書蒐羅了一些志怪故事，為中國古代志怪故事代表作。

11 黃州：指蘇軾，字子瞻，號東坡居士。蘇軾在宋神宗元豐二年（西元一〇六九年）因烏臺詩案獲罪，次年被貶謫黃州。他曾寫詩自嘲：「問汝平生功業，黃州惠州儋州。」

12 化外、斷髮之鄉：皆指未受教化的蠻夷之地。

13 飛頭之國：古代神話中，人首能夠分離、且會飛的奇異國度。

14 遄飛逸興：很有興致，欲罷不能。遄，讀作「船」，迅速。

15 展如之人：真摯、誠懇之人。依照上下文意，應指那些只相信現實經驗、而不相信那些奇幻國度的人。

16 胡盧：笑聲。

17 五父衢：路名，在今山東曲阜東南。孔子不知其生父所葬之地，而將母親葬於此處。衢，讀作「渠」，通達四方的大路。

18 濫聽：不實的傳聞。

19 三生石：宣揚佛教輪迴觀念的故事。佛教認為人沒有靈魂，但今生所造的業，會帶到來生。人今生今世所受的果報，無論善或惡，皆由過去累世累劫積累而成，而今生所造的業，亦影響來生所承受的果報。

20 懸弧：古人若生男孩，便將弓懸掛在門的左邊。

21 先大人：蒲松齡的先父。

22 瞿曇：梵文，讀作「渠談」，為釋迦牟尼佛的俗家姓氏，此處指僧人。

23 偏袒：佛家語，指僧侶。原指古印度尊敬對方的禮法，後為佛教沿用，僧侶在拜見佛陀時，須穿著露出右肩的袈裟以示尊敬；但平時佛教徒所穿袈裟，則無偏袒。

袒，讀作「坦」，裸露之意。

24 寤：讀作「物」，醒來、睡醒。

25 果符墨誌：與蒲松齡父親夢中所見僧人的胸前特徵相符——「藥膏如錢，圓黏乳際」。墨誌，指黑痣。

26 少羸：年少時，身體瘦弱。羸，讀作「雷」。

27 面壁人：和尚坐禪修行，稱為面壁。面壁人，代指和尚、僧人。

28 有漏根因：佛家語。有漏，由梵語轉譯，是流失、漏泄之意，意即煩惱。有漏因，即招致三界（欲界、色界、無色界）果報的業因，語出景德傳燈錄卷三菩提達磨章（大五一．二一九上）：「帝曰：『何以無功德？』師曰：『此但人天小果，有漏之因，如影隨形，雖有非實。』」原文中並無「根」字。

欲界，指一切有情眾生所住之世界，地獄、餓鬼、畜生、阿修羅、人、六欲天皆屬此。欲界之有情，是指有食欲、淫欲、睡眠欲等。

色界之眾生脫離淫欲，不著穢惡之色法，此界之天眾無男女之別，其衣是自然而至，而以光明為食物及語言。

無色界，指超越物質現象經驗之世界，此界之有情眾生，沒有無色法、場所，無空間高下之分別。

29 人天之果：佛家語。有漏之業的善果。

30 藩溷：籬笆和茅坑。溷，讀作「混」。

31 六道：佛家語。眾生往生後各依其業前往相應的世界，分別為：地獄道、餓鬼道、畜生道、阿修羅道、人間道、天道。前三道為惡，後三道為善。

32 熒熒：讀作「迎迎」，微弱光影閃動的樣子。

33 蕭齋：對自己所居房屋或書齋的謙詞，典故出自——梁武帝造寺，命蕭子雲於寺院牆上寫一「蕭」字。寺院毀壞後，刻字的殘壁仍保存下來。至唐朝李約，將此牆壁運歸洛陽，匾於小亭，以供賞玩，稱為「蕭齋」。

34 集腋為裘：意謂此部《聊齋志異》，集結了眾人之力，積少成多才完成。

35 幽冥之錄：南朝宋劉義慶所編纂的志怪小說集，屬於六朝志怪筆記小說，篇幅短小，為後世小說的先驅。

36 浮白：暢飲。載筆：此指寫作著書。

37 孤憤：原為《韓非子》一書的其中一篇篇名。此指憤世嫉俗的著作，意即對一些看不慣的世俗之事執筆記錄下來，以表心中悲憤。

38 寄托：寄託言外之音於文辭之間，猶言寓言。

39 青林黑塞：指夢中的地府幽冥。

40 康熙己未：清朝康熙十八年（西元一六七九年）。這一年，蒲松齡四十歲。

白話翻譯

野外的山鬼，讓屈原有感而發寫成了《離騷》；牛鬼蛇神，被李賀寫入了詩篇。這種獨樹一幟的作品，不見容於世俗，其來有自。我於困頓時，只能與魑魅爭光；無法求取功名，受到鬼怪的嘲笑。雖不像干寶那樣有才華，能寫出流傳百世的《搜神記》，卻也喜愛志怪故事；也與被貶謫黃州的蘇軾一樣，喜與人談論鬼怪故事。聽到奇聞怪事就動筆記錄下來，這才編成了這部書。久而久之，各地同好便將蒐羅來的鬼怪故事寄給我，物以類聚，內容更加豐富。甚至——人不處於蠻荒之地，卻有比蠻荒更離奇的怪事發生；即便在我們周遭，也有比飛頭國更古怪的事情。我越寫越有興趣，甚至到了發狂的地步；長期將精力投注於此，連自己都覺得癡迷。那些不信鬼神的人，恐怕要嘲笑我。道聽塗說之事，或許不足採信；然而這些荒謬怪誕的傳聞，有助於人認清事實，增長智慧。這些志怪故事的價值，不可因作者籍籍無名而輕易作廢。

我出生之時，先父夢到一名病瘦的僧人，穿著露肩袈裟入屋，胸前貼著一個似錢幣的圓形膏藥。夢醒，我就出生了，胸前果然有一個黑痣。且我年幼體弱多病，恐活不長。門庭冷清，如僧人般過著清心寡慾的日子；整天埋首寫作，貧窮如僧人的空缽。常常自想，莫非那名僧人真是我的前世？我前世所做的善業不夠，所以才沒法到更好的世界；只能隨風飄蕩，落入汙泥糞土之中。虛無飄渺的六道輪迴，不可謂全無道理。特別是在深夜燭光微弱之際，燈光昏暗蕊心將盡，書齋更顯冷清，書案冷如冰。我想集結眾人之力，妄圖再續《幽冥錄》；飲酒寫作，成憤世嫉俗之書：只能將平生之志寄託於此，實在可悲！唉！受盡風霜的寒雀，棲於樹上感受不到溫暖；憑弔月光的秋蟲，依偎著欄杆還能感到一絲溫暖。知我者，大概只有黃泉幽冥之中的鬼了！

寫於康熙十八年春。

卷七

仙人有神力，道士有術法，
可以化險為夷，可使腰纏萬貫。
然而凡有希冀皆須講求機緣，
不若隨遇而安，所見所得更加浩渺壯麗。

阿繡

海州[1]劉子固，十五歲時，至蓋[2]省其舅。見雜貨肆中一女子，姣麗無雙，心愛好之。潛至其肆，託言買扇。女子便呼父。父出，劉意沮，故折閱[3]之而退。遙睹其父他往，又詣之。女將覓父。劉止之曰：「無須，但言其價，我不靳直[4]耳。」女如言，故昂之[5]。劉不忍爭，脫貫[6]竟去。明日復往，又如之。行數武，女追呼曰：「返來！適偽言耳，價奢過當[7]。」因以半價返之。劉益感其誠，蹈隙[8]輒往，由是日熟。女問：「郎居何所？」以實對。轉詰之，自言：「姚氏。」臨行，所市物，女以紙代裹完好，已而以舌舐黏之。劉懷歸不敢復動，恐亂其舌痕也。積半月，為僕所窺，陰與舅力要之歸。意惓惓[9]不自得。以所市香帕脂粉等類，密置一篋，無人時，輒闔戶[10]自撿一過，觸類凝思[11]。

次年，復至蓋，裝甫解，即趨女所；至則肆宇闔焉，失望而返。猶意偶出未返，蚤[12]又詣之，闔如故。問諸鄰，始知姚原廣寧[13]人，以貿易無重息，故暫歸去；又不審何時可復來。神志乖喪。居數日，怏怏而歸。母為議婚，屢梗之，母怪且怒。僕私以曩事告母，母益防閑[14]之，蓋之途由是絕。劉忽忽[15]遂減眠食。母憂思無計，念不如從其志。於是刻日[16]辦裝，使如蓋，轉寄語舅，媒合之。舅即承命詣姚。踰時而返，謂劉曰：「事不諧矣！阿繡已字廣寧人。」劉低頭喪氣，心灰絕望。既歸，捧篋啜泣，而徘徊顧念，冀天下有似之者。適媒來，豔稱[17]復州[18]黃氏女。劉恐不確，命駕至復。入西門，見北向一家，兩扉半開，內一女郎，怪似阿繡。再屬目之，且行且盼而入，真是無訛。劉大動，因僦[19]其東鄰居，細詰知為李氏。反復凝念：天下寧有如此相似者耶？居數日，莫可夤緣[20]，惟日眈眈伺候其門，以冀女或復出。

一日，日方西，女果出。忽見劉，即返身走，以手指其後；又復掌及額，乃入。劉喜極，但不能解。凝思移時，信步詣舍後，見荒園寥廓[21]，西有短垣，略可及肩。豁然頓悟，遂蹲伏露草中。久之，有人自牆上露其首，小語曰：「來乎？」劉諾而起。細視，真阿繡也。因大恫[22]，涕墮如綆[23]。女隔堵探身，以巾拭其淚，深慰之。劉曰：「百計不遂，自謂今生已矣，何期復有今夕？顧卿何以至此？」曰：「李氏，妾表叔也。」劉請踰垣。女曰：「君先歸，遣從人他宿，妾當自至。」劉如言，坐伺之。少間，女悄然入，妝飾不甚炫麗，袍袴猶昔。劉挽坐，備道艱苦。因問：「卿已字，何未醮也？」女曰：「言妾受聘者妄也。家君以道里賒遠[24]，不願附公子婚，此或託舅氏詭詞[25]，以絕君望耳。」既就枕席，宛轉萬態，款接之歡，不可言喻。四更遽起，過牆而去。劉自是不復措意[26]黃氏矣。旅居忘返，經月不歸。

一夜，僕起飼馬，見室中燈猶明；窺之，見阿繡，大駭。顧不敢言主人，旦起，訪市肆，始返而詰劉曰：「夜與還往者，何人也？」劉初諱之。僕曰：「此第岑寂，狐鬼之藪[27]，公子宜自愛。彼姚家女郎，何為而至此？」劉始腆然曰：「西鄰是其表叔，有何疑沮？」僕言：「我已訪之審：東鄰止一孤媼，西家一子尚幼，別無密戚。所遇當是鬼魅；不然，焉有數年之衣，尚未易者？且其面色過白，兩頰少瘦，笑處無微渦[28]，不如阿繡美。」◆劉反覆思，乃大懼曰：「然且奈何？」僕謀伺其來，操兵入共擊之。至暮，女至，謂劉曰：「知君見疑，然妾亦無他，不過了夙分耳。」言未已，僕排闥[29]入。女呵之曰：「可棄兵！速具酒來，當與若主別。」僕便自投[30]，若或奪焉。劉益恐，強設酒饌。女談笑如常，舉手向劉曰：「悉君心事，方將圖效綿薄，何竟伏戎[31]？妾雖非阿繡，頗自謂不亞，君視之猶昔否耶？」劉毛髮俱豎，噤不語。女聽漏三下，把琖[32]一呷，起立曰：「我且去，待花燭後，再與新婦較優劣也。」轉身遂杳。劉信狐言，徑如蓋。怨舅之誑己也，不舍其家；寓近姚氏，託媒自通，啗以重賂[33]。姚妻乃言：「小郎[34]為覓婿廣寧，若翁[35]以是故去，就否未可知。須旋日，方可計校。」劉聞之，徬徨無以自主，惟堅守以伺其歸。

踰十餘日，忽聞兵警[36]，猶疑訛傳；久之，信益急，乃趣裝行[37]。中途遇亂，主僕相失，為偵者[38]所掠。以劉文弱，疏其防，盜馬亡去。至海州界，見一女子，蓬垢耳，出履蹉跌[39]，不可堪。劉馳過之。女遽呼曰：「馬上人非劉郎乎？」劉停鞭審顧，則阿繡也。心仍訝其為狐，曰：「汝真阿繡耶？」女問：「何為出此言？」劉述所遇。女曰：「妾真阿繡也。父攜妾自廣寧歸，遇兵被俘，授馬屢墮。忽一女子，握腕趣遁[40]，荒竄軍中，亦無詰者。女子健步若飛隼，苦不能從，百步而屨屢褪焉。久之，聞號嘶漸遠，乃釋手曰：『別矣！前皆坦途，可緩行，愛汝者將至，宜與同歸。』」劉知其狐，感之。因述其留蓋之故。女言其叔為擇婿於方氏，未委禽[41]而亂適作。劉始知舅言非妄。攜女馬上，疊騎歸。入門則老母無恙，大喜。繫馬入，具道所以。母亦喜，為之盥濯，竟妝，容光煥發。母撫掌曰：「無怪癡兒魂夢不置也！」遂設裀褥，使從己宿。又遣人赴蓋，寓書[42]於姚。不數日，姚夫婦俱至，卜吉成禮[43]乃去。劉出藏篋，封識[44]儼然。有粉一函，啟之，化為赤土。劉異之。女掩口曰：「數年之盜，今始發覺矣。爾日見郎任妾包裹，更不及審真偽，故以此相戲耳。」方嬉笑間，一人搴[45]簾入曰：「快意如此，當謝蹇修[46]否？」劉視之，又一阿繡也。急呼母。母及家人悉集，無有能辨識者。劉回眸亦迷；注目移時，始揖而謝之。女子索鏡自照，赧然[47]趨出，尋之已杳。夫婦感其義，為位於室而祀之。

一夕，劉醉歸，室暗無人，方自挑燈，而阿繡至。劉挽問：「何之？」笑曰：「醉臭熏人，使人不耐！如此盤詰，誰作桑中[48]逃耶？」劉笑捧其頰。女曰：「郎視妾與狐姊孰勝？」劉曰：「卿過之，然皮相者不辨也。」已而合扉相狎。俄有叩門者，女起笑曰：「君亦皮相者也。」劉不解。趨啟門，則阿繡入，大愕。始悟適與語者狐也。暗中又聞笑聲。夫妻望空而禱，祈求現像。狐曰：「我不願見阿繡。」問：「何不另化一貌？」曰：「我不能。」問：「何故不能？」曰：「阿繡，吾妹也，前世不幸夭殂。生時，與余從母至天宮，見西王母，心竊愛慕，歸則刻意效之。妹子較我慧，一月神似；我學三月而後成，然終不及妹。今已隔世，自謂過之，不意猶昔耳。我感汝兩人誠意，故時復一至，今去矣。」遂不復言。自此三五日輒一來，一切疑難悉決之。

值阿繡歸寧，來常數日不去，家人皆懼避之。每有亡失，則華妝端坐，插玳瑁[49]簪長數寸，朝[50]家人而莊語之：「所竊物，夜當送至某所；不然，頭痛大作，悔無及！」天明，果於某所獲之。三年後，絕不復來。偶失金帛，阿繡效其裝，嚇家人，亦屢效焉。

1 海州：今遼寧省海城縣。
2 蓋：今遼寧省蓋縣。
3 折閱：虧損本錢，此指壓低售價。
4 不靳直：不計較價錢。靳，讀作「進」，吝惜。直，同「值」。
5 故昂之：故意抬高價錢。
6 脫貫：把錢從銅錢串上取下，意指付錢。貫，古代串銅錢的繩索，代指金錢。
7 價奢過當：價錢哄抬過高，不合常理。
8 蹈隙：趁隙、鑽空子，指趁阿繡父親不在的時候。
9 惓惓：讀作「拳拳」，真摯誠懇。
10 闔戶：關門。
11 觸類凝思：猶言觸景生情。
12 蚤：早。
13 廣寧：古代縣名，今遼寧省北鎮縣。
14 防閑：防範。
15 忽忽：失意的樣子。
16 刻日：擇日、限期內，也作「即刻」之意。
17 豔稱：羨慕並且讚美。
18 復州：今遼寧省復縣西北。
19 僦：讀作「舊」。租。
20 夤緣：比喻攀附權貴以求升官發達。夤，讀作「銀」，指攀附權貴、找門路、拉關係。
21 寥廓：空曠、深遠。
22 恫：讀作「通」，悲痛。
23 涕墮如綆：猶言淚如雨下。綆，讀作「耿」，汲水所用的繩子。
24 賒遠：遙遠。
25 詭詞：說謊話。
26 措意：屬意。
27 狐鬼之藪：狐妖鬼怪聚集之處。藪，讀作「叟」，人物聚集之處。
28 渦：臉上的酒窩。
29 排闥：推開門。闥，讀作「踏」。
30 自投：投降。
31 伏戎：猶言伏兵，此指僕人暗中持武器以伺機攻擊。
32 琖：讀作「展」，玉製的酒杯。
33 啗以重賂：以重金賄賂對方。啗，讀作「淡」，以利相誘。賂，贈送財物。
34 小郎：婦人稱丈夫的弟弟。
35 若翁：你的父親，此指阿繡的父親。
36 兵警：出兵打仗的消息。
37 趣裝行：催促人趕緊整裝上路。趣，讀作「促」，通「促」，催促之意。
38 偵者：偵查兵。
39 蹉跌：失墜、失誤。蹉，讀作「搓」。
40 趣遁：催促快逃。趣，讀作「促」，催促。
41 委禽：婚娶習俗中的下聘禮。
42 寓書：寄信。
43 卜吉成禮：挑選黃道吉日舉辦婚禮。
44 封識：封好的標記。識，讀作「志」。
45 搴：讀作「千」，掀起、揭開。
46 蹇修：相傳是伏羲氏的臣子，專職辦理婚姻、媒妁等事務，後借用為媒人的代稱。

◆**但明倫評點**：辨入毫芒，不以皮相。

在極細微之處分辨真假阿繡的區別，不被外表皮相所迷惑。

47 赧然：羞慚而臉紅，難為情的樣子。

48 桑中：比喻男女幽會。語出《詩經．鄘風．桑中》：「期我乎桑中，要我乎上宮，送我乎淇之上矣。」

49 玳瑁：類似海龜的一種甲殼類動物。此指玳瑁的甲殼，也指用玳瑁甲殼製成的裝飾品。瑁，讀作「魅」。

50 朝：召集、聚集。

白話翻譯

劉子固是海州人，十五歲時前往蓋縣探望舅舅。偶然在雜貨店看見一名女子，豔麗絕倫，心中暗自傾慕。他悄悄來到店裡，託言要買扇子，女子於是請父親出來。劉子固心情沮喪，故意壓低價錢，對方不肯賣，他就走了。他遠遠瞧見女子父親外出後，又返回店中，女子這時打算再去找父親，劉子固連忙阻止：「不要去找了！你只要說個價，多少錢我都買。」女子聽他這麼說，故意抬高價錢，劉子固不忍心與她討價還價，把身上所有錢都給她就走了。

第二天，劉子固又來店裡，情況像昨天一樣。付了錢剛走幾步，女子追出來叫住他：「你回來！剛才我說的是騙你的，價錢太高了！」說著退還他一半的錢。劉子固覺得女子很誠實，此後便趁她父親不在時常光顧店裡，兩人逐漸熟稔。女子問劉子固：「你家在何處？」劉子固實言相告，又反過來問她姓名。女子說：「我姓姚。」劉子固臨走時，女子把他所買的東西用紙包好，再用舌尖舔一下紙緣黏合。劉子固抱起包裹回去，始終捨不得打開它，擔心把女子的舌痕給弄壞。過了半個月，劉子固的行爲被僕人發現，私下向他的舅舅稟報，劉子固於是被勒令回家，然而他對女子動了眞情，依依不捨，把從女子那裡買來的香帕脂粉等物件偷偷放置在一只小箱裡。等到四下無人，他就關起門來翻看那些東西，睹物思人。

第二年，劉子固又來到蓋縣。剛放下行李，就去那間雜貨店找那名女子。到了店外一看，店門緊閉，劉子固失望返回。他以爲女子與她父親有事外出，第二天很早又去拜訪，店門仍然緊閉。他向鄰居打聽，才知道姚家原來是廣寧人，因爲店鋪生意不好，回廣寧去了，也不知他們何時回來。劉子固神情沮喪，失魂落魄，在蓋縣住幾天便悶悶不樂地回家。劉母想替兒子張羅婚事，卻總是被推託，她感到既詫異且不悅。僕人私下把以前的事告訴劉母，劉母就把劉子固看管得更嚴了，從此不能再去蓋縣。劉子固整日精神恍惚，食不下嚥，睡不安寢。劉母爲此發愁，無計可施，心想不如遂其心願，於是擇日打點好行李，讓兒子到蓋縣向舅舅傳達她的意思，請舅舅託媒人向姚家提親。舅舅即刻動身前往姚家，不久後回來，對劉子固說：「此事難辦，阿繡已經許配給廣寧一戶人家了。」劉子固垂頭喪氣，心灰意冷，回家後捧著箱子哭泣，時常徘徊思念，希望天下有第二個阿繡。

這時，一個媒人前來提親，說復州有個姓黃的姑娘長得很標緻。劉子固擔心媒人誇大，命僕人駕車前往復州親自去看。進了西城門，劉子固看見朝北一戶人家半開著兩扇門，裡面一個姑娘長得很像阿繡，再仔細一看，發現那姑娘邊走邊回頭瞧地進屋去了。劉子固很心動，向東面鄰居家打聽，才得知這名姑娘姓李。劉子固思慮再三，心中感到疑惑，天底下竟會有如此相似之人！他住了幾天也沒機會再去見她，只有目不轉睛盯著這位姑娘家門口，希望姑娘還能再出來。

有一天，太陽快要西沉，那姑娘果然出來了，忽然看見劉子固，立刻轉身，用手指指背後，又將手掌放上額頭，隨後便進屋了。劉子固很高興，卻不知姑娘的用意。思慮許久，他來到她家屋後，只見一座荒廢的園庭，空曠無人，西面有一堵矮牆與肩齊高。劉子固突然了解姑娘的暗示，蹲下身藏在草叢裡。他等了很久，忽然有個人從牆上露出頭來，小聲問：「來了嗎？」劉子固出聲答應，仔細一看，那女子果眞是阿繡。劉子固心中感慨萬千，淚如雨下，阿繡隔牆遞一條手巾給他擦淚，好言安慰。劉子固說：「我千方百計想與你長相廝守，卻始終未能如願，本以爲今生無望，未曾料到竟還能有相見的一天？你是怎麼搬到這裡來的？」阿繡說：「李氏是我表叔。」劉子固請阿繡翻過牆來說話，阿繡說：「你且先回去，把僕人打發到別的屋裡睡，我會自己來找你。」劉子固依言而行，在家裡坐著等，不久，阿繡果然出現。她素著一張臉，穿著舊衣衫。劉子固拉起她的手坐下，訴說他的相思之情。又問：「你既已許配給人家，怎麼還沒有成親？」阿繡說：「我並未婚配。是因家父認爲你家太過遙遠，不願與你結親，才騙你舅舅說我已許配給人家。」兩人在床上雲雨一番，四更剛過，阿繡便急忙起身，翻牆走了。劉子固從此把黃家姑娘的事拋到腦後，在此住下，流連忘返，整整住了一個月。

一天晚上，僕人起床餵馬，看見劉子固房中燈還亮著，偷偷一看，發現阿繡在裡面，非常驚訝，不敢向主人稟報。第二天早上起床，僕人到市集上打聽，回家詢問劉子固：「昨晚屋裡那名女子是誰啊？」劉子固起初不肯說。僕人說：「這座房子太冷清了，是鬼狐聚集的地方，公子應當自愛。姚家的姑娘，怎麼會到這裡來？」劉子固有些羞愧地說：「她的表叔住在附近，有什麼可懷疑的？」僕人說：「我已仔細打聽過。東面鄰居只有一個獨居的老婦人，西邊那戶人家只有一個孩童居住，沒有什麼親戚住在家裡。那女人一定是鬼怪，否則，哪有人一直穿著幾年前的舊衣服？況且她的臉色蒼白，兩頰略瘦，笑起來沒有酒窩，也不如阿繡好看。」劉子固反覆思量，這才覺得毛骨悚然，便說：「那現在該如何是好？」僕人替他尋思一計，決定等她來時拿棍棒將她痛打一番。

入夜後，阿繡來了，她對劉子固說：「我知道你懷疑我。但我並無歹意，只不過想了卻過往緣分罷了。」話未說完，僕人拿著棍棒推門進來，阿繡大聲喝斥他：「把你的武器扔了！快擺上好酒，我要與你家主人告別！」僕人一聽，手上武器像被奪走一樣地扔下，劉子固更加害怕，勉強擺上酒菜。阿繡像往常一般談笑自若，舉手指向劉子固說：「我知道你的心事，我本欲盡綿薄之力爲你分憂解勞，你爲何想暗中害我！我雖不是阿繡，但並不比阿繡差。你看我眞不如阿繡嗎？」劉子固嚇得毛髮倒豎，支支吾吾說不出話。等到三更天，阿繡拿起酒杯喝一口，站起來說：「我先走了。等你洞房花燭夜後，我再與新媳婦一較美醜。」說完轉身失去了蹤影。

劉子固相信了狐妖的話，跑到蓋縣抱怨舅父誆騙他，不願在舅舅家留宿，而是搬到姚家

附近去住，並且託媒人上門提親，用豐厚的聘禮賄賂姚家。姚夫人說：「我家小叔爲阿繡在廣寧訂了門婚事，阿繡的父親爲這件事到廣寧去了，能否談成尚且未知。等他回來後再與他商量。」劉子固聽了這些話，心中不安，一時間也沒了主意，只好留在這裡等他們返家。

過了十幾天，忽然傳出要打仗的消息。剛開始劉子固懷疑是謠傳，時間長了才知道是眞的。他急忙收拾行李想要離開，中途遇上戰亂，主僕二人失散，劉子固被軍隊的偵查兵給抓住了。士兵認爲劉子固是個文弱書生，對他疏於防備，劉子固就偷了一匹馬逃走。直到海州地界，他看見一名女子，蓬頭垢面，舉步艱難，快要走不動的樣子。他騎馬從女子身邊經過，聽見她大聲喊道：「馬上的人可是劉郎嗎？」劉子固停下馬細看，那人竟是阿繡！他心中仍擔心她是狐妖所變，問：「你眞是阿繡嗎？」阿繡反問：「你怎麼說這種話？」劉子固把他遇到的事說了一遍，阿繡答：「我眞是阿繡。父親帶我從廣寧回來，路上被士兵抓住，他們給我一匹馬騎，可我老是從馬上跌下。忽然有一個女子拉住我的手腕就要逃跑，我們在軍中亂竄也沒人盤問。那女子跑得像飛鳥一樣快，我拚命跑也跟不上，才幾步路就掉了好幾次鞋。我們跑了很久，聽到追趕的人已經離得很遠，那姑娘才放開我，說：『再見了。前面的路很平坦，你可以慢慢走。掛念你的人就要來了，與他一起回家吧。』」劉子固知道那女子是狐妖，心中對她很是感激。他把留在蓋縣的原因告訴阿繡，阿繡說她叔叔的確在廣寧爲她說了門婚事，對方是個姓方的人家，還沒等方家送來聘禮，戰爭就開始了。劉子固這才知道舅舅沒說謊，他把阿繡抱到馬上，兩人共乘一騎就返回家中。

劉子固進門後見到母親安然無恙，心裡很高興。他繫好馬，把事情經過向母親講一遍。劉母心中大悅，急忙為阿繡梳洗打扮，等妝扮好了，阿繡容光煥發，劉母拍著手說：「怪不得我那傻兒子，做夢都忘不了你！」接著鋪好被褥讓兩人共寢，又派人到蓋縣送書信給姚家。沒過幾天，姚家夫婦一塊兒來，選定吉日辦完婚事就回去了。

劉子固拿出收藏的箱子，裡面的東西都沒拆封。有一盒粉，打開一看，脂粉已化為紅土。劉子固感到奇怪，阿繡掩嘴笑道：「這是我幾年前賣你的假貨，你竟直到今天才發現。那時我給你的包裹，你從來不打開查驗，我就跟你開了個玩笑。」兩人正在有說有笑，一人掀開門簾進來說道：「你們這樣快樂，應當感謝我這個媒人吧？」劉子固一看，來了一個長得與阿繡一模一樣的女子，急忙喊劉母過來，劉母和家中人都聚集在此，沒有一個能分出眞假。劉子固回頭一看也迷惑了，看了很久，才向假阿繡作揖。假阿繡要了鏡子照一下，羞慚地掉頭跑走，再去尋她時已經失去了蹤影。

一天晚上，劉子固喝醉酒回到家裡，屋裡黑漆漆的，四下無人。他剛要點燈，阿繡就來了，劉子固拉著她問：「你去哪裡了？」阿繡笑道：「看你醉成這樣，酒氣熏天，眞惹人嫌！你這樣問我，難道是認為我去私會男人嗎？」劉子固笑著捧起她臉頰，阿繡接著問：「你看我與狐妖哪個美？」劉子固說：「你比她好看。但只看外表難以分辨。」說完就把門

關上，兩人上床親熱。不久有人敲門，阿繡起身笑道：「你也是個只看外表的人。」劉子固不明白她的話中之意，走出去開門，竟然見到又一個阿繡進來。他十分驚訝，這才明白剛才那個是狐妖。黑暗裡又聽到笑聲，劉子固夫妻對空中祝禱，祈求狐妖現身。狐妖出聲了：「我不想見阿繡。」劉子固問：「爲什麼不變成別人的模樣？」狐妖說：「我不能。」劉子固再問：「爲何不能？」狐妖說：「阿繡是我妹妹，前世不幸夭折。活著時，她和我一起隨母親到天宮，見了西王母，我們心裡都暗中傾慕她。回家後精心模仿起西王母。妹妹比我聰慧，只一個月就學得非常神似；我學了三個月才學得像，但始終趕不上妹妹。如今又隔一世，我自以爲超過她了，沒想到還跟從前一樣。我感激你二人的誠意，所以此後會時常過來探望，現在我要先走了。」狐妖說完默不作聲，從此三天兩頭就來訪一次，家中一切疑難雜症她都能解決。

每當阿繡回娘家，狐妖就來此住幾天，家裡人都害怕得躲避。每當家中丟了東西，她就會打扮齊整地端坐，頭上插幾寸長的玳瑁簪子，召集家人來鄭重告誡：「所偷的東西，今天晚上必須送回原來的地方；否則，就會頭痛不止，後悔也來不及！」天亮後，果然丟失的東西都會回歸原位。三年後，狐妖不再前來，家中偶然丟失金銀等貴重東西，阿繡模仿起狐妖的妝扮嚇唬家人，也往往有效。

小翠

王太常[1]，越[2]人。總角[3]時，晝臥榻上。忽陰晦，巨霆[4]暴作。一物大於貓，來伏身下，展轉不離。移時晴霽，物即逕出。視之，非貓，始怖，隔房呼兄。兄聞喜曰：「弟必大貴，此狐來避雷霆劫也。」後果少年登進士，以縣令入為侍御[5]。生一子名元豐，絕癡，十六歲不能知牝牡[6]，因而鄉黨無與為婚。王憂之。適有婦人率少女登門，自請為婦。視其女，嫣然展笑，真仙品也。喜問姓名。自言：「虞氏。女小翠，年二八矣。」與議聘金。曰：「是從我糠覈[7]不得飽，一旦置身廣廈，役婢僕，厭[8]膏粱[9]，彼意適，我願慰矣，豈賣菜也而索直乎！」夫人大悅，優厚之。婦即命女拜王及夫人，囑曰：「此爾翁姑，奉侍宜謹。我大忙，且去，三數日當復來。」王命僕馬送之，婦言：「里巷不遠，無煩多事。」遂出門去。小翠殊不悲戀，便即奩中翻取花樣。夫人亦愛樂之。

數日，婦不至。以居里問女，女亦憨然不能言其道路。遂治別院，使夫婦成禮。諸戚聞拾得貧家兒作新婦，共笑姍[10]之；見女皆驚，羣議始息。女又甚慧，能窺翁姑喜怒。王公夫婦，寵惜過於常情，然惕惕[11]焉惟恐其憎子癡；而女殊歡笑，不為嫌。第[12]善謔，刺布作圓，蹋蹴為笑。著小皮靴，蹴去數十步，紿[13]公子奔拾之；公子及婢恆流汗相屬。一日，王偶過，圓訇然[14]來，直中面目。女與婢俱斂跡[15]去，公子猶踴躍奔逐之。王怒，投之以石，始伏而啼。王

以告夫人；夫人往責女，女俛首微笑，以手刓[16]牀。既退，憨跳如故，以脂粉塗公子作花面如鬼。夫人見之，怒甚，呼女詬罵。女倚几弄帶，不懼，亦不言。夫人無奈之，因杖其子。元豐大號，女始色變，屈膝乞宥。夫人怒頓解，釋杖去。女笑拉公子入室，代撲衣上塵，拭眼淚，摩挲杖痕，餌以棗栗。公子乃收涕以忻。女闔庭戶，復裝公子作霸王[17]，作沙漠人；己乃豔服，束細腰，婆娑作帳下舞；或髻插雉尾，撥琵琶，丁丁縷縷然，喧笑一室，日以為常。王公以子癡，不忍過責婦；即微聞焉，亦若置之。

同巷有王給諫[18]者，相隔十餘戶，然素不相能。時值三年大計吏[19]，忌公握河南道[20]篆[21]，思中傷之。公知其謀，憂慮無所為計。一夕，早寢，女冠帶，飾冢宰[22]狀，翦素絲作濃髭，又以青衣飾兩婢為虞候[23]，竊跨廄馬而出，戲云：「將謁王先生。」馳至給諫之門，即又鞭撾[24]從人，大言曰：「我謁侍御王，寧謁給諫王耶！」回轡而歸。比至家門，門者誤以為真，奔白王公。公急起承迎，方知為子婦之戲。怒甚，謂夫人曰：「人方蹈我之瑕，反以閨閣之醜登門而告之，余禍不遠矣！」夫人怒，奔女室，詬讓之。女惟憨笑，並不一置詞。撻之，不忍；出之，則無家：夫妻懊怨，終夜不寢。時冢宰某公赫甚，其儀采服從[25]，與女偽裝無少殊別，王給諫亦誤為真。屢偵公門，中夜而客未出，疑冢宰與公有陰謀。次日早朝，見而問曰：「夜相公至君家耶？」公疑其相譏，慚顏[26]唯唯，不甚響答。給諫愈疑，謀遂寢[27]，由此益交懽公。公探知其情，竊喜，而陰囑夫人，勸女改行；女笑應之。

逾歲，首相免，適有以私函致公者，誤投給諫。給諫大喜，先託善公者往假萬金，公拒之。給諫自詣公所。公覓巾袍[28]，並不可得；給諫伺候久，怒公慢，憤將行。忽見公子衮衣旒冕[29]，有女子自門內推之以出。大駭；已而笑撫之，脫其服冕而去。公急出，則客去遠。聞其故，驚顏如土，大哭曰：「此禍水[30]也！指日赤吾族矣[31]！」與夫人操杖往。女已知之，闔扉任其詬厲。公怒，斧其門。女在內含笑而告之曰：「翁無煩怒！有新婦在，刀鋸斧鉞[32]，婦自受之，必不令貽害雙親。翁若此，是欲殺婦以滅口耶？」公乃止。給諫歸，果抗疏[33]揭王不軌，衮冕作據。上驚驗之，其旒冕乃梁藍[34]心所製，袍則敗布黃袱也。上怒其誣。又召元豐至，見其憨狀可掬，笑曰：「此可以作天子耶？」乃下之法司[35]。給諫又訟公家有妖人，法司嚴詰臧獲[36]，並言無他，惟顛婦癡兒，日事戲笑；鄰里亦無異詞。案乃定，以給諫充雲南軍[37]。王由是奇女。又以母久不至，意其非人。使夫人探詰之，女但笑不言。再復窮問，則掩口曰：「兒玉皇女，母不知耶？」

無何，公擢京卿[38]。五十餘，每患無孫。女居三年，夜夜與公子異寢，似未嘗有所私。夫人舁[39]榻去，囑公子與婦同寢。過數日，公子告母曰：「借榻去，悍不還！小翠夜夜以足股加腹上，喘氣不得；又慣掐人股裏。」婢嫗無不粲然。夫人呵拍令去。一日，女浴於室，公子見之，欲與偕；女笑止之，諭使姑待。既出，乃更瀉熱湯於甕，解其袍袴，與婢扶入之。公子覺蒸悶，大呼欲出。女不聽，以衾蒙之。少時，無聲，啟視，已絕。女坦笑不驚，曳置牀上，拭體乾潔，加覆被焉。夫人聞之，哭而入，罵曰：「狂婢何殺吾兒！」女囅然[40]曰：「如此癡兒，不如勿有。」夫人益恚，以首觸女；婢輩爭曳勸之。方紛譟間，一婢告曰：「公子

呻矣！」輟涕撫之，則氣息休休，而大汗浸淫，沾浹裀褥。食頃，汗已，忽開目四顧，遍視家人，似不相識，曰：「我今回憶往昔，都如夢寐，何也？」夫人以其言語不癡，大異之。攜參其父，屢試之，果不癡。大喜，如獲異寶。至晚，還榻故處，更設衾枕以覘[41]之。公子入室，盡遣婢去。早窺之，則榻虛設。自此癡顛皆不復作，而琴瑟靜好，如形影焉。年餘，公為給諫之黨奏劾免官，小有罣誤[42]。舊有廣西中丞[43]所贈玉瓶，價累千金，將出以賄當路。女愛而把玩之，失手墮碎，慚而自投。公夫婦方以免官不快，聞之，怒，交口呵罵。女奮而出，謂公子曰：「我在汝家，所保全者不止一瓶，何遂不少存面目？實與君言：我非人也。以母遭雷霆之劫，深受而翁庇翼；又以我兩人有五年夙分，故以我來報曩恩、了夙願耳。身受唾罵，擢髮不足以數，所以不即行者，五年之愛未盈，今何可以暫止乎！」盛氣而出，追之已杳。公爽然自失[44]，而悔無及矣。公子入室，睹其賸粉遺鉤[45]，慟哭欲死；寢食不甘，日就羸悴。公大憂，急為膠續[46]以解之，而公子不樂。惟求良工畫小翠像，日夜澆禱[47]其下，幾二年。

偶以故自他里歸，明月已皎，村外有公家亭園，騎馬牆外過，聞笑語聲，停轡，使廄卒[48]捉鞚[49]，登鞍一望，則二女郎遊戲其中。雲月昏蒙，不甚可辨。但聞一翠衣者曰：「婢子當逐出門！」一紅衣者曰：「汝在吾家園亭，反逐阿誰？」翠衣人曰：「婢子不羞！不能作婦，被人驅遣，猶冒認物產也？」紅衣者曰：「索[50]勝老大婢無主顧者！」聽其音，酷類小翠，疾呼之。翠衣人去曰：「姑不與若爭，汝漢子來矣。」既而紅衣人來，果小翠。喜極。女令登垣，承接而下之，曰：「二年不見，骨瘦一把矣！」公子握手泣下，具道相思。女言：「妾亦知之，但無顏復見家人。今與大姊遊戲，又相邂逅，足知前因不可逃也。」請與同歸，不可；請止園中，許之。公子遣僕奔白夫人。夫人驚起，駕肩輿而往，啟鑰入亭。女即趨下迎拜；夫人捉臂流涕，力白前過，幾不自容，曰：「若不少記榛梗[51]，請偕歸，慰我遲暮。」女峻辭不可。夫人慮野亭荒寂，謀以多人服役。女曰：「我諸人悉不願見，惟前兩婢朝夕相從，不能無眷注耳，外惟一老僕應門，餘都無所復須。」夫人悉如其言。託公子養痾園中，日供食用而已。女每勸公子別婚，公子不從。後年餘，女眉目音聲，漸與曩異，出像質之，迥若兩人。大怪之。女曰：「視妾今日，何如疇昔美？」公子曰：「今日美則美，然較昔則似不如。」女曰：「意妾老矣！」公子曰：「二十餘歲，何得速老。」女笑而焚圖，救之已燼。一日，謂公子曰：「昔在家時，阿翁謂妾抵死不作繭[52]。今親老君孤，妾實不能產，恐誤君宗嗣。請娶婦於家，旦晚侍奉公姑，君往來於兩間，亦無所不便。」公子然之，納幣[53]於鍾太史之家。吉期將近，女為新人製衣履，齎送母所。及新人入門，則言貌舉止，與小翠無毫髮之異，大奇之。往至園亭，則女亦不知所在。問婢，婢出紅巾曰：「娘子暫歸寧，留此貽公子。」展巾，則結玉玦[54]一枚，心知其不返，遂攜婢俱歸。雖頃刻不忘小翠，幸而對新人如覿[55]舊好焉。始悟鍾氏之姻，女預知之，故先化其貌，以慰他日之思云。

異史氏曰：「一狐也，以無心之德，而猶思所報；而身受再造之福者，顧失聲於破甑[56]，何其鄙哉！月缺重圓，從容而去，始知仙人之情，亦更深於流俗也！」

1太常：官名，西漢景帝時為九卿之一，執掌宗廟禮儀。以後各代設太常寺，置太常寺和少卿各一人，歷代沿用，至清朝才廢除。
2越：今浙江省別名。
3總角：比喻童年。古代未成年男女將頭髮編紮於頭頂，形如兩角，稱為「總角」，故用以代指未成年男女。
4霆：迅雷，雷鳴。
5侍御：清代對御史的通稱。
6牝牡：雌雄，此指男女之別。動物雌性稱為「牝」，雄性稱為「牡」。
7糠覈：穀糠中的堅粒。比喻粗劣的飯食。覈，讀作「核」，穀糧中留下的粗屑。
8厭：通「饜」，飽食。
9膏粱：肥肉與細緻的米，比喻精緻的食物。
10笑姍：嘲笑。姍，讀作「訕」，通「訕」，訕笑。
11惕惕：惶恐、憂慮。
12第：但是，然而。
13紿：讀作「代」，欺騙。
14訇然：狀聲詞，形容聲音很大的樣子。訇，讀作「轟」。
15斂跡：躲藏，藏匿。
16刓：讀作「玩」。削刻、鏤刻。
17霸王：指西楚霸王項羽。項羽，本名項籍，字羽，秦末下相人（今江蘇省宿遷縣）。生於西元前二三二年，卒於西元前二〇二年。力大無窮，善於打仗，與叔父項梁起兵吳中，一同加入推翻秦朝暴政的行列。項梁戰敗而亡，項籍繼任為將領，大破秦軍，自立為「西楚霸王」，與漢王劉邦爭奪天下，原本勝券在握，卻因為不懂得任用賢臣，後被陳平用反間計離間而去，使得項羽孤立無援，最終戰敗，在烏江自刎。
18給諫：官名，給事中的別稱。明代給事中分吏、戶、禮、兵、刑、工六科，職掌侍從規諫、補闕拾遺、稽察六部百官等事務。清代隸屬都察院。
19三年大計吏：明清每三年對官員舉行一次考核。對外官的考核稱為「大計」，對京官的考核稱為「京察」。
20河南道：河南道監察御史，是明代督察院下屬十三道監察御史中職權最高的。
21篆：官印。此處借指職權。
22冢宰：《周禮》官名，為六卿之首。明代以內閣大學士為宰相，唐中葉以後多兼吏部尚書，故又稱吏部尚書或宰相為冢宰。
23虞候：職官名，歷代多為執掌偵查不法案件。此指達官貴人的侍衛、隨從。
24鞭撾：鞭打。撾，讀作「抓」，敲打。
25服從：服飾與隨從。
26慙顏：羞慚、心虛的樣子。慙，通「慚」，是慚的異體字。
27寢：停止、中止。
28巾袍：指帽子和衣服。
29袞衣旒冕：此指穿戴帝王所穿戴的冠服。袞衣，又稱袞服，俗稱龍袍。旒冕，即皇冠。旒，讀作「劉」。
30禍水：指稱自古以來受君王寵愛而導致國破家亡的女

子。
31 指日赤吾族矣：意即「我全家滅亡指日可待」。赤，誅滅。
32 鉞：讀作「越」，大斧。
33 抗疏：向皇帝呈上奏疏，直言不諱。
34 粱藍：高粱稈。藍，讀作「接」。同今「秸」字，是秸的異體字。禾粒打脫以後的莖。
35 法司：古代掌管司法刑獄的官署。明清兩代，以刑部、都察院、大理寺為三法司，負責審理重大案件。
36 臧獲：奴婢。
37 充雲南軍：發配到雲南充軍。充軍是古代對犯罪之人的懲罰。宋代將罪犯發配到軍中或官辦工作或服勞役，明代則將罪犯發配往偏遠地區的駐軍中服勞役，都叫充軍。
38 京卿：三品或四品的京官。此指正三品的大常寺卿。
39 舁：讀作「魚」，抬、扛舉。
40 囅然：開懷大笑貌。囅，讀作「產」。
41 覘：讀作「沾」，觀察。
42 罣誤：此指做錯事連累他人，使人獲罪。罣，讀作「掛」。
43 中丞：明清兩代巡撫的別稱。
44 爽然自失：若有所失的樣子。
45 賸粉遺鉤：遺留下的女用香粉及繡鞋。賸，讀作「剩」，剩餘、遺留之意。鉤，女鞋。古代女子纏足，足尖小而彎曲如鉤狀，一雙鞋便稱為雙鉤。
46 膠續：指男子再娶。
47 澆禱：把酒灑在地上祭拜。
48 廄卒：馬夫。
49 鞚：讀作「控」，套在馬脖子上，控制馬匹行走方向的馬具。
50 索：好歹，總歸。
51 榛梗：比喻隔閡、誤解、嫌隙。
52 作繭：代指婦女懷有身孕。
53 納幣：下聘禮。
54 玉玦：玉飾的一種，有缺口的玉環，古代贈人玉玦表示要與對方決絕。玦，讀作「絕」。
55 覿：讀作「迪」，釋出善意、以禮相待。
56 破甑：典出《後漢書．郭泰傳》。東漢孟敏背負甑行走，甑掉到地上摔破，孟敏認為「甑已破矣，視之何益」，因此不顧而去。此處反用其意，諷刺王家看重被小翠不小心摔破的玉瓶，更甚於小翠對於王家的恩德。甑，讀作「贈」。

◆**何守奇評點**：德無不報，虞之報王公也至矣，其能免於雷霆之劫也固宜。

施予人恩德是不會沒有回報的。虞氏回報王太常的恩情十分深厚，能免於遭受雷霆之劫也是應當的。

小翠

帷幄奇謀運不窮
癡兒顛倒數閨中
功成便爾將身退
留取餘情補化工

白話翻譯

王太常，浙江人，幼年時的某一天正在睡午覺，忽然天色變得極暗，雷電交加，一隻形似貓的動物忽地跳上他的床，躲在他身邊不肯走。不久，天空放晴，那動物就離去了。他才知道那原來不是貓，心裡很害怕，隔著房間喊兄長來。兄長聽他說明經過，高興地說：「兄弟將來一定會大富大貴！方才是狐狸來躲避雷劫呢。」後來，王太常果然考中了進士，從知縣累官至監察御史。

王太常有個兒子名叫王元豐，是個傻子，十六歲了還分不清男女。就因爲他傻，當地沒有一戶人家肯把女兒嫁給他。王太常爲此感到發愁。有一天，一個老婦人帶著一個小姑娘上門拜訪，表示願意把女兒嫁給王家做媳婦。那姑娘面帶笑容，宛若天仙下凡，王太常全家都很高興，問那老婦人姓名，她自稱姓虞，女兒名叫小翠，已經十六歲了。商量聘金時，她又說：「這孩子跟著我，有糟糠吃就不錯了。這會兒，能夠住在華美的屋子裡，又有丫頭僕婦供她使喚，有山珍海味給她吃，只要她舒服如意，我也就放心了。我又不是賣菜的，還要討價還價嗎？」王夫人很高興，熱情款待她們。老婦人叫女兒拜見王太常夫婦，吩咐說：「他們是你的公婆了，你要好好侍奉。老身還有事情得忙，先回去兩、三天，以後再來看你。」王太常命僕人備馬相送。老婦人說她家離此不遠，不勞相送，就出門直接走了。小翠倒也沒悲傷不捨的神情，打開帶來的小箱子尋找繡花樣本，準備做女紅。王夫人見她大方得體，心裡也十分喜歡。

過了幾天，老婦人沒有前來，王夫人問小翠家住哪裡，她裝作癡傻，不知家住何處，也不知路徑。王夫人就打掃出一間別院，讓小翠與元豐完婚。親戚們聽說王太常娶了個窮人家的女兒做媳婦，背地裡嘲笑了一番，見到小翠聰明漂亮都大吃一驚，從此也不再暗中議論了。

小翠很聰明，懂得看公婆臉色行事，王太常夫婦也很疼愛她，唯恐她嫌棄元豐是個傻子。小翠倒是有說有笑，一點都不在乎，她喜愛玩耍，經常縫製布球踢著玩，穿上小皮鞋，一踢就是好幾十步遠，再騙元豐跑過去撿。元豐和丫鬟們跑來跑去，老是累得滿頭大汗。一天，王太常偶然經過，球從半空飛來，打在他臉上。小翠和丫鬟們四散奔逃，元豐還傻乎乎地跑去撿。王太常很生氣，揀小石子丟過去，正好打中兒子。元豐趴在地上又哭又鬧，王太常回到屋裡，把這件事告訴夫人，夫人因此斥責小翠一頓。小翠毫不在意，只是低頭微笑，手指還在床沿劃來劃去。夫人不在場了，她照樣嬉鬧，把五顏六色的脂粉抹到元豐臉上。王夫人見到，非常生氣，又把小翠叫來痛罵一頓。小翠一邊聆聽訓斥，一邊靠在桌旁玩弄衣帶，一點也不害怕，也不吭氣。王夫人拿她沒辦法，於是拿兒子出氣，她打了元豐一頓，打得他大哭大叫，小翠的臉色這才變得嚴肅，跪到地上求饒。夫人總算氣消，丟下棍子走了出去。

小翠把元豐扶進臥室，替他撣掉衣服上的灰塵，用手絹擦拭他臉上淚痕，更拿紅棗、栗子來給他吃，元豐這才不哭，歡笑起來。小翠關上房門，把元豐扮作西楚霸王，自己穿上豔麗的服裝扮成虞姬，腰肢束得很細，姿態輕盈地跳起舞來。有時又把元豐打扮成沙漠國王，自己則在髮間插上野雞翎子，手抱琵琶彈奏起來，整個屋子充滿歡笑聲，從早到晚皆是如此。王太常因爲兒子癡傻，也不忍心過分責備小翠，即使偶爾聽到也裝聾作啞。

和王家同一條巷子裡，隔了十幾戶人家，住著一位王給諫。王太常和王給諫素來不和，此時正好遇上官吏考核，王給諫嫉妒王太常擔任河南道台，想找機會暗算他。這件事被王太常知道了，心中焦慮，但也無計可施。一天晚上，王太常很早就寢，小翠穿上大官上朝的冠服，扮成吏部尙書的樣子，把白絲絨做成的大鬍子戴在下巴上，又叫兩個丫鬟穿上青衣扮成官差，從馬廄裡牽出馬，說要「去拜見王先生」。到了王給諫府上的門口，竟用馬鞭鞭打起隨從，說：「我是來拜訪王侍御的，誰要來拜訪王給諫啊！」調轉馬頭就走。到了自己家門，守門人以爲眞的是吏部尙書來了，趕忙跑到屋裡向王太常稟報。王太常連忙起身出外迎接，出來才知道是小翠所扮。王太常氣得臉都白了，憤怒地甩了甩袖子回到房中，對夫人說：「姓王的想要找我的錯處來對付我，這下可好！小翠又做出這種事來，我們可要大禍臨頭了！」夫人也很生氣，跑到小翠房中將她斥責一番，小翠只是傻傻笑著，也不辯解。夫人想打她卻不忍下手，想要讓元豐休妻，又擔心她無處可去。王太常夫婦很後悔收留小翠，一個晚上都沒睡好。

吏部尚書某公權勢滔天，小翠將他那天的穿著打扮模仿得維妙維肖。王給諫以爲是眞的尚書來了，屢次派人到王太常門口探聽消息，等到半夜都未見到人出來，他懷疑吏部尚書和王太常密謀起大事來，第二天早朝見了王太常便問：「昨晚尚書到府上拜訪了吧？」王太常以爲這是嘲諷之意，臉上顯得羞愧，只低聲說了個「是」字。王給諫更加起疑心，從此不敢再暗中針對王太常，反而極力與他交好。王太常得知內情，心中暗喜，但仍私下叮囑夫人，勸勸媳婦以後不要再胡鬧，小翠也笑著答應下來。

一年後，朝中首相被罷免。有人寫一封信給王太常，卻誤送到王給諫家。王給諫很高興，先託一位與王太常素有來往的人，以此相脅，要他出借一萬兩銀子。王太常拒絕了，王給諫親自上門來借，王太常於是急忙尋找官服，翻箱倒櫃竟都找不到。王給諫等了許久，以爲王太常有意怠慢，氣忿地正要離開，忽見元豐身穿皇帝的龍袍冠冕，一個女子將他推出門外。王給諫嚇了一跳，假意含笑，勸誘元豐脫下衣冠，讓隨從把衣冠帶走。等到王太常出來，客人已然告辭。王太常得知事情經過，當場嚇得暈眩，臉色蒼白地哭道：「眞是紅顏禍水啊！咱全家就要大禍臨頭了！」說著和夫人拿起棍杖要打小翠。小翠關緊房門，任憑他們叫罵，全不理會。王太常見狀更加火大，拿起斧頭要把門劈開。這時，小翠在屋裡笑道：「爹爹勿惱，有我在，要殺要剮自有我來承擔，定不會讓您二老受牽連。反而是爹爹要劈死我，是想殺人滅口嗎？」王太常覺得她說得有理，這才把斧頭放下。

王給諫回去後，向皇帝上奏，指出王太常意欲謀反，有龍袍、皇冠為證。皇帝驚訝地打開一看，原來所謂皇冠是高粱稈編成的，龍袍是破舊的黃布包製成的。皇帝責怪王給諫冤枉好人，又傳元豐上來，一看才知他是個傻子。皇帝笑道：「這樣的傻瓜能當皇帝嗎？」隨後發落給司法機關處置。王給諫又指控王太常家中有妖人，官吏們把王家丫鬟僕人都抓去審訊，大家卻說：「哪有妖人？只有個瘋瘋顛顛的媳婦和一個癡癡呆呆的兒子，整天鬧著玩兒罷了。」左鄰右舍的供詞也是相同，這件案子才了結，判王給諫誣告，充軍雲南。從此以後，王太常發覺小翠的過人之處，又因為她的母親遲遲沒有上門，猜測起媳婦大概是下凡的仙女，於是讓王夫人去詢問。小翠只是笑著，沒有說話，夫人再三追問，小翠才捂起嘴，笑道：「我是玉皇大帝的親生女兒，娘還不知道嗎？」

不久，王太常升官，他已五十多歲，常為沒有孫子而煩惱。小翠與元豐成親三年了，兩人每晚都分開睡，夫人就派人把元豐的床搬走，囑咐他和小翠一起睡。幾天後，元豐對夫人說：「為何把那張床搬走？小翠每天晚上都把腳放在我肚皮上，壓得我喘不過氣來！還喜歡掐我大腿呢！」丫鬟僕婦們聽了都捂著嘴偷笑，夫人只能喝斥著把他趕走。

有一天，小翠在房裡洗澡，元豐吵著要和她一起洗。小翠笑著阻止他，叫他稍等。她洗完澡出來，又倒了新的熱水在大甕裡，然後替元豐脫衣，與丫鬟一起扶著他進入甕中。元豐覺得很熱，吵著要出來，小翠不聽，用被子給他蒙上。過了一會兒，沒有聽到聲響，打開甕口一看，元豐已經死了。小翠依舊笑著，一點也不慌張，慢慢把元豐抬出來放在床上，替他擦乾身體，又蓋上兩床被子。夫人聽到兒子洗個澡竟給悶死了，哭著跑進來罵道：「瘋丫頭！怎麼把我兒子給弄死了！」小翠微笑道：「有這樣的傻兒子，還不如沒有。」夫人一聽這話，氣得頭頂冒煙，用頭去撞小翠。丫鬟們連忙把夫人拉開，婆媳倆正鬧得不可開交，一個丫鬟跑來稟報：「公子能出聲啦！」夫人趕忙止住眼淚，過去安撫元豐，只見他咻咻地喘著氣，渾身冒大汗，連被褥也濕透，大約過了一頓飯時間才不再出汗。元豐此時睜開雙眼，環顧四周，一副家裡人一個都認不得一樣。他開口：「過去的事情，宛如做夢一般，這是怎麼回事啊？」夫人聽了，察覺這不像傻子會說的話，心下感到奇怪，領著他去見王太常。王太常多方試探，元豐果然恢復正常了！全家都很高興，如獲至寶，兩老偷偷命僕人把原先抬走的床抬回原處，鋪好被褥。第二天再去看，被褥沒有動過。從此以後，元豐再也不癡傻了，夫妻倆相處十分融洽，整天形影不離。

一年多後，王太常被王給諫一黨彈劾，免去官職，還要受到懲處。王太常家中有個廣西巡撫贈送的玉瓶，價值幾千兩銀子，準備拿出來打通關節。小翠很喜愛這個花瓶，經常拿在手裡把玩，一次不留神卻把花瓶摔碎了。她很慚愧地去稟報公婆，兩老正爲被免官一事煩心，聽到玉瓶摔碎了，十分震怒，一同責罵起小翠。小翠氣忿地走出房門，對元豐說：「我在你家幾年，替你家保全何止一個花瓶！怎麼一點面子都不給？老實對你說，我不是普通人，只因我母親遭受雷劫時，被你父親庇護，又因爲我們有五年緣分，這才讓我到你家來，一則報恩，二則了卻心願。我在你家不知挨了多少的罵，我之所以留到現在，是因爲這五年緣分未滿。如今，我還有待下去的必要嗎？」說完氣沖沖地走出門。元豐趕忙去追，到門外時，小翠已不見蹤影。

王太常覺得自己罵得過火了，然而悔之已晚。元豐走回房中，見到小翠用過的脂粉和留下的首飾，睹物思人，不禁嚎啕大哭起來，茶不思，飯不想，逐漸消瘦。王太常很著急，想趕快爲他再娶一房媳婦，以慰藉他相思之苦，元豐卻始終悶悶不樂，他找來一位名畫師，畫了一張小翠的像，每天供奉禱告，從此又過了兩年。

某一天，元豐出遠門辦事，從外地回來。天色已晚，一輪明月掛在天際，他家在村外有一座花園，騎馬從牆外經過，竟然聽到裡面傳來笑聲，於是停下來，命馬夫拉住馬，自己站在馬鞍上，隔著牆望過去，看見兩個姑娘在園中嬉戲玩耍。月亮被雲遮著，光線昏暗，他看不清楚，只聽見一個穿綠衣的姑娘說：「死丫頭，應該把你趕出去！」穿紅衣裙的姑娘說：「這是我家的花園，你反倒趕我，到底誰該被趕出去呀！」綠衣姑娘說：「眞不害臊，自己被夫家趕出來，還敢冒認這是你家花園哩！」紅衣姑娘說：「總比你這沒有夫婿的老姑娘強得多！」元豐聽聲音很像小翠，連忙喊她。綠衣姑娘邊走邊道：「暫時不跟你爭，你的男人來了！」紅衣姑娘走上前來，果然是小翠。元豐見了很高興，小翠叫他爬到牆上，她在牆腳把人接下來，說：「兩年不見，你竟瘦成皮包骨了。」元豐握住她的手，淚流滿面，傾訴相思之苦。小翠說：「這些我都知道，只是沒臉再進你家大門。今天與大姊在此遊玩，不意與你偶遇，可見我們的緣分未盡。」元豐要她一同回去，小翠不肯；請她留在園中，則是答應了。元豐於是派人回家，將此事回稟夫人，夫人一聽又驚又喜，坐著轎子趕來。她走進花園後，小翠迎接跪拜，她拉起小翠的胳膊，淚流滿面，誠心向她認錯，又說：「如果你不記恨從前的事，請你與我一同回去，也讓我晚年有所慰藉。」小翠再三推辭。夫人認爲庭園位在荒郊野外之處，打算多派些僕從來侍奉。小翠說：「我不想見其他人，只要原先那兩個婢女。我對她們很信任，就讓她倆來伺候，再派個老僕看守大門就行。其他的人一概不用。」夫人按小翠說的做了，對外人就說是元豐在園裡養病。每天給他倆送食物和日用品。

小翠常勸元豐另外再娶，元豐不肯。一年多後，小翠的容貌和聲音逐漸異於往昔，把畫像拿出來比對，簡直判若兩人。元豐感到奇怪。小翠說：「你看我比以前美嗎？」元豐說：「雖然很美，卻與從前不同了。」小翠說：「那是嫌我老了？」元豐說：「你才二十幾歲，怎麼會老呢？」小翠笑了笑，把畫像燒了，元豐正要去搶救，畫已經燒成了灰。

一天，小翠對元豐說：「以前住家裡時，公公老說我不肯生孩子。現在雙親都年老，你又是獨子，我不會生育，怕是要耽誤你傳宗接代。你還是另娶他人，早晚可以侍奉公婆，你兩邊來回走動並無不便。」元豐答應了，向鍾太史家求親，眼看迎親的日子快要到來，小翠給新娘子做了新衣和鞋襪，送到鍾家去。新娘迎進門，她的容貌、言談和舉止，竟與小翠一般無二。元豐很驚訝，趕忙到花園找小翠，小翠卻已不見蹤影，問丫鬟小翠的下落，丫鬟拿出一條紅絲巾，說：「娘子回娘家去了，留下這個要交給公子。」元豐打開紅絲巾一看，上面繫著一塊玉玦，表示與元豐訣別之意。元豐知道她不會回來了，就帶著丫鬟們回去。他雖然經常思念小翠，對待新婚妻子仍同對待小翠一樣好，這時他才恍然大悟：原來小翠早已料到他和鍾家女兒成親的事，於是先化作鍾家姑娘的模樣，就可以慰藉元豐的相思之苦了。

記下奇聞異事的作者如是說：「一隻狐妖，因爲他人無意中對自己的恩惠，無時無刻都在想著要報答；而受人再生之德的人，居然爲一個破花瓶而發脾氣，實在是卑劣啊！小翠等元豐的姻緣再次圓滿了，才從容離去，這才知道仙人的情感更勝於世俗之人。」

金和尚

金和尚，諸城[1]人。父無賴，以數百錢鬻於五連山寺[2]，少頑鈍，不能肄清業[3]，牧豬赴市，若為傭。後本師死，稍有所遺，金卷懷離寺，作雜負販，飲羊登壟[4]，計最工，數年暴富。買田宅於水坡里，弟子繁有徒，食指日千計，遶里千百畝，悉良沃，金撫有之。里中甲第數十，皆僧無人，即有，亦其貧無業，攜妻子僦屋佃田者也。類凡數百家，每一門內，四繚連屋，皆此輩列而居。僧舍其中，前有廳事，梁楹節梲[5]，繪金碧射人眼，堂上几屏，其光可鑑。又其後為內寢，朱簾繡幙[6]，蘭麝香充溢噴人，螺鈿[7]雕檀為牀，牀上錦茵褥褶疊厚尺有咫，壁上美人山水諸名跡，懸粘幾無隙處。一聲長呼，門外數十人轟應如雷，細纓革靴者[8]，烏而集，鵠而立[9]，當事揜[10]口語，側耳以聽。客倉猝至，十餘筵咄嗟[11]可辦，肥濃蒸薰[12]，紛紛狼藉如霧霈[13]。但不敢公然蓄歌妓，而狡童[14]十數輩，皆慧黠能媚人，皂紗纏頭唱豔曲，聽睹亦頗不惡。

金一出，前後數十騎，腰弓矢相摩戛[15]，奴輩呼之皆以爺，即邑之人若民[16]，或祖之，伯叔之，不以師，不以上人，不以禪號也。其徒出，稍稍殺於[17]金，而風鬃雲轡[18]，亦略與貴公子等。金又廣結納，即千里外呼吸[19]可通，以此挾方面短長[20]，偶氣觸之，輒惕自懼。而其為人鄙不文，頂趾無雅骨，生平不奉一經，持一咒[21]，跡不履寺院，室中亦未嘗蓄鐃鼓[22]。此等物，門人輩弗及見，並弗及聞。凡僦屋者，婦女浮麗如京都，脂澤金粉，皆取給於僧，僧亦不之靳[23]。以故里中不田而農者以百數，時而佃戶決僧瘞牀下[24]，亦不甚窮詰，但逐去之，其積習然也。

金又買異姓兒，子之，延儒師教帖括[25]業。兒慧能文，因令入邑庠，旋援例作太學生[26]。未幾，赴北闈，領鄉薦，由是金之名以太公譔。向之爺之者太之，膝席[27]者皆垂手執耳孫[28]禮。無何，太公僧薨，孝廉縗麻臥苫塊[29]，北面稱孤[30]，諸門人釋杖[31]滿牀榻，而靈幃後嚶嚶細泣，惟孝廉夫人一而已。士大夫婦咸華妝來，搴幃弔唁，冠蓋輿馬塞道路。殯日，棚閣雲連，旛幢[32]翳日。殉葬，束草黏五色金紙做冥物[33]，輿蓋數十事，馬千蹄[34]，美人百袂[35]，方相方弼[36]，著皂帛，首靡雲，冥宅[37]樓閣房廊亙數畝，萬戶千門，入者迷不可出，祭品象物，多步能指以名。會葬者蓋相摩，上自方面，皆傴僂入，起拜凡八，邑貢監[38]及簿史，以手據地叩即行，不敢勞公子，勞諸師叔也。傾國來瞻仰，男攜婦，母襁兒，流汗相屬於道。人聲沸，百戲鞺鞳[39]，都不可聞，立者自肩以下皆隱，惟見萬頭攢動[40]而已。孕婦痛急欲產，諸女伴張裙為幄，羅守之，但聞啼，不暇問雌雄，斷幅繃懷中，或扶之，或曳之，蹩躠[41]以去，奇觀哉！葬後，以金所遺資產，瓜分而二之，子一，門人一也。孝廉得半，而居第之南之北之西東，盡緇黨[42]，然皆兄弟行，痛癢猶相關云。

異史氏曰：此一派也，兩宗未有，六祖無傳[43]，可謂獨闢法門者矣。抑聞之，五蘊[44]皆空，六塵[45]不染，是為和尚。口中說法，座上參禪，是為和樣。鞵香楚地，笠重吳天[46]，是為和撞。鼓鉦鍠聒[47]，笙管敖曹，是為和唱。狗苟鑽緣，蠅營淫賭，是為和幛。金也者，尚耶？樣耶？撞耶？唱耶？抑地獄之幛耶？

1 諸城：今山東省濰坊市。

2 五連山寺：或作五蓮山寺，建於明神宗萬曆年間。五蓮山，位於今山東省五連縣與日照市交界處。

3 清業：指僧侶誦經、打坐等修行。

4 飲羊登壟：比喻詐欺牟利的作為。飲羊，羊販子為了讓羊隻重一些好賣得高價，故意讓羊多喝水以增加其重量。飲，讀作「印」，將液體食品給另一人飲用。登壟，指壟斷利益，在市場上獨佔鰲頭。

5 節梲：中國傳統建築的木材結構。梲，讀作「卓」，立於屋梁和屋頂間的短柱。

6 繡幞：繡有山水花鳥等刺繡的裝飾用織品。幞，讀作「沐」，巾帕、布幕。

7 螺鈿：把螺殼磨薄鑲嵌在家具上，構成各種山水花鳥等圖案。

8 細纓革靴者：指僕役。

9 鵠而立：比喻成群僕役像引頸抬頭的大型鳥類一般佇立。鵠，讀作「胡」，長頸的鳥類。

10 揜：讀作「掩」，通「掩」，以手遮蔽、抵擋。

11 咄嗟：讀作「剁借」，瞬間。

12 肥濃蒸薰：泛指佳餚美酒。

13 霧霈：煙霧迷漫。

14 狡童：容色姣好的少年。

15 摩戛：摩擦撞擊。

16 人若民：從事各種行業的百姓。

17 殺於：減小，少於。

18 風鬃雲轡：形容眾多駿馬。

19 呼吸：聲氣。形容消息轉瞬即到，十分靈通。

20 短長：是非。此指短處、過失、把柄等。

21 咒：梵文，又翻譯為真言。佛教經咒。

22 鐃鼓：僧侶作法事時使用的樂器。

23 靳：讀作「進」，吝惜。

24 決僧瘞牀下：殺死僧侶埋在床下。決，處決、謀殺之意。瘞，讀作「意」，用土掩埋、埋葬。

25 帖括：科舉時代應試的文章。

26 援例作太學生：按照規定捐納入太學為監生，可直接參加順天府鄉試。

27 膝席：古人習慣跪坐，向人表示敬意時，臀部離開腳踝直起身子，膝蓋仍跪在席上，以此姿勢致意稱為膝席。

28 耳孫：遠孫或曾孫。

29 縗麻臥苫塊：指披麻戴孝等服喪的禮節。縗，讀作「崔」，喪服。臥苫塊，服喪時睡在乾草上，頭枕土塊。苫，讀作「山」，乾草編成的枕頭。

30北面稱孤：在靈堂前跪著叩拜，自稱孤子。
31釋杖：父母死去時喪禮所用的黑竹杖。
32旛幢：指招魂旛。旛，讀作「翻」。
33冥物：古代用以殉葬的草人、草馬。
34千蹄：一馬有四蹄，千蹄即兩百五十匹馬。
35百袂：五十人。袂，衣袖。一件衣服有兩片衣袖，百袂即五十人。
36方相方弼：民間在出殯時，用紙紮成的高大人形，面貌猙獰，作為出殯儀仗的先導。
37冥宅：墓地。
38貢監：進入國子監讀書的生員為貢監。
39鞺鞳：讀作「湯踏」。鐘鼓聲。
40萬頭攢動：形容很多人聚集的樣子。
41躄躠：讀作「別薩」。走路腳步不穩的樣子。
42緇黨：指僧侶。緇，黑色，僧侶的袍服為黑色，故以此代指僧侶。
43兩宗未有，六祖無傳：意即並非正統佛門體系。六祖，指六祖慧能，佛教禪宗派系之一，慧能是第六代傳承衣缽的人。兩宗，指禪宗的南北二宗，慧能是南宗代表，神秀為北宗代表。
44五蘊：即色、受、想、行、識。佛教中意為組成人的成分。
45六塵：色、聲、香、味、觸、法。佛教中意指讓心靈透過感官所接觸的對象。
46鞵香楚地，笠重吳天：形容僧人一身輕裝，雲遊四方。鞵，通「鞋」。楚地、吳天，天地之間，借指僧人四處尋訪問道之地。
47鼓鉦鍠聒：鑼鼓之聲。指僧人作法事敲打木魚鐘磬等樂器的吵雜聲音。

◆**馮鎮巒評點**：此篇零星敘法，段落最難勾出。

這篇寫作方法片段零散，難以勾勒出段落。

白話翻譯

金和尚，山東諸城人。他的父親是個地痞流氓，爲了數百文錢把他賣給了五蓮山寺。金和尚從小愚鈍，不能讀經參禪，只能養豬拿到市集上賣，就像個雜役一般。後來他的師父圓寂，只留下一點銀子，金和尚拿了銀子就離開寺院做起小本生意，最擅長的是投機取巧等騙人勾當，數年間就變成富翁，在水坡里置辦宅院田產。他的徒弟眾多，每天都有幾千人要吃飯，村子四周有成百上千畝良田，他在村裡蓋了幾十座宅院，只供和尚居住；即使有提供外人住宿，也是無家可歸的窮人，攜家帶眷來這裡向他租房子住，幫他耕種當佃農。每一座宅院門內都與四周房子相連，住在裡頭的都是佃戶。和尚住的房舍則位於宅院中間，前有大廳，重梁掛柱，金碧輝煌，光燦奪目，大廳裡的陳設家具晶瑩光亮得足以照出人影；寢室就在後方，裡面掛著紅簾幕和繡花帷幔，蘭麝香味四溢，檀木床上鑲有螺殼畫，上鋪錦緞褥墊，折疊起來有一尺多厚，牆上更掛有許多名家墨寶。

金和尚只要大喊一聲，候在門外的幾十個僕人便齊聲答應，聲如雷鳴。這些人頭戴紅纓帽，腳穿皮靴，群集起來黑壓壓地像烏鴉群，伸長脖子像大鳥站著聽候差遣。他們接受主人吩咐時都會用手掩嘴說話，側耳傾聽。若有客人突然到訪，只要吆喝一聲，十幾桌宴席頃刻間就能辦好，蒸熏燒煮的各種美味佳餚紛紛擺上桌，擺滿珍饈的桌面熱氣蒸騰，如同雨霧。金和尚唯獨不敢公開蓄養歌妓，卻有十幾個美少年，每個都聰明伶俐，討人喜愛。他們頭纏皀紗，口唱豔曲，看了就能令人感到賞心悅目。

金和尚出門時，十幾個騎馬的隨從前呼後擁，腰上掛的弓箭互相碰擊發出聲響。奴僕稱呼金和尚爲「爺」，所轄的百姓以「祖」字輩稱呼他，也有稱呼他「伯」或「叔」的，卻沒有一個稱呼過他「師父」、「上人」，更不知他的法號。徒弟們出門的排場則略遜金和尚，但他們都騎著很威風的駿馬，與貴公子無異。

金和尚交遊甚廣，千里之外也有人與他互通聲息，好掌握各地方軍政長官的弱點，使得這些官員一旦冒犯他，就會嚇得膽戰心驚。金和尚粗俗鄙陋，從頭到腳盡皆俗不可耐。他一生沒有誦過一經、念過一咒，也從來不到寺院；居室中未曾擺放誦經所用的金鐃和法鼓這類器物，他的徒弟們也從未見到過，而且從沒聽說過。

凡是向他租賃房子住的佃戶，女眷們都是濃妝豔抹，所用的胭脂香粉都由和尚們提供，和尚們對這類開銷也絲毫不吝嗇，因此村裡掛著農戶的名號卻不種田的人有上百戶。經常發生不守法的佃戶把和尚的頭砍下，埋在床底的兇殺案件，金和尚也不追究，把這些佃戶趕出去就了事，歷來的習慣就是如此。

金和尚向別人買兒子當作義子，請先生教兒子讀書。他的兒子聰明擅長寫文章，就讓他進縣學就讀，按例捐納成爲太學生，不久後參加順天府鄉試，考中了舉人。從此金和尚被人們稱爲「太公」，名聲響遍方圓百里。過去稱金和尚爲「爺」的人，又加上個「太」字，原來對他行常禮的人，都改行兒孫禮了。

不久，金和尚圓寂了。他的兒子披麻戴孝，睡臥草墊、頭枕土坯，面對靈床自稱孤哀子，徒弟們用的哭喪棒堆滿了床榻，但在靈幃後面小聲哭泣的，只有金和尚兒子的妻子一人而已。士大夫們全部盛裝前來弔唁，這些官員們的儀仗、車駕把路擠得水洩不通，到了出殯之日，搭的棚閣像雲彩一樣綿延千里，旌幡幢蓋遮天蔽日，草紮的殉葬品都用金帛裝飾。車馬傘蓋和儀仗幾十套，陪葬的馬俑兩百五十匹，美女人偶足有五十人，全都做得栩栩如生。方弼和方相兩個開路神是用硬紙殼製成的巨人，頭束皀帕、身穿金甲，中空的內裡用木架支撐，讓人鑽進去從裡面扛著走，還能裝上轉動的機關，讓開路神眉飛色舞、目光閃爍，像在吶喊一樣。觀看的人都感到很驚訝，有些小孩遠遠瞧見就被嚇哭跑走了。

金和尚的墳墓修建得富麗堂皇，樓閣房廊相連足有幾十畝地，裡面門戶眾多，進去就會迷路，祭品上的靈物十分罕見，人們大多不知其名。眾人在此會合送葬，人數眾多，上至地方官員親自出席，彎著腰進來，恭敬地按朝見儀式跪拜；下至本縣的貢生和小官員，四肢伏在地上行叩首禮，不敢勞駕公子和諸位師叔。舉目所及，全城的人們都出來瞻仰，男女氣喘吁吁、揮汗如雨，將路上擠得水洩不通，攜家帶口、呼兄尋妹的繁不勝數，人聲鼎沸，再摻上鑼鼓喧天之聲，各種雜耍戲劇的鏗鏘聲，完全聽不見人們交談。看熱鬧的人多得只能看見他們的肩膀以上，從遠處看就像千萬顆人頭攢動。人群中有孕婦陣痛將要分娩，幾個女伴就張開裙子當作帷帳，把她圍在中間遮擋起來；嬰兒出生後只聽見哭聲，也來不及看是男是女，扯下衣服一角就包起孩子抱在懷中，有人攙扶、有人拉扯，很費勁地才能把產婦從人群中帶出來。這可眞是一大奇觀啊！

金和尚入葬後，他的遺產分作兩份：一份給他的兒子，一份給他的徒弟們。金和尚的兒子得到一半家產，而他的住宅四周都是屬於和尚們的產業；但金和尚的兒子與那些和尚皆以兄弟相稱，他們之間仍有密不可分的關係。

記下奇聞異事的作者如是說：「這派佛教分支，不曾在禪宗的南、北兩宗聽說過，六祖慧能也沒有傳授衣缽給他們，可算是另闢蹊徑。也曾聽說一個說法，出家人若色、受、想、行、識五蘊皆空，眼、耳、鼻、舌、身、意六塵不染，就是所謂的『和尚』；宣揚佛法，打坐禪修的僧人，稱爲『和樣』；雲遊四方的僧人，稱爲『和撞』；鑼鼓喧囂，敲打木魚，就是所說的『和唱』；專門做些蠅營狗苟、吃喝嫖賭的勾當，稱爲『和幛』。而這位姓金的是『尚』呢？『樣』呢？『撞』呢？『唱』呢？還是地獄中的『幛』呢？」

龍戲蛛

徐公為齊東令[1]。署[2]中有樓，用藏肴餌，往往被物竊食，狼藉於地。家人屢受譙責[3]，因伏伺之。見一蜘蛛，大如斗[4]。駭走白[5]公。公以為異，日遣婢輩投餌焉。蛛益馴，飢輒出依人，飽而後去。積年餘，公偶閱案牘，蛛忽來伏几上。疑其飢，方呼家人取餌；旋見兩蛇夾蛛臥，細裁[6]如箸，蛛爪蜷[7]腹縮，若不勝懼。轉瞬間，蛇暴長，粗於卵。大駭，欲走。巨霆大作，闔家震斃。移時，公甦；夫人及婢僕擊死者七人。公病月餘，尋卒。公為人廉正愛民，柩發之日，民斂錢以送，哭聲滿野。

異史氏曰：「龍[8]戲蛛，每意是里巷之訛言耳，乃真有之乎？聞雷霆之擊，必於凶人，奈何以循良[9]之吏，罹此慘毒；天公之憒憒[10]，不已多乎！」

1 齊東令：齊東知縣。齊東，古代縣名，今山東省濟陽縣、章丘市與高青縣之間。
2 署：官府、官邸。
3 譙責：責備。譙，讀作「俏」。
4 斗：此指酒杯。
5 白：讀作「博」，告訴、告知。
6 裁：僅、只之意。通「纔」、「才」二字。
7 蜷：彎曲。
8 龍：此指蛇。因蛇俗稱小龍。
9 循良：奉公守法，勤政愛民。
10 憒憒：讀作「愧愧」，糊塗、懵懂。

白話翻譯

徐大人還是齊東知縣時，府衙中有一棟樓房用來貯藏食物，經常有動物進去偷吃，弄得地上一片凌亂。家僕常因此遭到責備，便躲在暗中觀察起樓房，竟看到一隻像酒杯那麼大的蜘蛛，嚇得連忙去稟告徐大人。徐大人感到很奇怪，於是每天派奴婢們送食物給蜘蛛吃。蜘蛛更加溫馴，餓了便爬出來依偎在人的身邊，吃飽後就離去。過了一年多，有一天，徐大人正在批閱公文，蜘蛛忽然爬到他的桌上趴著。徐大人以爲牠餓了，正要呼喚家僕拿食物，隨後就見到兩條像筷子那麼細的小蛇，將蜘蛛緊緊盤在地面。蜘蛛蜷起爪子，縮起肚子，好似非常恐懼。一轉眼，兩條蛇突然變長，身體比蛋還粗。徐大人大驚失色，想要逃走，天空突然雷鳴閃電，徐大人全家都被擊得昏死過去。過了一段時間，徐大人甦醒，奴婢僕人連同他的夫人共被擊死了七人，徐大人病了一個多月，不久也死了。徐大人爲人正直清廉，愛民如子，出殯那天，老百姓自願出錢給他送葬，哭聲遍野。

記下奇聞異事的作者如是說：「小龍戲蛛的故事，我總以爲是街頭巷尾的謠傳而已，難道眞有這回事嗎？聽說天打雷劈，一定是懲罰壞人，爲何像徐大人這樣的好官卻遭遇如此橫禍？老天爺糊塗的地方，不也很多嗎？」

◆**馮鎮巒評點**：幾欲搔首一問，若謂前因後果，現在循良，亦可稍恕矣。劫也，數也，遭之者誤耶，抑可知而不可知，究莫測其故耶？

我想搔頭一問，若論前因後果，徐大人現在是個勤政愛民的好官，也可稍稍寬恕。遭雷霆之禍是他命中劫數，抑或是冥冥之中自有定數，也許是老天爺降錯懲罰也說不定，總之還是無法明白其中的緣故呀。

商婦

天津[1]商人某，將賈遠方，從富人貸貲[2]數百。為偷兒所窺，及夕，預匿室中以俟[3]其歸。而商以是日良，負貲竟發。偷兒伏久，但聞商人婦轉側牀上，似不成眠。既而壁上一小門開，一室盡亮。門內有女子出，容齒少好，手引長帶一條，近榻授婦，婦以手卻之。女固授之；婦乃受帶，起懸梁上，引頸自縊。女遂去，壁扉亦闔。偷兒大驚，拔關[4]遁去。既明，家人見婦死，質[5]諸官。官拘鄰人而鍛煉[6]之，誣服成獄[7]，不日就決。偷兒憤其冤，自首於堂，告以是夜所見。鞫[8]之情真，鄰人遂免。問其里人，言宅之故主曾有少婦經死[9]，年齒容貌，與盜言悉符，固知是其鬼也。欲傳暴死[10]者必求代替，其然歟？

1 天津：地名。今天津市。
2 貲：通「資」，指財物、錢財。
3 俟：讀作「四」，等待、等候。
4 拔關：把門打開。關，門閂。
5 質：此處意指主持公道。

6 鍛煉：此處意指嚴刑逼供。
7 成獄：結案，定罪。
8 鞫：讀作「局」，審問、審判。
9 經死：上吊自殺而亡。
10 暴死：突然去世，此指死於非命。

白話翻譯

天津某商人將要出遠門經商，向富翁借了幾百兩銀子當資本，被一個小偷盯上了。到了晚上，小偷預先藏在屋裡等商人回家，商人卻因爲這天是個好日子，不返家而直接帶著錢出發了。小偷潛伏許久，只聽見商人妻子在床上翻來覆去睡不著。牆壁上忽然間開了一扇小門，門內的光照得滿屋通明，一個女人從裡面走出來，年輕美貌，手裡拿一條長帶。她走到床前，把帶子遞給商人妻子，她用手推卻，但女人堅持給她。商人的妻子便接過帶子，起身掛上房梁，脖子一伸，上吊自殺了。女人隨即離去，牆壁上的小門也關上。小偷大吃一驚，連忙開門逃跑。

等到天亮，家人見商人的妻子死了，上報官府請求查明眞相。官府把鄰居抓來嚴刑逼供，屈打成招，不日處決。小偷爲他們打抱不平，到衙門去自首，把那天晚上所見所聞全盤托出。經過官員仔細審訊，判斷他的說詞應當屬實，終於把鄰居釋放。官府向鄰人們打聽，都說這間房子從前的主人曾有個年輕少婦上吊自殺，年齡容貌與小偷說的一模一樣，這才知道小偷那晚見到的是她的鬼魂。民間傳說道，死於非命之人必定要找替死鬼，果眞如此嗎？

閻羅宴

靜海[1]邵生，家貧。值母初度[2]，備牲酒祀於庭；拜已而起，則案上肴饌皆空。甚駭，以情告母。母疑其困乏不能為壽[3]，故詭言之。邵默然無以自白。無何，學使案臨[4]，苦無資斧，薄貸而往。途遇一人，伏候道左，邀請甚殷。從去。見殿閣樓臺，彌亙街路。既入，一王者坐殿上。邵伏拜。王者霽顏[5]命坐，即賜宴飲。因曰：「前過華居[6]，廝僕輩道路飢渴，有叨盛饌。」邵愕然不解。王者曰：「我忤官王[7]也。不記尊堂設帨之辰[8]乎？」筵終，出白鏹[9]一裹，曰：「豚蹄[10]之擾，聊以相報。」受之而出，則宮殿人物，一時都渺；惟有大樹數章[11]，蕭然[12]道側。視所贈，則真金，秤之得五兩。考終，止耗其半，猶懷歸以奉母焉。

1 靜海：古代縣名。今屬天津市。
2 初度：生日。
3 為壽：慶生。
4 學使案臨：提督學政至所屬各級縣市主持歲試與科試。即考期到來。
5 霽顏：和顏悅色。
6 華居：美稱別人的房屋。
7 忤官王：又作「五官王」。陰間十殿閻羅的第四殿閻王。
8 設帨之辰：女性的生日。帨，讀作「稅」，佩巾，即手帕。設帨，擺設佩巾，代指女性。
9 白鏹：金銀。鏹，讀作「搶」，錢財。
10 豚蹄：豬腳，借指祭品。
11 章：棵。
12 蕭然：空寂的樣子。

◆**何守奇評點**：一飯必報，鬼神之情狀如此。

鬼神享用了凡人的祭品，必定會有所回報。

閻羅宴
一飯曾叨念不
忘多情誰似許官
王幽明竟亦通酬
酢特肅嘉賓萬斛觴

白話翻譯

靜海有一個姓邵的秀才，家裡很窮。正逢母親過生日，他同時在院子裡準備酒菜拜神，祭拜完站起來，發現桌上盛裝酒菜的盤子全空了。邵生很害怕，將實情稟告母親。邵母懷疑他因爲家裡貧窮無法替她祝壽，故意編這等荒唐的謊話騙她。邵秀才百口莫辯，只能沉默。不久，學政蒞臨府城主持考試，邵秀才爲自己沒有路費赴考而發愁，盡力籌借了一點錢才去應試。路途上，他遇到一人在路邊恭敬等候他，殷勤邀約他前往做客。邵秀才隨他前往，只見所到之處是一條長長的街道，兩旁的樓臺殿閣連綿不絕。進了屋內，一名王者裝束的人坐在大殿上，邵秀才跪下磕頭，王者和顏悅色請他坐下，準備酒菜宴請他，隨後說：「前些天從貴府經過，幾個僕從路上又餓又渴，叨擾了一頓佳餚美酒。」邵秀才不明白是怎麼回事，王者說：「我是地府的四殿閻君。你不記得給你母親過生日那天嗎？」散席後，王者拿出一包白銀，又說：「上回享用了你的祭品，以此聊作報答。」邵秀才收下了，離開後回頭一看，宮殿、人物一下全消失無蹤，只有幾棵大樹孤寂零落地立在路旁。邵秀才看看贈銀，依舊是眞金白銀，一秤足足有五兩重。考試完畢也僅花費一半，便將剩下的銀子拿回去孝敬母親。

役鬼

山西楊醫，善針灸[1]之術；又能役鬼。一出門，則捉騾操鞭者，皆鬼物也。嘗夜自他歸，與友人同行。途中見二人來，修偉[2]異常。友人大駭。楊便問：「何人？」答云：「長腳王、大頭李，敬迓[3]主人。」楊曰：「為我前驅。」二人旋踵[4]而行，蹇緩[5]則立候之，若奴隸然。

1針灸：一種中醫療法。為針法和灸法的合稱。使用特製的金屬針或燃燒的艾絨，刺激經脈穴道治療疾病。也作「鍼灸」。
2修偉：形容身形修長高大。
3迓：讀作「訝」，迎接。
4旋踵：旋轉腳跟，比喻極短的時間。踵，讀作「腫」。
5蹇緩：驢子行走緩慢。

白話翻譯

山西有位姓楊的醫生，擅長以針灸替人治病，又能驅使鬼供他差遣。他一出門，替他牽騾持鞭的都是鬼物。某天晚上，他外出回來，與朋友同行，行至途中見到兩人迎面走來，身形修長高大異於常人。朋友很驚訝，楊醫生便問：「你們是什麼人？」那兩人回答：「長腳王、大頭李，在此恭迎主人。」楊醫生說：「到前面，爲我領路。」兩人隨即轉身往前走，發覺楊醫生的驢子走得慢了，更自行停在路旁等候，簡直就像是醫生的奴僕一般。

細柳

細柳娘，中都[1]之士人女也。或以其腰嫖嬝[2]可愛，戲呼之「細柳」云。柳少慧，解文字，喜讀相人[3]書。而生平簡默[4]，未嘗言人臧否[5]；但有問名者，必求一親窺其人。閱人甚多，俱未可，而年十九矣。父母怒之曰：「天下迄無良匹，汝將以丫角[6]老耶？」女曰：「我實欲以人勝天；顧久而不就，亦吾命也。今而後，請惟父母之命是聽。」時有高生者，世家名士，聞細柳之名，委禽[7]焉。既醮[8]，夫婦甚得。

生前室遺孤，小字長福，時五歲，女撫養周至。女或歸寧，福輒號啼從之，呵遣所不能止。年餘，女產一子，名之長怙。生問名字之義，答言：「無他，但望其長依膝下耳。」女於女紅疏略，常不留意；而於畝之東南[9]，稅之多寡，按籍而問，惟恐不詳。久之，謂生曰：「家中事請置勿顧，待妾自為之，不知可當家否？」生如言，半載而家無廢事，生亦賢之。一日，生赴鄰村飲酒，適有追逋賦[10]者，打門而誶[11]；遣奴慰之，弗去。乃趣[12]僮召生歸。隸既去，生笑曰：「細柳，今始知慧女不若癡男耶？」女聞之，俯首而哭。生驚挽而勸之，女終不樂。生不忍以家政累之，仍欲自任，女又不肯。晨興夜寐，經紀彌勤。每先一年，即儲來歲之賦，以故終歲未嘗見催租者一至其門；又以此法計衣食，由此用度益紓[13]。於是生乃大喜，嘗戲之曰：「細柳何細哉：眉細、腰細、凌波[14]細，且喜心思更細。」女對曰：「高郎誠高矣：品高、志高、文字高，但願壽數尤高。」

村中有貨美材[15]者，女不惜重直致之；價不能足，又多方乞貸於戚里。生以其不急之物，固止之，卒弗聽。蓄之年餘，富室有喪者，以倍貲贖諸其門。生因利而謀諸女，女不可。問其故，不語；再問之，熒熒欲涕。心異之，然不忍重拂焉，乃罷。又踰歲，生年二十有五，女禁不令遠遊；歸稍晚，僮僕招請者，相屬於道。於是同人咸戲謗之。一日，生如友人飲，覺體不快而歸，至中途墮馬，遂卒。時方溽暑，幸衣衾皆所夙備。里中始共服細娘智。

福年十歲，始學為文。父既歿，嬌惰不肯讀，輒亡去從牧兒遨。譙訶不改，繼以夏楚[16]，而頑冥如故。母無奈之，因呼而諭之曰：「既不願讀，亦復何能相強？但貧家無冗人，可更若衣，便與僮僕共操作。不然，鞭撻勿悔！」於是衣以敗絮，使牧豕；歸則自掇[17]陶器，與諸僕啗飯粥。數日，苦之，泣跪庭下，願仍讀。母返身向壁，置不聞。不得已，執鞭啜泣而出。殘秋向盡，桁[18]無衣，足無履，冷雨沾濡，縮頭如丐。里人見而憐之，納繼室者，皆引細娘為戒，嘖有煩言。女亦稍稍聞之，而漠不為意。福不堪其苦，棄豕逃去，女亦任之，殊不追問。積數月，乞食無所，憔悴自歸；不敢遽入，哀求鄰媼往白母。女曰：「若能受百杖，可來見；不然，早復去。」福聞之，驟入，痛哭願受杖。母問：「今知改悔乎？」曰：「悔矣。」曰：「既知悔，無須撻楚，可安分牧豕，再犯不宥！」福大哭曰：「願受百杖，請復讀。」女不聽，鄰嫗慫恿之，始納焉。濯髮授衣，令與弟怙同師。勤身銳慮，大異往昔，三年遊泮[19]。中丞[20]楊公，見其文而器之，月給常廩[21]，以助燈火[22]。

怙最鈍，讀數年不能記姓名。母令棄卷而農。怙遊閒憚於作苦。母怒曰：「四民各有本業，既不能讀，又不能耕，寧不溝瘠死[23]耶？」立杖之。由是率奴輩耕作，一朝晏起，則詬罵從之；而衣服飲食，母輒以美者歸兄。怙雖不敢言，而心竊不能平。農工既畢，母出貲使學負販。怙淫賭，入手喪敗，詭託盜賊運數，以欺其母。母覺之，杖責瀕死。福長跪哀乞，願以身代，怒始解。自是一出門，母輒探察之。怙行稍斂，而非其心之所得已也。一日，請母，將從諸賈入洛[24]；實借遠遊，以快所欲，而中心惕惕，惟恐不遂所請。母聞之，殊無疑慮，即出碎金三十兩，為之具裝；末又以鋌金[25]一枚付之，曰：「此乃祖宦囊[26]之遺，不可用去，聊以壓裝[27]，備急可耳。且汝初學跋涉，亦不敢望重息，只此三十金得無虧負足矣。」臨行又囑之。怙諾而出，欣欣意自得。至洛，謝絕客侶，宿名娼李姬之家。凡十餘夕，散金漸盡。自以巨金在囊，初不意空匱在慮；及取而斫[28]之，則偽金耳。大駭，失色。李媼見其狀，冷語侵客。怙心不自安，然囊空無所向往，猶冀[29]姬念夙好，不即絕之。俄有二人握索入，驟縶[30]項領。驚懼不知所為。哀問其故，則姬已竊偽金去首公庭矣。至官，不能置辭，梏掠幾死。收獄中，又無資斧，大為獄吏所虐，乞食於囚，苟延餘息。

初，怙之行也，母謂福曰：「記取廿日後，當遣汝之洛。我事煩，恐忽忘之。」福請所謂，黯然欲悲，不敢復請而退。過二十日而問之。歎曰：「汝弟今日之浮蕩，猶汝昔日之廢學也。我不冒惡名，汝何以有今日？人皆謂我忍[31]，但淚浮枕簟[32]，而人不知耳！」因泣下。福侍立敬聽，不敢研詰。泣已，乃曰：「汝弟蕩心不死，故授之偽金以挫折之，今度已在縲綫[33]中矣。中丞待汝厚，汝往求焉，可以脫其死難，而生其愧悔也。」福立刻而發；比入洛，則弟被逮三日矣。即獄中而望之，怙奄然面目如鬼，見兄涕不可仰。福亦哭。時福為中丞所寵異，故遐邇皆知其名。邑宰知為怙兄，急釋之。怙至家，猶恐母怒，膝行而前。母顧曰：「汝願遂耶？」◆怙零涕不敢復作聲，福亦同跪，母始叱之起。由是痛自悔，家中諸務，經理維勤；即偶惰，母亦不呵問之。凡數月，並不與言商賈，意欲自請而不敢，以意告兄。母聞而喜，并力質貸而付之，半載而息倍焉。是年，福秋捷[34]，又三年登第；弟貨殖累巨萬矣。邑有客洛者，窺見太夫人，年四旬，猶若三十許人，而衣妝樸素，類常家云。

異史氏曰：「黑心符出，蘆花變生，古與今如一丘之貉，良可哀也[35]！或有避其謗者，又每矯枉過正，至坐視兒女之放縱而不一置問，其視虐遇者幾何哉？獨是日撻所生，而人不以為暴；施之異腹兒，則指摘從之矣。夫細柳固非獨忍於前子也；然使所出賢，亦何能出此心以自白於天下？而乃不引嫌[36]，不辭謗，卒使二子一富一貴，表表於世。此無論閨闥，當亦丈夫之錚錚[37]者矣！」

◆**但明倫評點**：但以願遂羞之，不復問其知悔否，蓋信偽金之得力不少也。

細柳只問長怙是否遂其心願來使他知羞，不再問他是否知道錯了，是相信偽金一事讓他吃了不少苦頭。

1中都：古代地名。今河南省沁陽縣東北。
2嫖娘：形容女子體態纖細，柔美輕盈的樣子。嫖，讀作「飄」。
3相人：觀察人的身形面貌來預測吉凶。
4簡默：沉默寡言。
5臧否：善惡是非。否，讀作三聲「匹」。
6丫角：未出閣的年輕女子所梳的兩髻，形似丫杈、樹杈，故稱丫角。
7委禽：婚娶習俗中的下聘禮。
8醮：讀作「叫」。多指結婚後改嫁，此處單指女子出嫁。
9畝之東南：借指農事，如耕田播種等。
10逋賦：拖欠賦稅。逋，讀作「補」的一聲，拖欠、拖延。
11誶：讀作「歲」。猶言叫罵。
12趣：通「促」，促使、催促。
13益紓：越來越寬裕。
14凌波：指女子的小腳。凌波，原指女子步態輕盈。
15材：棺木。
16夏楚：鞭打，古代學校的體罰。
17掇：讀作「奪」，接取、拾取。
18桁：讀作「沆」。衣架。
19遊泮：指考中秀才。泮，讀作「盼」，即「入泮」，俗稱考中秀才。古代學宮內有泮池（半月形的水池），故稱學宮為「泮宮」，童生入縣學為生員，即稱「入泮」。
20中丞：指巡撫。
21常廩：固定的生活津貼。廩，讀作「凜」，明清時期領國家俸祿的生員。
22燈火：資助燈火錢，此指楊公贊助長福錢財、供他讀書。
23溝瘠死：饑餓而死於溝壑中。
24洛：洛陽。
25鋌金：金錠。
26宦囊：指擔任官職時所積攢的錢財。
27壓裝：放在行李最底層。
28斫，讀作「卓」，用刀砍。
29翼：動詞，掩護、保護之意。此處意為幸好、多虧。
30縶，讀作「直」，綑綁。
31忍：殘忍、狠心。
32枕簟：枕席。簟，讀作「店」，竹席。
33縲絏：讀作「雷謝」。古時捆綁罪犯所用的黑繩。
34秋捷：秋試告捷，即考中舉人。
35「黑心符出」以下四句：意謂一旦娶繼室入門，前妻所生的孩子必然遭受後母虐待，古今皆同，的確令人哀嘆。《黑心符》，書名，唐代萊州長史于義方撰。記載後母各種惡劣行為，要子孫引以為戒。蘆花變生，為孔門弟子閔子騫遭受後母虐待的惡劣行跡。
36不引嫌：意指不避嫌。
37錚錚者：比喻脫穎而出的人物。《後漢書．劉盆子傳》：「帝（劉秀）曰：『卿所謂鐵中錚錚，傭中佼佼者也。』

細柳

太息高郎壽不高
苦殫心力為兒曹
恩威並用無歧視
富貴毋忘此人勞

細柳

白話翻譯

細柳姑娘，是中原一戶書香門第的女兒。她的腰纖細柔軟，有人戲稱她為「細柳」。她自幼聰穎，能讀書識字，尤其喜歡閱覽看面相的書。她一向沉默寡言，不議論別人是非；若有上門求婚的人，一定要親自暗中相看。細柳看了來提親的男子，都沒個中意的，當時她已經十九歲，年紀不小，卻尚未婚配。父母對她發怒了，說：「若你始終找不到中意的男人，難道要梳著丫髻當一輩子老閨女嗎？」細柳說：「我本以為人定勝天，可看了這麼久還沒找到合適的男人，這也是我的命。從今往後，聽憑父母作主便是。」當時有個姓高的秀才，出身於官宦之家，頗有名氣，他聽說過細柳的名聲，就和她訂親了。結婚以後，夫妻二人感情甚篤。

高生的前妻生前育有一子，小名長福，這時已經五歲，細柳照顧他很周到。有時她回娘家，長福總是又哭又鬧地吵著要跟她一起回去，就算喝斥也不聽。一年多後，細柳生了個兒子，給孩子取名長怙，高生問她取這個名字的含義，她答：「沒有深意，只不過希望他能長久陪在身邊而已。」細柳不擅長女紅，對此也不太在意；反而對於家中田產、應繳納的賦稅，都逐一按照帳冊查對，惟恐知道得不夠詳細。過了很久，她對丈夫說：「家中事務請你交給我來處理，評估我是否有當家的本事？」高生按她說的去做，過了約莫半年多，家務處理得井井有條，高生對她十分佩服。

有一天，高生去鄰村喝酒，催繳賦稅的差役剛好在這時來了，在外敲門大聲叫喚。細柳命奴僕出去好言勸慰，差役不肯走，細柳便趕緊命僮僕去把丈夫叫回來。催稅的差役走後，高生笑道：「細柳，如今你才知道，再聰明的女人也不如個癡愚的男子吧？」細柳聽到這番話，難過得低頭哭泣。高生對此很驚訝，挽起她的手勸慰她，細柳始終愁眉不展。高生不忍心見她操勞，想把家務收回來自己管理，細柳不肯，她早起晚睡，更加辛勤地料理家務。每次都提前一年準備好下一年度要繳交的賦稅，一整年再沒有催繳賦稅的差役上門。她又預先對各種生活開支進行規劃，從此家裡用度更加寬裕。高生很是高興，有一次和她開玩笑說：「細柳何細哉：眉細、腰細、凌波細，且喜心思更細。」細柳聽完也給他對了個下聯，說：「高郎誠高矣：品高、志高、文字高，但願壽數尤高。」

村中一名商販有副上好的棺木，細柳不惜重金購買，湊不足數又多方向親戚鄰居求借。高生認爲棺木非急需品，勸她別買，細柳不聽。棺材買回來後，放在家中一年多，有富戶家人過世，想用雙倍價錢來買。高生於是和細柳商議賣掉棺材，細柳不肯，高生問她爲何不肯賣，她也不說；再追問，細柳就快要哭出來。高生感到奇怪，又不忍違背她的心意，此事也就作罷。又過去一年，高生已二十五歲，細柳不肯讓他再出遠門。有時他回家稍晚了點，細柳便派僮僕輪番去請，高生的同袍都以此尋他開心。有一天，高生到朋友家中喝酒，忽覺身體不適，趕快往回家方向走，半路上摔下馬，竟然就摔死了。當時正值夏天，幸好細柳早把喪事所需的東西都準備齊全了，才沒讓屍體腐爛。村裡的人都敬佩細柳料事如神。

長福長到十歲才開始學習寫作文章。父親過世以後，他嬌慣懶散不肯用功，經常翹課去和放牧的孩子玩。細柳起先責罵他，見他不改，又用藤條打，長福卻依然不肯改過。細柳對他無可奈何，喊他過來，告訴他：「既然你不願讀書，何必再勉強你呢？窮人家沒錢養閒人，你把衣裳換下，去和僮僕們一起工作。不然的話，就用鞭子抽你，你不要後悔！」接著給他穿破衣服，叫他去餵豬，回家就讓他拿著碗去和僕人們一起吃飯。過了幾天，長福忍受不了，哭著跪到廳堂下，表示想再回去讀書。細柳轉過頭去，臉面對牆，不理會他。長福不得已，只好拿著鞭子哭著出了門。直到殘秋將過，長福赤裸著臂膀，打著赤腳，沒有衣服也沒有鞋穿，被雨淋濕了，縮著頭像個要飯的乞丐。村裡人見了都覺得他可憐，那些續弦的、再娶的男人，都以細柳娘子爲戒，很多人都覺得她太殘忍，在背後對她議論紛紛。這些閒話也逐漸傳到細柳耳中，她卻置之不理，不放在心上。長福實在捱不了苦，丟下豬逃走了，細柳也不去追問。過了幾個月，長福沒地方乞討，才面容憔悴地回到家，卻又不敢進門，只好哀求鄰居老婆婆代他去向母親求情。細柳回答：「他若能承受一百棍打，就可以來見我；否則，他還是早點走的好。」長福聽了，突然走進門，跪在地上痛哭表示願意接受懲罰。細柳問：「你如此知道悔改了？」長福說：「我知道錯了。」細柳說：「既然知道悔改，就不必打了，可以安分去養豬，若是再犯，決不輕饒！」長福哭著說：「我願意挨一百棍，請母親

再讓我讀書吧！」細柳不聽，鄰居老婆婆在一旁勸解，細柳最後才答應，給長福洗頭並且換上乾淨衣服，讓他和弟弟長怙跟隨同一個老師讀書。長福從此發奮苦讀，徹底改頭換面，三年就考中秀才。巡撫楊大人看了長福的文章很器重他，讓官府每月都供給他衣食，資助他讀書。

長怙頭腦愚鈍，讀了好幾年書，連名字都不會寫。細柳叫他棄學務農，長怙遊手好閒慣了，忍受不了苦日子，細柳憤怒了：「士、農、工、商各有所長，你既不能讀書，又不能種地，豈不要餓死埋在路邊嗎？」就用棍子打他一頓。從此長怙帶領奴僕們種地，若是早上起床晚了，細柳就責罵他；衣服飯食，細柳總是把最好的留給哥哥長福。長怙對此敢怒不敢言。田裡的工作忙完了，細柳出錢讓他去學做生意，長怙喜歡嫖妓和賭博，錢到手便全花光了，更謊稱被強盜搶走了。細柳察覺後，拿棍子把他打個半死，非得長福跪在地上苦苦哀求，表示願代弟弟受罰，細柳才稍微消氣。從此只要長怙一出門，細柳就派人暗中查探，長怙的劣行才稍微收斂，可他並非真心悔改。有一天，他請求母親，讓他跟幾個商人去洛陽經商，其實只是想找個藉口出遠門罷了。可以做他想要做的事情，不受家中管束。然而他卻提心吊膽，惟恐母親不答應。母親聽完並無懷疑，拿出三十兩碎銀，爲他準備好行李，最後又拿出一枚金錠交給他，說：「這是你祖父做官時積攢下來的，不能花掉，只能用來墊在行李中，以備不時之需。況且你這次是第一次出遠門，學習經商，也不指望你賺大錢，只要不虧本就行。」臨走前細柳又再三叮囑。長怙全部答應下來就出了門，慶幸自己的計謀成功了。

到了洛陽，長怙馬上和商人們分開，獨自住進著名的娼妓李姬家裡，住了十幾晚，三十兩碎銀眼看就要花光。他以爲行李中還有一錠金子，所以並不憂慮缺錢；然而，等到拿出那金錠一看，才知道是假的。他嚇得臉都綠了，李嬤嬤見他沒錢，冷言冷語地嘲諷起他。長怙心中很不安，錢袋空空又無處可去，希望李姬能看在往日情份上，不要立刻把他掃地出門。不久，有兩個人手拿繩索走進屋，突然用那繩索套住他脖子。長怙驚慌失措，一下子沒了主意，哀求著詢問事情原委，原來李姬早已偷了那錠假金子告到官府。長怙被押去見官，他又無法辯解，官府對他嚴刑拷打，幾乎喪命。後將他收押進監獄裡，身無分文，無法打通關節，因此飽受獄卒虐待，長怙無法可施，只好向同牢的囚犯們乞討食物，暫且苟延殘喘。

起初，長怙剛上路時，母親就對長福說：「你記住，等二十天後，你要去洛陽一趟。我事情繁多，恐怕忘記此事。」長福問去做什麼，母親難過得差點流下淚來。長福也不敢多問，就退下了。過了二十天，長福又去詢問母親此事緣由，她歎氣道：「你弟弟現在輕浮放蕩，就跟你以前翹課一樣。當初我若不對你苛刻，你哪裡能有今天成就？人們都說我心狠，可是我夜晚淚濕枕上時，又有何人看見？」細柳邊說邊流淚，長福恭敬站在一旁聆聽，不敢發問。母親哭完了，這才說：「你弟弟放蕩成性，我故意給他那錠假金子讓他受點苦，我猜想他已經入獄了。你與巡撫楊大人有交情，你前往相求，必能免除長怙死罪，也能使長怙痛改前非。」長福立刻上路。等他到達洛陽地界，長怙已在牢中度過三天。他趕去獄中探望弟弟，見長怙憔悴得像鬼一樣，長怙見到哥哥就泣不成聲，也不敢抬頭，長福也與他一起大哭。當時長福很受巡撫楊大人器重，遠近皆知他的名字。縣令得知他是長怙的哥哥後，急忙就把長怙釋放了。

長怙回到家，唯恐母親還在惱他，於是跪在地上膝行到她面前懺悔。母親看著他說：「你這回玩得可滿意了？」長怙流著淚不敢出聲，長福也一同跪下，母親才喝斥長怙站起來。從此長怙下定決心痛改前非，家裡各種事務都很勤快地去處理；即使偶爾散漫，母親也不苛責他。幾個月後，母親也不再提讓他經商的事，他想去又不敢開口，只好告訴兄長。母親聽說後很高興，盡力籌借了一筆錢給長怙，僅半年時間，他就賺回了一倍利息。這一年秋天，長福考中舉人，又過了三年考中了進士；弟弟長怙經商也累積了上萬兩銀子。

淄川縣有個客居洛陽的人，說他曾偷偷見過這位太夫人細柳。雖然已年過四十，看上去卻像三十多歲，穿著打扮也十分樸素，和尋常人家無異。

記下奇聞異事的作者如是說：「記錄繼母劣跡的《黑心符》問世，繼母給前妻的兒子用蘆花做棉衣的惡行流傳開來，繼母的惡行，古今皆同，實在令人傷心！也有人爲了避開別人議論，對丈夫前妻的孩子過度放縱，往往矯枉過正，甚至坐視兒女行爲放蕩卻一言不發，那麼這和虐待孩子的繼母又有何差別呢？繼母即使天天毆打自己的親生孩子，人們也不會說她粗暴；如果打的是丈夫前妻所生的孩子，那麼別人就會對她指指點點，說三道四。這位細柳本來就不是個虐待丈夫前妻孩子的人，即使她親生兒子是個賢人，又如何能把她的用心良苦告知他人？像她這樣不怕被人猜忌，不怕他人誹謗的女子，最後才能讓兩個兒子都成器。細柳的行爲，莫說在女子中很少見，就是在男人裡也算得上是個佼佼者啊！」

卷八

相逢自是有緣，
千里維繫的情義更是彌足珍貴，
縱然日後人鬼殊途，
往昔的同甘共苦依舊長存於心。

畫馬

臨清[1]崔生，家窶[2]貧。圍垣不修。每晨起，輒見一馬臥露草間，黑質白章[3]；惟尾毛不整，似火燎斷者。逐去，夜又復來，不知所自。崔有好友，官於晉[4]，欲往就之，苦無健步[5]，遂捉馬施勒[6]乘去。囑屬家人曰：「倘有尋馬者，當如晉以告。」既就途，馬騖駛[7]，瞬息百里。夜不甚餤芻豆[8]，意其病。次日緊啣不令馳；而馬蹄嘶噴沫，健怒[9]如昨。復縱之，午已達晉。時騎入市廛[10]，觀者無不稱歎。晉王聞之，以重直[11]購之。崔恐為失者所尋，不敢售。居半年，無耗，遂以八百金貨於晉邸，乃自市健騾以歸。後王以急務，遣校尉[12]騎赴臨清。馬逸，追至崔之東鄰，入門，不見。索諸主人。主曾姓，實莫之睹。及入室，見壁間挂子昂[13]畫馬一幀[14]◆，內一匹毛色渾似，尾處為香炷所燒，始知馬，畫妖也。校尉難復王命，因訟曾。時崔得馬貲[15]，居積盈萬，自願以直貸曾，付校尉去。曾甚德之，不知崔即當年之售主也。

畫馬
千金不惜購驊
騮妙畫通靈何
處求漫道點睛
龍破壁子昂直
可繼僧繇

1臨清：古代縣名。今山東省臨清市。
2窶：讀作「具」，貧窮、窮困。
3黑質白章：黑底白紋。
4晉：指山西省。因春秋時期，晉國位於山西，故簡稱山西為晉。
5健步：此指速度快的坐騎。
6勒：此指馬轡、馬鞍等裝備。
7騖馳：急速奔馳。騖，讀作「務」，疾速。
8餤芻豆：吃馬飼料。餤，讀作「但」，吃，同「啖」、「啗」。芻豆，馬的飼料。
9怒：氣勢強盛。
10市廛：市集。廛，讀作「禪」，熱鬧的街市。
11直：通「值」，價值。
12校尉：古代官名。漢時始有此官，職位略次於將軍的武官。
13子昂：元朝書畫家趙孟頫（西元一二五四～一三二二年）。本為宋宗室，南宋亡後歸隱，元朝時被推薦出仕，累官至翰林學士承旨。工於書畫，擅長行楷，筆墨圓潤蒼秀，兼之善畫山水、人物、墨竹與花鳥。頫，讀作「府」。
14幀：讀作「正」。量詞，計算照片、字畫等的單位。
15貲：通「資」，錢財。

◆**但明倫評點**：今子昂畫馬，幀頗多，豈惟不能妖，抑且不似馬。

現今所流傳趙孟頫畫馬像，贗品頗多，豈只不能化妖，連馬都不像。

白話翻譯

山東臨清縣有個姓崔的書生，家境很貧窮，連圍牆破損也無力修補。崔生每天早晨起來，常見一匹馬躺在附近草叢中，那匹馬生得黑底白紋，只是尾毛不整齊，像被火燒斷一樣。崔生將牠趕走，夜晚又跑過來，不知是從什麼地方來的。

崔生有個好朋友在山西做官，他常常想前去拜訪，正愁沒有能代步的坐騎，於是就把這匹馬捉過來，裝上馬鞍轡頭，將牠騎走了。他囑咐家人說：「假如有來尋馬的，就到山西來找我。」崔生剛啓程，馬兒健步如飛，眨眼就跑了上百里路；夜晚也不怎麼吃飼料，崔生懷疑牠生病，第二天就勒緊馬韁不讓牠跑得太快，但是馬兒又嘶叫又噴沫，氣勢勇猛同昨日一般。崔生乾脆鬆開馬韁，任牠飛馳，中午就到了山西。崔生騎馬入市集，見到駿馬的人無不歎賞稱讚。

晉王聽說後，願出高價買馬。崔生恐怕丟馬的人來尋，不敢自行出售，過了半年卻一直沒有聽說尋馬的消息，便以八百兩銀子的高價把馬兒賣給晉王府，自己另外買了頭雄健的騾子騎回家。後來，晉王有緊急要事，派一員校尉騎著那匹馬到臨清縣。馬在途中逃跑了，校尉直追到崔生鄰居家，發現馬進門後便不見蹤影。校尉向主人索取，那戶主人家姓曾，表示自己實在沒有看到馬。校尉走進大廳，看見他家牆上掛了一幅趙子昂畫的馬，其中一匹馬的毛色完全相符，尾巴被香火燒掉，才恍然大悟這匹馬原來是個畫妖。校尉因無法向晉王交差，就向曾某提出訴訟。這時崔生用賣馬得來的錢做生意，早已經積累過萬，他自願代曾某將八百兩銀子交付校尉。曾某很感激他的恩德，卻不知崔生就是當年把馬賣給晉王的人。

局詐

某御史[1]家人，偶立市間，有一人衣冠華好，近與攀談。漸問主人姓字、官閥，家人並告之。其人自言：「王姓，貴主家之內使[2]也。」語漸款洽，因曰：「宦途險惡，顯者皆附貴戚之門，尊主人所託何人也？」答曰：「無之。」王曰：「此所謂惜小費而忘大禍者也。」家人曰：「何託而可？」王曰：「公主待人以禮，能覆翼人。某侍郎[3]係僕階進[4]。倘不惜千金贄[5]，見公主當亦不難。」家人喜，問其居止。便指其門戶曰：「日同巷不知耶？」家人歸告侍御。侍御喜，即張盛筵，使家人往邀王。

王欣然來。筵間道公主情性及起居瑣事甚悉。且言：「非同巷之誼，即賜百金賞，不肯效牛馬[6]。」御史益佩戴之。臨別訂約。王曰：「公但備物，僕乘間言之，旦晚當有報命。」越數日始至，騎駿馬甚都[7]。謂侍御曰：「可速治裝行。公主事大煩，投謁者踵相接，自晨及夕，不得一間[8]。今得少隙，宜急往，誤則相見無期矣。」侍御乃出兼金[9]重幣，從之去。曲折十餘里，始至公主第，下騎祗候[10]。◆王先持贄入。久之，出，宣言：「公主召某御史。」即有數人接遞傳呼。侍御傴僂[11]而入，見高堂上坐麗人，姿貌如仙，服飾炳耀；侍姬皆著錦繡，羅列成行。侍御伏謁盡禮。傳命賜坐簷下，金椀[12]進茗。主略致溫旨，侍御肅而退。自內傳賜緞靴、貂帽。既歸，深德王[13]，持刺[14]謁謝，則門闔[15]無人。疑其侍主未歸。三日三詣，終不復見。使人詢諸貴主之門，則高扉扃錮[16]。訪之居人，並言：「此間曾無貴主。前有數人僦屋[17]而居，今去已三日矣。」使反命，主僕喪氣而已。

副將軍某，負貲[18]入都，將圖握篆[19]，苦無階。一日，有裘馬者謁之，自言：「內兄為天子近侍。」茶已，請間[20]云：「目下有某處將軍缺，倘不吝重金，僕囑內兄游揚[21]聖主之前，此任可致，大力者不能奪也。」某疑其妄。其人曰：「此無須踟躕。某不過欲抽小數於內兄，於將軍錙銖無所望。言定如干數，署券為信。待召見後，方求實給；不效，則汝金尚在，誰從懷中而攫[22]之耶？」某乃喜，諾之。次日，復來引某去，見其內兄，云：「姓田。」煊赫[23]如侯家。某參謁，殊傲睨不甚為禮。其人持券向某曰：「適與內兄議，率[24]非萬金不可，請即署尾。」某從之。田曰：「人心叵測，事後慮有翻覆。」其人笑曰：「兄慮之過矣。既能予之，寧不能奪之耶？且朝中將相，有願納交而不可得者，將軍前程方遠，應不喪心至此。」某亦力矢而去。其人送之，曰：「三日即覆公命。」逾兩日，日方西，數人吼奔而入，曰：「聖上坐待矣！」某驚甚，疾趨入朝。見天子坐殿上，爪牙森立[25]。某拜舞已。上命賜坐，慰問殷勤。顧左右曰：「聞某武烈[26]非常，今見之，真將軍才也！」因曰：「某處險要地，今以委卿，勿負朕意，侯封有日耳。」某拜恩出。即有前日裘馬者從至客邸，依券兌付而去。於是高枕待綬，日誇榮於親友。過數日，探訪之，則前缺已有人矣。大怒，忿爭於兵部[27]之堂，曰：「某承帝簡[28]，何得授之他人？」司馬[29]怪之。及述寵遇，半如夢境。司馬怒，執下廷尉[30]。始供其引見者之姓名，則朝中並無此人。又耗萬金，始得革職而去。異哉！

武弁雖騃[31]，豈朝門亦可假耶？疑其中有幻術存焉，所謂「大盜不操矛弧」[32]者也。

嘉祥[33]李生，善琴。偶適東郊，見工人掘土得古琴，遂以賤直[34]得之。拭之有異光；安絃而操，清烈非常。喜極，若獲拱璧，貯以錦囊，藏之密室，雖至戚不以示也。邑丞[35]程氏，新蒞任，投刺謁李。李故寡交游，以其先施故，報之。過數日，又招飲，固請乃往。程為人風雅絕倫，議論瀟灑，李悅焉。越日，折柬酬之，懽笑益洽。從此月夕花晨，未嘗不相共也。年餘，偶於丞廨[36]中，見繡囊裹琴置几上。李便展玩。程問：「亦諳此否？」李曰：「生平最好。」程訝曰：「知交非一日，絕技胡不一聞？」撥爐爇[37]沉香，請為小奏。李敬如教。程曰：「大高手！願獻薄技，勿笑小巫[38]也。」遂鼓《御風曲》，其聲泠泠[39]，有絕世出塵之意。李更傾倒，願師事之。自此二人以琴交，情分益篤。年餘，盡傳其技。然程每詣李，李以常琴供之，未肯洩所藏也。

一夕，薄醉。丞曰：「某新肄一曲，無亦願聞之乎？」為奏《湘妃》[40]，幽怨若泣。李亟贊之。丞曰：「所恨無良琴；若得良琴，音調益勝。」李欣然曰：「僕蓄一琴，頗異凡品。今遇鍾期[41]，何敢終密？」乃啟櫝負囊而出。程以袍袂拂塵，憑几再鼓，剛柔應節，工妙入神。李擊節不置[42]。丞曰：「區區拙技，負此良琴。若得荊人[43]一奏，當有一兩聲可聽者。」李驚曰：「公閨中亦精之耶？」丞笑曰：「適此操乃傳自細君[44]者。」李曰：「恨在閨閣，小生不得聞耳。」丞曰：「我輩通家[45]，原不以形迹[46]相限。明日，請攜琴去，當使隔簾為君奏之。」李悅。次日，抱琴而往。程即治具懽飲。少間，將琴入，旋出即坐。俄見簾內隱隱

局詐
狗苟蠅營暮夜金笑
他巧宦攀援心鳥臺
空自通關節墨敕
斜封何處尋
局詐

有麗妝，頃之，香流戶外。又少時，絃聲細作；聽之不知何曲，但覺蕩心媚骨，令人魂魄飛越。曲終便來窺簾，竟二十餘絕代之姝也。丞以巨白勸釂[47]，內復改絃為《閑情之賦》，李形神益惑。傾飲過醉，離席興辭，索琴。丞曰：「醉後防有蹉跌[48]。明日復臨，當令閨人盡其所長。」李歸。次日詣之，則廨舍寂然，惟一老隸應門。問之，云：「五更攜眷去，不知何作，言往復可三日耳。」如期往伺之，日暮，並無音耗。吏皂[49]皆疑，白令破扃而窺其室，室盡空，惟几榻猶存耳。達之上臺[50]，並不測其何故。

李喪琴，寢食俱廢，不遠數千里訪諸其家。程故楚產，三年前，捐貲[51]受嘉祥。執其姓名，詢其居里，楚中並無其人。或云：「有程道士者，善鼓琴；又傳其有點金術[52]。三年前，忽去不復見。」疑即其人。又細審其年甲[53]、容貌，脗合[54]不謬。乃知道士之納官，皆為琴也。知交年餘，並不言及音律；漸而出琴，漸而獻技，又漸而惑以佳麗；浸漬[55]三年，得琴而去。道士之癖，更甚於李生也。天下之騙機多端，若道士，猶騙中之風雅者也。

局詐二
夤緣官
豎挺共荷
浪擲黃金
笑武夫甘墮
術中倘不悟
捷官曾見晚
朝無

1 御史：古代官名。周代起即有設置，在朝廷上職掌文書及記事。明代改為都察院，以都御史統轄諸御史，清代沿襲之，又通稱侍御。
2 貴主家之內使：公主家的內侍。貴主，公主的別稱，以示尊敬。內使，傳達皇帝詔令的內侍。
3 侍郎：古代官名。始自秦漢，沿至清末。於六部各置一人，專事輔佐尚書。
4 階進：引薦，通過關係介紹。
5 贄：見面禮。贄，讀作「至」。
6 牛馬：即犬馬之勞，比喻受人差遣的奴僕。
7 都：讀作「督」，比喻華美盛大貌。
8 間：通「閒」。空閒。
9 兼金：價格高的純金。古代金銀銅通稱為金。此指銀兩。
10 祇候：恭敬等候。祇，讀作「支」，恭敬。
11 傴僂：讀作「語樓」。駝背，此指彎下身子以示尊敬。
12 椀：同今「碗」字，是碗的異體字。
13 深德王：深深感激這位王某。德，此作動詞用，感恩戴德。
14 刺：拜帖。古代在竹簡上刻上姓名，作為拜見的名帖。
15 門闔：門戶緊閉。闔，讀作「合」。
16 扃錮：當動詞用，關閉。扃，讀作「窘」的一聲，門扉。
17 僦屋：租房子。僦，讀作「舊」。
18 貲：通「資」，指財物、錢財。
19 握篆：手執官印，古代官印用篆文雕刻。即擔任主官。

20 請間：要求避開左右，單獨談話。
21 游揚：宣揚好的名聲。此處作美言幾句之意。
22 攫：讀作「決」，掠奪。
23 烜赫：聲勢浩大。烜，讀作「暄」，是暄的異體字。
24 率：通常、一般。
25 爪牙森立：君王身邊擔任保衛的近身武士人數眾多。森立，人數眾多。
26 武烈：此處形容人勇猛威武。
27 兵部：古代官制六部之一。掌管中央及地方武官的選用、考核，以及軍需用品、兵籍、軍械等事務。
28 簡：挑選，選擇任用。
29 司馬：官職名稱，清朝慣稱兵部尚書為大司馬。
30 廷尉：古代官名。秦朝開始設置，執掌刑獄，北齊以後稱「大理寺卿」。
31 武弁雖騃：武官雖然愚笨。武弁，古代武官的稱呼。弁，讀作「便」。騃，讀作「癌」，愚蠢、駑鈍的樣子。
32 大盜不操矛弧：真正的大盜不會自己拿武器搶東西，而是運用小聰明去設局詐騙。
33 嘉祥：古代縣名。今山東省嘉祥縣。
34 直：通「值」，價值。
35 邑丞：縣丞。古代官名。職位僅次於縣令，職責為輔佐令長。
36 廨：讀作「謝」，此指縣丞辦公之處所。
37 爇：燒也。讀作「若」或「熱」。
38 小巫：即「小巫見大巫」之意。典故出自《太平御覽·

卷七三五．方術部．巫下》：「小巫見大巫，拔茅而棄，此其所以終生弗如也。」小巫見到大巫，拔了作法用的茅草後又丟棄，這就是他終生比不上大巫師的緣故。後用以自謙之詞。

39 泠泠：形容清脆悅耳的聲音。泠，讀作「鈴」。

40 湘妃：即古琴曲〈湘妃怨〉，又名〈湘江怨〉。相傳舜有兩名妃子，名喚娥皇、女英，舜死後兩人投湘江而死，後人稱湘妃。此曲講述湘妃因舜死而悲傷痛哭，眼淚滴在竹上，成為湘妃竹。

41 鍾期：即鍾子期。春秋時代楚人。伯牙彈琴遇到子期這個知音，能聽出他的琴曲之意境，兩人結為知己。後來子期病逝，伯牙痛心失去知音，因而將琴摔毀，不再彈琴。

42 擊節不置：讚賞不止。擊節，打拍子。

43 荊人：內人、拙荊。對自己妻子的謙稱。

44 細君：古代正室稱細君，後成為妻子的別稱。

45 通家：世交，世代有交情往來的家庭。此指深厚交情的朋友。

46 迹：蹤跡、行跡、痕跡。同今「跡」字，是跡的異體字。

47 巨白勸釂：以大酒杯來勸酒。白，酒杯。釂，讀作「叫」，一飲而盡，即俗稱的「乾杯」。

48 蹉跌：失誤、差錯。蹉，讀作「搓」。

49 吏皂：古代衙門中的胥吏和差役。胥吏負責官府文書；差役執行各種雜務。

50 上臺：上級長官，俗稱上司。

51 捐貲：古代捐贈財物以謀取官位，又稱捐官。

52 點金術：相傳道教中點鐵成金的法術。

53 年甲：年歲。

54 脗合：吻合、符合。脗，同今「吻」字，是吻的異體字。

55 浸漬：浸泡在液體中。引申為日積月累受到影響。

◆**馮鎮巒評點**：御史，官不為卑，官列朝臣，見聞不為不廣，何物公主，曾不一訪聞而入其局中耶？然利令智昏，求富貴利達者為之也，無足怪。

御史的官並不算小，在朝臣之列，對宮廷裡的達官貴人也常能得見，何方公主，也不打探一下就被人設局詐騙。然而利益令人變得愚鈍，追求富貴顯赫的人特別如此，也沒什麼好奇怪的。

白話翻譯

某御史的僕人，一天到街市上閒逛，遇見一個衣冠楚楚的人走近與他攀談。他們逐漸聊到主人的姓字、官職，僕人盡數告訴了對方。這個人便自我介紹道：「我姓王，是公主家的內侍。」兩人越談越投機，王某說：「仕途險惡，達官貴人都有皇親國戚當靠山，貴主的靠山是誰呀？」僕人答：「沒有靠山。」王某說：「這就是所謂的吝惜小錢而忽視即將來臨的大禍啊！」僕人說：「要找誰當靠山好呢？」王某說：「公主以禮待人，能庇護下屬。某侍郎就是我幫忙引薦的。倘若不惜千金，想見公主亦非難事。」僕人很高興，問他住在哪裡。王某就指著自家大門說：「每天住同一條巷子，你還不知道？」僕人回去告訴御史。御史很高興，馬上準備豐盛的宴席，派僕人邀請王某前來赴宴。

王某欣然前來，酒席間談論公主的性情、飲食起居等瑣事，說得很詳細。並說：「若不是看在咱們是同住一條巷子的份上，就算送我一百兩銀子，我也不肯效這般犬馬之勞哩。」御史對此更加感佩。臨別時，大家約定拜會公主的日期。王某說：「您只需備妥禮物，我找機會爲您進言，很快就有好消息。」過了幾天，王某終於來訪，騎著一匹駿馬，非常氣派。他對御史說：「趕快打點一下跟我走。公主事務繁多。前來拜訪的人應接不暇，從早到晚不得消停。這會兒稍有空閒，趕緊前去，錯失良機再想見面就難了。」御史依言帶上一大箱純金元寶，跟著王某前去，彎彎曲曲走了十幾里路，才走到公主府宅。御史下馬恭候，王某拿著禮金先進去，許久才出，高聲喊道：「公主召見某御史！」好幾個人接連傳呼。御史彎身進入，看見大廳上端坐一名美女，穿著耀眼的服飾，容貌如仙女下凡；侍女們都穿著錦繡綢緞，分列兩側，御史跪拜行禮，公主傳命，賜他坐在屋簷下，以金碗盛香茗招待他。公主溫和地說了幾句客套話，御史恭敬地退下，隨後從府內傳出公主賞賜的綢緞靴子、貂皮帽等物。御史回家後非常感謝王某引薦，又帶上名帖拜訪酬謝，卻發現大門緊閉，無人回應。御史猜想王某侍奉公主尚未返家，連續三天前往拜訪，始終沒見到人。御史派人到公主府邸去詢問，門戶也是緊鎖的，向附近鄰居打探，都說：「這裡沒有住著什麼公主。前幾天有幾個人租這房子居住，已經離開三天了。」使者回去覆命，主僕只能哀聲嘆氣而已。

某位副將軍帶著大筆銀錢來到京城，想疏通關節弄個主官來做，只是苦於沒有門路。一天，一個穿輕裘騎駿馬的人前來拜訪，自我介紹說：「我的妻舅是皇上的近身侍從。」喝完茶，他請求屏退左右說：「眼下某地有一個將軍的職缺，如果您捨得花大錢，我請妻舅在皇上面前替您美言幾句，這個官職就可以到手，別人再有權勢也搶不走的。」副將軍懷疑此人說假話，那人回答：「此事無須猶豫。我不過想從妻舅那裡抽取些介紹費，對將軍您呢，我是分文不取。咱們講好價錢，簽訂契約爲憑。等皇上召見後，您再付錢即可。如果事情沒辦妥，錢當然還在您手上，誰能把錢搶走不成？」副將軍很高興地允諾。第二天，那人來領副將軍去見他的妻舅，說是姓田。田府像侯門世家一樣氣派。副將軍上前拜見，田某態度傲慢

無禮。那人拿了契約對副將軍說：「剛才與妻舅商議，此事非一萬兩銀子不能成事，請在契約末端簽名。」副將軍照做了，田某說：「人心難測，怕事後反悔。」那人笑道：「兄長未免多慮。既然能給他官位，難道還不能免去他的官職嗎？況且朝中將相，想要與你攀交還求之不得，將軍前程似錦，應不至泯滅良心至此。」副將軍也對天立誓，這才離去。那人送他離開時說：「三天後就會給您回覆。」

過了兩天，太陽西斜，忽地有好幾個人邊跑邊喊地衝進副將軍家裡，說：「聖上等你許久了！」副將軍很驚訝，跟著那些人趕緊入宮晉見。他看見天子端坐金殿之上，侍衛肅立兩旁。副將軍向天子叩拜完畢，天子賜坐，殷勤慰勉，對左右官員說：「朕聽說閣下十分勇猛，今日一見，果眞將軍之才！」接著說：「某處地勢險要，今日就委你前往赴任，不要辜負朕的期望。封侯升官，指日可待。」副將軍叩頭謝恩而出。日前穿裘衣騎駿馬的人立刻跟隨他到旅舍，依照契約收取一萬兩銀子，副將軍自此高枕無憂，等候朝廷授予新職務，並且每天向親朋好友炫耀。

又過幾天，他一打聽，原本應該給他的將軍職缺竟已有人遞補。副將軍大怒，氣憤地到兵部大堂據理力爭，說：「皇上親口將這個職缺指派給我，爲何又授予他人？」兵部尚書感到詫異。聽他講述受到皇上恩寵的經過，如在做夢一般。尚書大怒，命人將他拿下，交給大理寺審問，這才供出替他引見的人的姓名，然而朝中並無此人。結果副將軍賠了夫人又折

局詐
三
一曲湘妃愜素心秘
藏不惜示知音人
琴一去無消息流
高山何處尋

兵，不僅平白損失一萬兩，還被革職。奇怪啊！這個副將軍就算再笨，皇宮朝堂難道也能作假嗎？可能是有人施展幻術，眞所謂「大盜不操矛孤」，這幾個騙子就是這種善使詭計的人啊。

李生是嘉祥縣人，擅長彈琴。一天他到東郊遊玩，看見有工人挖到一張古琴，於是用很低的價錢買下來。琴身在擦拭中散發出奇異的光芒，安上琴絃彈奏，琴音清越不同尋常。李生大悅，如同得到價值連城的璧玉一般，裝在錦囊中，收藏在密室裡，就算是至親也不拿出來展示。

縣丞程大人剛上任，遞上名帖來拜訪李生。李生甚少與人交往，但因對方先主動前來，所以禮貌性地回訪了。過了幾天，程某又邀李生飲酒，邀請再三，李生才前往。程某性情風流雅致，脫俗不凡，談吐灑脫不羈，李生對他很是敬服。第二天，李生遞帖回請程某，兩人有說有笑，相處越漸融洽。從此，晚上賞月，白天賞花，兩人都在一起。一年多後，李生偶然在程某官署中看見一張古琴，裝在繡袋中，陳放在木几上。李生取出賞玩，程某看了問：「您也會彈琴嗎？」李生說：「生平最喜歡的就是彈琴。」程某驚訝道：「你我的交情也非一天兩天，怎麼沒聽過你展露絕技？」隨即撥旺爐火，點燃沉香，請李生彈奏一曲。李生答應他的請求，一曲彈畢，程某說：「眞是箇中好手啊！我也想獻醜一番，但請勿笑我班門弄斧。」接著彈起《御風曲》，琴聲清脆，有絕世出塵的風韻。李生更加讚嘆仰慕，願拜他爲師。從此，二人以琴相交，交情更爲深厚。一年多期間，程某將琴藝都傳給李生，然而程某每次去拜訪李生，他只拿出普通的琴供彈奏，不肯洩露收藏的絕世好琴。

一晚，李生有些醉意。程某說：「我最近新習得一曲，你想聽嗎？」說著彈奏起《湘妃怨》，曲調幽怨悲凄，如泣如訴。李生十分讚嘆，程某說：「最遺憾的就是沒有一張好琴；若是有，更能將此曲的意境表露無遺。」李生興奮地說：「我收藏了一張古琴，和普通的琴大不相同。今日遇到知音，怎敢藏私？」他打開琴匣，揹著錦袋出來。程某用衣袍拭去琴上灰塵，放到木几上再彈奏先前之曲，剛柔相濟，符合琴曲節拍，技藝出神入化。李生讚嘆不絕。程某說：「雕蟲小技，辜負了這把好琴。若能讓拙荊彈奏，勉強才能有幾聲聽得入耳。」李生驚訝問：「尊夫人也善於彈琴嗎？」程某說：「方才彈奏的曲子就是內人所傳授。」李生說：「可惜尊夫人是個深閨女流，小生無福得聞。」程某說：「你我交情匪淺，不必受世俗禮法所拘限。明天，請你把琴帶來，我讓拙荊隔著簾子爲您彈奏一曲。」李生大悅，第二天抱琴前往，程某馬上準備酒菜，兩人高興地暢飲。不久，程某把琴抱入內室後出來坐下，過了片刻，見到簾內隱約有一名女子，隨即有股香味飄散出來。又過了些許時候，輕柔的琴聲響起，不知所奏何曲，只令人覺得心神蕩漾，神魂顚倒。一曲彈罷，李生朝簾內偷瞧，竟是一位二十多歲的絕色姝麗。程某拿起大酒杯勸飲，內室又換了指法，改奏《閒情之賦》，李生受到琴音蠱惑，身心不聽使喚，竟喝酒過量而醉倒了。他起身欲告辭，向程

某討琴。程某說：「你喝醉了，此時帶琴回去恐怕有個萬一。你明天再來，我定讓內人盡展琴藝。」李生便返家了，第二天前往拜訪，卻發現官署靜悄悄的，只有一個老差役來應門。李生問發生何事，老差役說：「程大人五更天帶著家眷走啦，不知做什麼去，只說約三天時間便回來。」李生到了期限又前往等候，日暮低垂，仍無音訊。衙門裡的書吏和差衙也開始懷疑，就去稟告知縣，撞破門扉進屋一看，屋內空蕩蕩的，只剩桌子和床榻而已。向上級稟告，也想不出是何緣故。

李生丟失古琴，廢寢忘食，不遠千里去程某的故鄉查訪，得知程某是湖北人，三年前買了個嘉祥縣丞的官職。李生又拿著程某姓名，在他家鄉附近打聽，都說沒這個人。有人說：「有個程道士，擅長彈琴，又傳聞他習得點石成金的法術，三年前忽然消失無蹤。」李生懷疑程某就是這個道士，又細問程道士的年紀、相貌，盡皆吻合。這才知道程道士買官來做，原來都是爲了得到這張古琴。兩人相交一年多，程道士絲毫沒有談到音律之事，直到李生把琴拿出，接著又表演琴藝，最後用美女來蠱惑。花了三年工夫終於把琴騙到手，程道士愛琴的癖好，更甚於李生。天下的騙術詭計多端，像這位道士，可謂是騙徒中的風雅之士了。

放蝶

長山[1]王進士峅[2]生為令[3]時，每聽訟，按律之輕重，罰令納蝶自贖；堂上千百齊放，如風飄碎錦，王乃拍案大笑。一夜，夢一女子，衣裳華好，從容而入，曰：「遭君虐政，姊妹多物故[4]。當使君先受風流[5]之小譴耳。」言已，化為蝶，迴翔而去。明日，方獨酌署中，忽報直指使[6]至，皇遽[7]而出，閨中戲以素花簪冠上，忘除之。直指見之，以為不恭，大受詬罵而返。由是罰蝶之令遂止。

青城[8]于重寅，性放誕。為司理[9]時，元夕[10]以火花爆竹縛驢上，首尾並滿，牽登太守之門，擊柝[11]而請，自白：「某獻火驢，幸出一覽。」時太守有愛子患痘，心緒方惡，辭之。于固請之。太守不得已，使閽人[12]啟鑰。門甫闢，于火發機，推驢入。爆震驢驚，踶趹[13]狂奔；又飛火射人，人莫敢近。驢穿堂入室，破甌毀甑[14]，火觸成塵，窗紗都燼。家人大譁。痘兒驚陷，終夜而死。太守痛恨，將揭劾[15]之◆。于浼[16]諸司道[17]，登堂負荊[18]，乃免。

1長山：地名，今山東省鄒平縣。
2𡵆：讀作「斗」。
3令：知縣。
4物故：死亡。
5風流：放蕩。
6直指使：奉命巡察地方吏政的巡按御史。
7皇遽：驚慌匆忙。皇，通「惶」。
8青城：古代縣名。今山東省高青縣。
9司理：協助知府大人的官吏，職掌獄訟。
10元夕：元宵。農曆一月十五日。
11柝：讀作「拓」，古代巡夜者守更所敲打的木梆子。

12閽人：守門人。
13踶趹：讀作「地絕」。馬快跑時，四腳騰空的樣子。
14破甌毀甑：將鍋碗瓢盆打碎搗毀。甌，讀作「歐」，酒器；甑，讀作「贈」，古代蒸煮食物的瓦器，底部有許多小孔，放在炊具上使用，如同現今的蒸籠。
15揭劾：檢舉，彈劾。
16浼：讀作「每」，拜託、請求。
17司道：地方長官。此指太守。
18負荊：負荊請罪，謝罪之意。

◆**但明倫評點**：于固放誕，然太守實啟門納之，揭劾殊難措辭。

于重寅雖然行為放蕩荒唐，但是太守自己開門讓驢子進來，檢舉他也很難為自己辯解。

白話翻譯

進士王𡵆是長山人，他當知縣的時候，每逢審理案子，就按罪行輕重，處罰被告繳納蝴蝶來贖罪。他在公堂上將成百上千的蝴蝶放出來，一對對的蝴蝶翅膀好像一片片碎錦，在風中飄舞，王生開懷大笑，拍案叫絕。一天晚上，他夢見一名衣飾華美的女子，從容走入屋中，對他說：「我們遭受你的暴政所苦，姊妹死傷慘重。應當讓你爲自己放蕩的行爲，先受一點薄懲。」說罷，化爲蝴蝶，翩翩飛去。

第二天，他正在官府裡獨自飲酒，忽聽有人來報，說巡按御史到了，他慌張匆忙出去迎

放蝶
胡蝶群飛
去後回韶遊
春到百花
開園中幾
謹尋常
事折得
風流罪
還來

接。此前，他的夫人與他鬧著玩，拿一朵素色的花插在他帽子上，他忘記摘下。巡按御史見到了，認爲他行爲不檢點，把他痛罵一頓後離去。從此以後，王生就廢除讓老百姓用蝴蝶來贖罪的命令了。

于重寅是青城人，性格放蕩不羈。做司理時，在元宵節晚上把火花和爆竹捆在驢子身上，首尾都掛得滿滿的，牽著牠來到太守門前，敲著梆子求見大人，喊道：「于某獻上火驢，敬請太守出來觀賞！」當時太守愛子正在出水痘，太守因而情緒低落，推辭了。于重寅再三請求，太守不得已，命守門人打開門鎖。門剛開，于重寅點火啓動機關，把驢推進太守家裡！爆竹震響，驢受驚嚇，拚命狂奔，牠身上的火焰又會噴人，大家都不敢靠近。驢子跑入屋內，打破鍋碗瓢盆，火苗把窗紗燒成灰燼。家人見了大聲叫喊。出水痘的兒子受了驚嚇，折騰一夜就死去了。太守十分痛恨于重寅，打算檢舉他，于重寅央求諸多地方長官前往說情，並到太守家登門請罪，太守這才不再追究。

男生子

福建總兵[1]楊輔，有孌童[2]，腹震動。十月既滿，夢神人剖其兩脅[3]去之。及醒，兩男夾左右啼。起視脅下，剖痕儼然。兒名之天舍、地舍云。

異史氏曰：「按此吳藩[4]未叛前事也。吳既叛，閩撫蔡公疑楊欲圖之，而恐其為亂，以他故召之。楊妻夙智勇，疑之，沮[5]楊行。楊不聽。妻涕而送之。歸則傳齊諸將，披堅執銳[6]，以待消息。少間，聞夫被誅，遂反攻蔡。蔡倉皇[7]不知所為。幸標[8]卒固守，不克乃去。去既遠，蔡始戎裝突出，率眾大譟。人傳為笑焉。後數年，盜乃就撫。未幾，蔡暴亡。臨卒，見楊操兵入，左右亦皆見之。嗚呼！其鬼雖雄，而頭不可復續矣！生子之妖[9]，其兆於此耶？」

1 總兵：明朝設置的官職，屬高級武官，奉令統軍鎮守。又稱「總鎮」。
2 孌童：古時供人狎玩的美男。孌，讀作「鑾」。
3 脅：胸部兩側，由腋下至肋骨盡處的部位。亦指肋骨。
4 吳藩：即吳三桂（西元一六一二～一六七八年）。明朝遼東（今遼寧省）人，字長白。明末清初著名政治軍事人物，錦州總兵吳襄之子。明末崇禎時為遼東總兵，封平西王，鎮守雲南。李自成攻陷北京時，吳三桂聽說愛妾陳圓圓為李自成所得，就引清兵入關，被封為平西王。後絞殺南明永曆帝，西元一六七三年叛清，發動三藩之亂，不久在長沙病逝。
5 沮：阻止。
6 披堅執銳：身穿鎧甲，手執兵器。引申為準備作戰或參與作戰。
7 倉皇：倉促、驚慌。皇，通「惶」。
8 標：清末陸軍編制，三營為一標，相當於今日的陸軍。
9 妖：怪異的現象。

白話翻譯

福建總兵楊輔，他養了一個男寵，竟懷有身孕。足十個月後，夢見神人把他的兩邊肋骨剖開取出嬰兒，醒來後，發現左右有兩個男嬰在啼哭。起身檢查自己的脅下，剖痕還在，便將兩個兒子取名爲天舍和地舍。

記下奇聞異事的作者如是說：「這件事是發生在吳三桂叛變前的事。三藩之亂起，福建巡撫蔡大人懷疑楊輔想要圖謀造反，爲了防止他起兵，於是找個藉口召見他。楊妻一向勇敢、聰慧，懷疑其中有詐，勸阻楊輔前往，可是楊輔執意前往。楊妻揮淚送行，回來後召齊將士，穿上鎧甲，手持利刃準備作戰，等待消息。不久，楊妻聽到丈夫被殺，於是反攻蔡巡撫。蔡巡撫驚慌失措不知該如何是好，幸好綠營兵堅守陣地，楊妻帶領的軍隊無法攻下便離去。等楊妻率領的軍隊走遠後，蔡巡撫才穿上軍裝衝出營地，率領官兵呼喊追逐，當時大家都傳爲笑柄。幾年後，叛軍接受朝廷招安，再過不久，蔡巡撫暴斃而亡。臨終時，他看見楊輔率兵攻入，身邊的人也都看見了。唉！楊輔的鬼魂雖然英勇，頭斷了卻無法再接上啊！男寵生子的怪異現象，難不成就是這場災禍的徵兆嗎？」

鍾生

鍾慶餘，遼東名士。應濟南鄉試[1]。聞藩邸[2]有道士，知人休咎[3]，心向往之。二場後，至趵突泉[4]，適相值。年六十餘，鬚長過胸，皤然[5]道人也。集問災祥者如堵，道士悉以微詞授之。於眾中見生，忻然[6]握手，曰：「君心術德行，可敬也！」挽登閣上，屏人語，因問：「莫欲知將來否？」曰：「然。」曰：「子福命至薄，然今科鄉舉可望。但榮歸後，恐不復見尊堂矣。」生至孝，聞之泣下，遂欲不試而歸。道士曰：「若過此以往，一榜[7]亦不可得矣。」生云：「母死不見，且不可復為人，貴為卿相，何加焉？」道士曰：「某夙世與君有緣，今日必合盡力。」乃以一丸授之，曰：「可遣人夙夜將去，服之可延七日，場畢而行，母子猶及見也。」生藏之，匆匆而去，神志喪失。因計終天有期，早歸一日，則多得一日之奉養，攜僕貰[8]驢，即刻東邁。驅里許，驢忽返奔，鞭之不馴，控之則蹶[9]。生無計，躁汗如雨。僕勸止之，生不聽。又貰他驢，亦如之。

日已銜山，莫知為計。僕又勸曰：「明日即完場矣，何爭此一朝夕乎？請即先主而行，計亦良得。」不得已，從之。次日，草草竣事，立時遂發，不遑輟息，星馳而歸。則母病綿惙[10]，下丹藥，漸就痊可。入視之，就榻泫泣。母搖首止之，執手喜曰：「適夢之陰司，見王者顏色和霽。謂稽爾生平，無大罪惡；今念汝子純孝，賜壽一紀[11]。」生亦喜。歷數日，果平健如故。未幾，聞捷，辭母如濟。因賂內監[12]，致意道士。道士欣然出，生便伏謁。道士曰：「君既高捷，太夫人又增壽數，此皆盛德所致。道人何力焉？」生又訝其先知，因而拜問終身。道士云：「君無大貴，但得耄耋[13]足矣。君前身與我為僧侶，以石投犬，誤斃一蛙，今已投生為驢。論前定數，君當橫折[14]；今孝德感神，已有解星入命[15]，固當無恙。但夫人前世為婦不貞，數應少寡。今君以德延壽，非其所耦[16]，恐歲後瑤臺傾[17]也。」生惻然良久，問繼室所在。曰：「在中州，今十四歲矣。」臨別囑曰：「倘遇危急，宜奔東南。」

後年餘，妻病果死。鍾舅令於西江，母遣往省，以便途過中州，將應繼室之讖[18]。偶適一村，值臨河優[19]戲，士女甚雜。方欲整轡[20]趨過，有一失勒[21]牡驢，隨之而行，致騾蹄趹[22]。生回首，以鞭擊驢耳；驢驚，大奔。時有王世子方六七歲，乳媼抱坐隄上；驢沖過，扈從[23]皆不及防，擠墮河中。眾大譁，欲執之。生縱騾絕馳。頓憶道士言，極力趨東南。約二十餘里，入一山村，有叟在門，下騎揖之。叟邀入，自言「方姓」，便詰所來。生叩伏在地，具以情告。叟言：「不妨。請即寄居此間，當使徼者[24]去。」至晚得耗[25]，始知為世子。叟大駭曰：「他家可以為力，此真愛莫能助矣！」生哀不已。叟籌思曰：「不可為也。請過一宵，聽其緩急，尚可再謀。」生愁怖，終夜不枕。次日偵聽，則已行牒稽察[26]，收藏者棄市[27]。叟有難色，無言而入。生疑懼，無以自安。中夜，叟來，入坐，便問：「夫人年幾何矣？」生以鰥[28]對。叟喜曰：「吾謀濟矣。」問之，答云：「余姊夫慕道[29]，挂錫[30]南山；姊又謝世，遺有孤女，從僕鞠養[31]，亦頗慧。以奉箕帚[32]如何？」生喜符道士之言，而又冀親戚密邇[33]，可以得其周謀，曰：「小生誠幸矣。但遠方罪人，深恐貽累丈人。」叟曰：「此為君謀也。姊夫道術頗神，但久不與人事矣。合巹[34]後，自與甥女籌之，必合有計。」生益喜，贅焉。女十六歲，豔絕無雙，生每對之欷歔。女云：「妾即陋，何遂遽見嫌惡？」生謝曰：「娘子仙人，相耦為幸。但有禍患，恐致乖違。」因以實告。女怨曰：「舅乃非人！此彌天之禍，不可為謀，乃不明言，而陷我於坎窞[35]！」生長跪曰：「是小生以死命哀舅，舅慈悲而窮於術，知卿能生死人而肉白骨也。某誠不足稱好逑[36]，然家門幸不辱寞[37]。倘得再生，香花供養有日耳。」女歎曰：「事已至此，夫復何辭？然父自削髮招提[38]，兒女之愛已絕。無已，同往哀之，恐擔挫辱不淺也。」乃一夜不寐，以氈綿厚作蔽膝[39]，各以隱着衣底；然後喚肩輿[40]，入南山十餘里。

山徑拗折[41]，絕險，不復可乘。下輿，女跬步甚艱[42]，生挽臂拽扶之，竭蹶[43]始得上達。不遠，即見山門，共坐少憩。女喘汗淫淫[44]，粉黛交下。生見之，情不可忍，曰：「為某故，遂使卿罹此苦！」女愀然[45]曰：「恐此尚未是苦！」困少蘇，相將入蘭若，禮佛而進。曲折入禪堂，見老僧趺坐[46]，目若瞑，一僮執拂侍之。方丈中，掃除光潔，而坐前悉布沙礫，密如星宿。女不敢擇，入跪其上，生亦從諸其後。僧開目一瞻，即復合去。女參曰：「久不定省，今女已嫁，故偕壻來。」僧久之，啟視曰：「妮子大累人！」即不復言。夫妻跪良久，筋力俱殆，沙石將壓入骨，痛不可支。又移時，乃言曰：「將騾來未？」女答曰：「未。」曰：「夫妻即去，可速將來。」二人拜而起，狼狽而行。既歸，如命，不解其意，但伏聽之。過數日，相傳罪人已得，伏誅訖。夫妻相慶。無何，山中遣僮來，以斷杖付生云：「代死者，此君也。」便囑瘞[47]祭，以解竹木之冤。生視之，斷處有血痕焉。乃祝而葬之。夫妻不敢久居，星夜歸遼陽[48]。

1 應濟南鄉試：明清時期，遼東沒有設鄉試考場，考生需到山東濟南赴考。
2 藩邸：藩王府邸。
3 休咎：吉凶禍福。
4 趵突泉：泉水名。位於山東省濟南市內的名勝，泉水從地底呈水柱狀噴湧而出，非常壯觀，有「天下第一泉」的美稱。趵，讀作「報」。
5 皤然：頭髮鬍鬚斑白的樣子。皤，讀作「婆」。
6 忻然：歡喜。忻，同今欣字，是欣的異體字。讀作「欣」。
7 一榜：指考中舉人。
8 貰：讀作「是」。出借。
9 蹶：仆倒、跌倒。
10 綿惙：病情嚴重，有性命之憂。惙，讀作「綽」。
11 一紀：十二年。
12 內監：藩王府邸中的太監。
13 耄耋：讀作「茂疊」。壽命綿長。
14 橫折：夭折，死於非命。
15 解星入命：改變不幸的命運。
16 耦：配偶。
17 瑤臺傾：指妻子死亡。
18 讖：讀作「趁」。預言。
19 優：俳優之意，古代表演雜耍戲曲的藝人。
20 整轡：整理馬的鞍轡，準備駕車出發。此指跨坐在馬上。
21 失勒：馬受驚脫離韁繩。
22 蹄趹：馬或驢蹬踢。趹，讀作「決」。
23 扈從：隨從。
24 徼者：巡邏查看的人。徼，讀作「較」，巡邏。
25 耗：音訊、消息。
26 行牒稽察：發佈公文下令搜查。牒，讀作「蝶」，官府發布的公文或證明文書。
27 棄市：斬首示眾。
28 鰥：讀作「關」。妻子過世或年老無妻之人。
29 慕道：喜愛佛法。
30 掛錫：出外遊歷的僧侶，投宿寺廟時，須將錫杖與缽懸掛在僧堂的鉤子上。此指僧人住在某處寺廟。
31 鞠養：撫育、養育。

32 箕箒：做家務。此指出嫁。
33 密邇：關係密切。
34 合巹：古時成親夫婦要對飲合巹酒，指成婚。巹，讀作「錦」。
35 坎窞：坑洞，比喻危險的境地。窞，讀作「但」。
36 好逑：理想的伴侶。
37 辱寞：污辱、貶損，同「辱沒」。寞，通「沒」。
38 招提：寺院的別稱。引申為出家。
39 蔽膝：圍在衣服前面的大巾，用來遮蔽保護膝蓋。
40 肩輿：轎子。
41 拗折：崎嶇險峻。拗，讀作「奧」，不順暢。
42 跬步甚艱：舉步維艱。跬，讀作「傀」，半步。

43 竭蹶：力氣耗盡而跌倒。
44 汗淫淫：汗如雨下。
45 愀然：憂傷愁煩的樣子。愀，讀作「巧」。
46 趺坐：即打坐。趺，讀作「夫」，盤腿而坐。
47 瘞：讀作「意」，用土掩埋、埋葬。
48 遼陽：今遼寧省遼陽市。

◆**何守奇評點**：授藥延生，斷杖代死，並是孝德所感至耳。此父女不見姓名。

授與奇藥續命，折斷竹杖代替鍾生去死，都是孝心與德行感動上天所致。這對父女的姓名卻沒見到作者記錄。

白話翻譯

鍾慶餘是遼東的秀才，他去濟南參加鄉試，聽說藩王府有位道士能預知人的吉凶，因而想前往拜見。第二場考完後，鍾生就來到趵突泉，正好遇到這名道士，看起來年約六十多歲，鬍鬚超過胸前，是一位白髮老道。聚集在那裡詢問吉凶的群眾圍成一堵牆，道士都只肯約略提點他們，直到在眾人中發現了鍾生。他很高興地握住鍾生的手，說：「閣下的心腸和品德都令人敬佩啊！」他挽著鍾生登上一座樓閣，屏退閒雜人等，問鍾生道：「您想知道未來的事嗎？」鍾生說：「是的。」道士說：「您命中福分淺薄，這次鄉試可望考中。但你衣

錦榮歸之後，恐怕見不到令堂了。」鍾生向來孝順，聽得淚都流下來了，不想接著考試，只想立刻回家。道士說：「如果錯過這次機會，就再也考不上了。」鍾生說：「母親死時未能見到最後一面，還當什麼人呢！就算貴爲公卿宰相，又有什麼意義？」道士說：「我前世與閣下有緣，今日必當傾力相助。」他給鍾生一顆藥丸說：「可派人連夜把藥送去，令堂吃了能延七日壽命，你考完再回去，母子還來得及見上最後一面。」鍾生把藥丸收好，匆匆離開道士，整個人失魂落魄，心想母親時日已不多，早一天回家就能多侍奉她老人家一天，便帶上僕人雇了頭驢子，決定趕緊返鄉。走了一里多的路，驢子忽然往回跑，鍾生鞭打牠也不聽命令，想勒緊韁繩制住卻跌倒在地。鍾生無計可施，急得汗如雨下。僕人勸他別回家了，鍾生不聽勸，又雇了一頭驢子，也遇到同樣的情況。

這會兒已經日落西山，鍾生不知如何是好。僕人勸他道：「明天就是最後一場考試，也不差這一天。請您讓我先把藥丸送回去，也是個好辦法。」鍾生不得已，只好答允。第二天，鍾生匆忙考完試，連喘息時間都不留，立刻連夜趕路奔回家。鍾母原先已病入膏肓，服下丹藥後逐漸痊癒，鍾生此時進屋探視，在床榻旁哭泣。鍾母搖頭勸他不要哭，抓住他的手，高興地說：「剛才我夢見來到陰曹地府，看到閻王爺和顏悅色，說考查了你的生平，沒有犯下什麼大罪；如今念及吾兒一片孝心，賜我增加十二年陽壽。」鍾生也很高興。過了幾天，鍾母果然恢復健康，不久又傳來中舉捷報，他便辭別母親，回到濟南。鍾生賄賂藩王

鍾生
北堂壽寓慶重開
桂子香分兩袖回
夙孽消除佳耦協
都從純孝性中來

府的太監，請他代爲向道士通報，傳達自己來意。道士很欣喜地出來，鍾生跪在地上拜謝。道士說：「閣下考試中舉，令堂又增添陽壽，這都是您品德高尚的緣故，老道也沒出上什麼力。」鍾生再度感到驚訝，爲何道士知道這些事？因而跪拜問起他的終身大事。道士說：「您無顯貴命格，能得終老就已經很不錯了。您的前世和我都是僧人，您用石頭扔向狗，誤殺死一隻青蛙，牠現已投胎爲驢。論前世罪孽，您應當橫禍夭折，但因孝心和德行感動神祇，化解災難的人已經出現，能助您安然渡過。但您的夫人前世不守婦道，命中注定年紀輕輕就要守寡。您因爲德行而延長壽命，她就無法與您匹配，一年後便會死亡。」鍾生聽完悲傷許久，詢問繼室在何處。道士說：「在中州，今年十四歲了。」臨別時，道士又囑咐說：「如果遇到危險，就往東南奔去。」

一年多後，鍾生的妻子果然病死。鍾生的舅舅在江西省做縣令，鍾母讓他前往探視，他順便經過河南，想看看道士有關繼室的預言是否靈驗。他偶然路過一個村子，正好河邊有雜戲團在表演，看戲的男女很多，他正想拉緊韁繩從人群旁騎過，忽然有一隻脫韁的公驢緊跟在後，導致鍾生的騾子蹬踢後腿，鍾生回頭用鞭子抽打驢耳，驢子受驚拔腿狂奔。當時有位王府的世子，才六、七歲，奶媽抱著坐在河堤上看表演。驢子衝過去，隨從們都來不及保護，世子就被推擠進河裡，眾人大聲叫喊要抓鍾生，鍾生騎著騾子狂奔，忽然想到道士說的話，全速往東南方奔馳而去。

約跑了二十多里，進入一座山野村莊，看見有位老人家在門口，鍾生下騾子向老人作揖。老人邀他進屋，自稱姓方，問鍾生從哪裡來。鍾生跪地叩頭，把情況和盤托出，老人說：「不妨事。請暫時住在這裡，我會將巡邏的人打發離開。」到了晚上，才知道那個掉進河裡的小孩是世子。老人大爲震驚：「要是別家孩子還能幫忙，這次可眞是愛莫能助了。」鍾生哀求不止，老人思慮半晌才道：「沒有辦法了。先過一晚，聽聽風聲，或許還能想點辦法。」鍾生擔憂驚恐，一夜無眠。第二天再去打探消息，聽說王府已發下緝捕文書，正到處搜查，就連窩藏罪犯的人也要處死。老人臉上顯得很爲難，一言不發地進屋，鍾生心中疑懼，無法放下心來。

半夜，老人前來，進屋坐下，問：「你的夫人今年貴庚？」鍾生說自己喪妻不久，老人高興道：「我有辦法幫你了。」鍾生問什麼辦法，老人答：「我的姊夫信佛，在南山出家修行；姊姊過世了，留下一個孤女，從小由我養育。她很聰明，讓她嫁給你續弦如何？」鍾生欣喜此事符應道士預言，也希望能透過姻親關係，得到老人更加周密的謀劃，便說：「小生三生有幸。只恐我這個遠方來的罪人，連累了老丈人。」老人說：「我這也是在爲你謀劃。姊夫的道術通神，但許久不問世事。成婚後，你自己與外甥女計議。」鍾生喜不自勝，入贅到老人家。新娘十六歲，美豔無雙，鍾生卻經常對她嘆氣，新娘便說了：「妾就算醜陋，也不該這麼快就被嫌棄呀？」鍾生辭謝道：「娘子貌若天仙，實屬有幸才能與你結爲夫妻。只

因我惹禍上身，恐怕夫妻緣分淺薄。」說著便據實以告。新娘埋怨起來：「舅舅眞不是人！這樣的彌天大禍，根本想不出辦法可逃脫，他居然不告訴我，豈不是挖個坑給我跳嘛！」鍾生長跪下來，說：「是小生苦苦哀求舅舅，舅舅慈悲又無計可施，知道娘子你有起死回生的本領。我的確不是個理想的伴侶，幸好家世門第還不至於辱沒你。倘若能逃離這個劫難，必當把你當作菩薩那樣供養起來。」新娘歎氣說：「事已至此，又如何能夠推辭？然而父親已經出家爲僧，斷絕親情。別無他法，只好一同前去哀求，恐怕你少不了要受到挫折與羞辱。」說罷，新娘一夜無眠，用極厚的氈棉縫製出兩副護膝，縫製在衣服內側；然後雇來轎子，夫妻倆一同深入南山十餘里。

山路崎嶇險峻，轎子無法通行。下轎步行，新娘子步履艱難，鍾生攙扶她，數不清跌倒多少次才攀登上山。兩人在不遠處見到山門，於是坐下稍微休息。新娘子喘著氣、流著汗，臉上的妝都花了，鍾生見她如此辛苦，心中不忍，說：「都是因爲我，才讓你遭受這樣的苦！」新娘子憂愁地說：「恐怕這還不是最苦的！」兩人恢復了些力氣，相扶來到寺廟前，禮佛之後進入。他們經過曲折的迴廊進入禪堂，見到一個老和尚盤腿打坐，眼睛像似閉上，有一位小沙彌手裡拿著拂塵在旁侍候。禪堂打掃得很乾淨，老和尚座前遍佈沙粒，密密麻麻如同星辰。新娘顧不得揀選位置，直接跪到沙粒上，鍾生也隨她跪下。老和尚睜眼看了看又閉上眼，新娘參拜道：「許久沒有前來問安，如今女兒已出嫁，便偕同女婿一起前來。」許久，老和尚才睜眼說：「小妮子拖累人！」再也沒說話。夫妻跪了許久，筋疲力盡，沙石都快要嵌入骨頭，疼痛難當。又過了一會兒，老和尚問：「騾子牽來了嗎？」新娘答：「沒有。」老和尚說：「你們夫妻馬上回去，速速把騾子牽來。」夫妻二人叩拜後起身，狼狽地啓程，回家按照老和尚的囑咐，把騾子牽到寺廟，卻不知其中用意，只是躲起來任由老和尚處理。過了幾天，聽說罪人已然被捕伏誅，夫妻都暗自慶賀。不久，山上派一個小沙彌前來，拿了根折斷的竹杖交給鍾生說：「替你而死的，就是它。」沙彌囑咐將竹杖埋葬祭拜，以消除與竹木結下的冤仇。鍾生檢視，發現折斷的地方留有血痕，於是祝禱過後就將它埋葬。夫妻不敢久居此地，連夜趕回遼陽。

鬼妻

泰安[1]聶鵬雲，與妻某，魚水甚諧。妻遘[2]疾卒。聶坐臥悲思，忽忽若失。一夕獨坐，妻忽排扉入。聶驚問：「何來？」笑云：「妾已鬼矣。感君悼念，哀白[3]地下主者，聊與作幽會。」聶喜，攜就牀寢，一切無異於常。從此星離月會，積有年餘。聶亦不復言娶。伯叔兄弟懼墮宗主[4]，私勸聶鸞續[5]；聶從之，聘於良家。然恐妻不樂，祕之。未幾，吉期逼邇[6]。鬼知其情，責之曰：「我以君義，故冒幽冥之譴；今乃質盟不卒[7]，鍾情者固如是乎？」聶述宗黨[8]之意。鬼終不悅，謝絕而去。聶雖憐之，而計亦得也。迨合巹[9]之夕，夫婦俱寢，鬼忽至，就牀上撾[10]新婦，大罵：「何得占我牀寢！」新婦起，方與撐拒[11]。聶惕然赤蹲[12]，並無敢左右袒[13]。無何，雞鳴，鬼乃去。新婦疑聶妻故並未死，謂其賺[14]己，投繯欲自縊[15]。聶為之緬述，新婦始知為鬼。日夕[16]復來。新婦懼避之。鬼亦不與聶寢，但以指掐膚肉；已乃對燭目怒相視，默默不語。如是數夕。聶患之。近村有良於術者，削桃為杙[17]，釘墓四隅，其怪始絕。

鬼妻

好合原難
論死生鸞
絃雖續不
成聲秋墳淚
斷新桃杖
莫怪檀郎
太薄情

1泰山：今山東省泰安市。
2遘：遭遇。
3白：讀作「博」，告訴、告知。
4墮宗主：斷絕子嗣。
5鸞續：續弦再娶。
6邇：緊迫，馬上來臨。
7質盟不卒：意謂不能堅守承諾。
8宗黨：指親戚朋友。
9合巹：古時成親夫婦要對飲合巹酒，意即成婚。巹，讀作「錦」。
10撾：讀作「抓」，打。
11撐拒：撐持抵抗，即爭鬥。
12惕然赤蹲：害怕得赤裸著身體蹲下。
13左右袒：偏袒任何一方。
14賺：欺騙。
15投繯自縊：上吊自殺。
16日夕：黃昏。
17杙：讀作「義」。小木樁。

◆**何守奇評點**：世有妒者，謂骨頭落地，當不復爾，今觀此鬼殊不然。

世上有善妒之人，聽說他們若已身亡，就不會再來，現在看這鬼妻卻是與眾不同。

白話翻譯

泰安有個名叫聶鵬雲的人，與妻子鶼鰈情深，妻子卻染上重病而死。因此，聶鵬雲無論行住坐臥都沉浸在悲傷與思念中，以至神情恍惚，悵然若失。

一天晚上，他獨自坐在家中，妻子忽然推門進來，聶鵬雲驚訝地問：「你從何處來？」

妻子笑道：「我已經是個鬼了。感念你對我的一片眞情，所以請求陰間的閻羅王，讓我暫與你幽會一番。」聶鵬雲很高興，牽著妻子的手上床睡覺，一切和她生前一樣。從此以後，兩人在夜間私會，如此過了一年多，聶鵬雲也不提續弦之事。他的叔伯兄弟害怕他家絕後，勸他續弦再娶。聶鵬雲聽從他們的勸告，和一位良家姑娘訂了親，但又怕鬼妻知道會不高興，所以一直隱瞞她。不久，聶鵬雲的婚期將近，鬼妻知道此事了，責備他道：「我因爲你的恩義，所以甘願冒著承受陰間懲罰的危險與你私會，如今你卻不守盟約，所謂專情的人是這樣的嗎？」聶鵬雲解釋道這是親朋好友的意思，鬼妻始終很不高興，告別而去。聶鵬雲雖然很可憐她，不過心想這也是個了斷的辦法。

到了聶鵬雲成親當晚，他和新娘皆已就寢，鬼妻忽至，上床將新娘毆打一番，大罵道：「你怎麼敢占我的床睡覺！」新娘爬起身，與鬼妻扭打起來。聶鵬雲膽戰心驚，赤身裸體蹲在床邊，不敢偏袒任何一方。不久，聽見雞啼了，鬼妻才離去。新娘懷疑聶鵬雲的妻子根本沒有死，說聶鵬雲欺騙她，就想上吊自殺。聶鵬雲向她講述了實情，新娘才知道昨晚大鬧洞房的女人是一個鬼。鬼妻傍晚又來，新婦嚇得躲開。鬼妻也不和聶鵬雲同床，只是用指甲掐他的皮肉，在燈下對他怒目而視，一人一鬼沒說過一句話。這樣過了好幾個晚上，聶鵬雲非常苦惱，得知臨村有一位精通法術的人，便請他來做法。法師將桃木削成短木樁，釘在鬼妻墳墓四周，從此她總算沒有再來。

黃將軍

黃靖南得功1微時，與二孝廉2赴都3，途遇響寇4。孝廉懼，長跪獻資。黃怒甚，手無寸鐵，即以兩手握騾足，舉而投之。寇不及防，馬倒人墮。黃拳5之臂斷，搜橐6而歸孝廉。孝廉服其勇，資勸從軍。後屢建奇勛7，遂腰蟒玉8。

1 黃靖南得功：黃得功，號虎山，人稱「黃闖子」。合肥（今安徽省合肥市）人，後徙開原衛（今遼寧省開元市）。明末、南明將領，出身行伍，以勇猛聞名。
2 孝廉：舉人。
3 都：京城。
4 響寇：又稱「響馬」。北方乘馬的強盜，因為在攔路打劫前會施放響箭，故稱。
5 拳：動詞，以拳擊打。
6 橐：讀作「陀」，袋子。
7 勛：功績、功勞。
8 腰蟒玉：身穿蟒衣，腰束玉帶。意謂擔任大官。

◆**仙舫評點**：孝廉可謂無負矣。不知黃將軍又將何以報之？

黃將軍助兩孝廉從強盜手中奪回錢財，兩孝廉就出錢助他從軍，可謂對黃將軍無所虧欠。不知這番恩情，黃將軍又要如何回報？

白話翻譯

黃得功尚未功成名就之時，曾與兩位舉人一同前往京城。途中遇到強盜，舉人們很害怕，跪下獻出銀錢。黃得功非常憤怒，儘管手無寸鐵，仍用兩手抓起騾子後蹄，舉起來擲向強盜。強盜猝不及防，被打得人仰馬翻，黃得功接著用拳頭把強盜胳臂打斷，從袋子裡搜出剛才搶去的銀錢還給舉人。兩個舉人很佩服黃得功的勇猛，出錢助他從軍。後來黃得功屢建奇功，成了穿莽袍佩玉帶的高官。

三朝元老

某中堂[1]，故明相也。曾降流寇[2]，世論非之。老歸林下，享堂[3]落成，數人直宿其中。天明，見堂上一匾云：「三朝元老[4]。」一聯云：「一二三四五六七，孝弟[5]忠信禮義廉。」不知何時所懸。怪之，不解其義。或測之云：「首句隱亡八[6]，次句隱無恥也。」

洪經略[7]南征，凱旋。至金陵[8]，醮薦[9]陣亡將士。有舊門人[10]謁見，拜已，即呈文藝[11]。洪久厭文事，辭以昏眊[12]。其人云：「但煩坐聽，容某頌達上聞。」遂探袖出文，抗聲[13]朗讀，乃故明思宗[14]御製祭洪遼陽死難文[15]也。讀畢，大哭而去。

1 中堂：宰相的別稱。唐朝設政事堂於中書省，以宰相主領其事，因稱宰相為中堂。
2 流寇：四處轉徙流竄的盜賊。
3 享堂：祭祀祖先的祠堂。
4 三朝元老：歷事三個朝代或三位君主的重臣。此處有嘲諷意味，譏諷這位中堂在明朝滅亡後，相繼歸順李自成與清朝。
5 弟：讀作「替」。通「悌」。
6 亡八：沒有「八」。諧音「王八」，罵人的話。
7 洪經略：即洪承疇（西元一五九三～一六六五年），字亨九，明末清初南安（今福建省南安市）人。明末官至薊遼總督，與清兵戰於松山，兵敗降清。

◆**但明倫評點**：或問：此老此時何以為心？曰：此老之心久已死矣，雖對之朗讀，何曾得聞？對之大哭，何曾得見？

有人問：洪老聽見祭文當下是何種心情？答之曰：這位老人的心已經死很久了，雖然對著他朗讀，他也聽而不聞；對他大哭，他也視而不見。

三朝元老
笑罵由
他笑罵
加老人
長樂竹
堪誇
壹閑
晝錦
棖搖
恰此
是三
朝宰
相家
三朝元老
一二三四五六七
孝弟忠信禮義廉

清初開國制度多由其手定，後累官至武英殿大學士，卒諡文襄。

8 金陵：古代地名。即今南京市及江寧縣地。

9 醮薦：供奉信仰的神靈。此處意指設醮祭祀。

10 門人：此指僚屬。

11 文藝：文章。

12 昏眊：猶言老眼昏花。眊，讀作「茂」，眼睛看不清楚的樣子。

13 抗聲：大聲。

14 明思宗：明末崇禎皇帝（西元一六一一～一六四四年），姓朱，名由檢。崇禎十七年（西元一六四四年）發生甲申之變，李自成攻破北京，崇禎帝在煤山一樹上吊身亡，終年三十五歲，在位十七年。

15 祭洪遼陽死難文：崇禎十五年（西元一六四二年），松山淪陷，北京訛傳洪承疇殉難。明思宗悲痛，賜醮致祭，並親撰祭文。

白話翻譯

某中堂大人，原是明朝宰相，曾投降流寇，遭到世人非議。後來他告老還鄉，建了祭祖的祠堂，落成之時，有幾個人輪值睡在裡面。天亮時，見大廳上掛著一塊匾額，上書「三朝元老」。還有一副對聯，上聯是「一二三四五六七」，下聯是「孝悌忠信禮義廉」，不知何時掛上去的。大家都覺得很奇怪，不知其中深意。有人便推測道：「上聯暗罵王八，下聯暗喻無恥。」

洪承疇率兵南征，凱旋而歸。回到南京後，設醮祭拜陣亡將士。有個舊部屬登門拜訪，行過禮後呈上一篇文章。洪承疇很久沒有舞文弄墨，就以老眼昏花拒絕。那人說：「請洪大人坐著傾聽，容我朗誦給您即可！」說完就從袖中取出文章，大聲朗讀。這篇文章乃是明思宗撰寫的〈祭洪遼陽死難文〉，那人讀完，便放聲痛哭地離去了。

醫術

張氏者，沂[1]之貧民。途中遇一道士，善風鑑[2]，相之曰：「子當以術業[3]富。」張曰：「宜何從？」又顧之，曰：「醫可也。」張曰：「我僅識之無[4]耳，烏能是？」道士笑曰：「迂哉！名醫何必多識字乎？但行之耳。」◆既歸，貧無業，乃摭拾[5]海上方，即市廛[6]中除地作肆，設魚牙蜂房[7]，謀升斗於口舌之間，而人亦未之奇也。會青州太守病嗽，牒檄[8]所屬徵醫。沂故山僻，少醫工；而令懼無以塞責，又責里中使自報。於是共舉張。令立召之。張方痰喘[9]，不能自療，聞命大懼，固辭。令弗聽，卒郵[10]送去。路經深山，渴極，咳愈甚。入村求水，而山中水價與玉液等，徧[11]乞之，無與者。見一婦漉[12]野菜，菜多水寡，盎中濃濁如涎。張燥急難堪，便乞餘瀋[13]飲之。少間，渴解，嗽亦頓止。陰念：殆[14]良方也。比至郡，諸邑醫工，已先施治，並未痊減。張入，求密所，偽作藥目[15]，傳示內外；復遣人於民間索諸藜藿[16]，如法淘汰訖，以汁進太守。一服，病良已。太守大悅，賜賚[17]甚厚，旌以金扁[18]。由此名大譟，門常如市，應手無不悉效。有病傷寒者，言症求方。張適醉，誤以瘧劑[19]予之。醒而悟之，不敢以告人。三日後，有盛儀[20]造門而謝者，問之，則傷寒之人，大吐大下而愈矣。此類甚多。張由此稱素封[21]，益以聲價自重，聘者非重貲安輿[22]不至焉。

益都韓翁，名醫也。其未著[23]時，貨藥於四方。暮無所宿，投止一家，則其子傷寒將死，因請施治。韓思不治則去此莫適[24]，而治之誠無術。往復跓躕[25]，以手搓體，而汙成片，捻之如丸。頓思以此紿[26]之，當亦無所害。曉而不愈，已賺得寢食安飽矣。遂付之。中夜，主人撾門[27]甚急。意其子死，恐被侵辱，驚起，踰垣疾遁。主人追之數里，韓無所逃，始止。乃知病者汗出而愈矣。挽回，款宴豐隆；臨行，厚贈之。

1 沂：即沂水縣。今山東省沂水縣。沂，讀作「怡」。
2 風鑑：此指相面術，替人看相。
3 術業：專業技藝，如醫術、占卜、星象等。
4 僅識之無：沒認識幾個字。之、無，代指淺顯基礎的字。
5 摭拾：蒐羅、蒐集。摭：讀作「執」，撿起。
6 市廛：店鋪林立的地方。廛，讀作「禪」，店鋪之意。
7 魚牙、蜂房：皆中藥材名稱。
8 牒檄：此處做動詞用，下發官方文書。牒，讀作「蝶」；檄，讀作「息」，皆指官府發布的公文或證明文書。
9 痰喘：氣喘病。氣管積痰，導致呼吸困難，伴有咳喘的病症。
10 郵：此指古代供驛站使用的車輛。
11 徧：同今「遍」字，是遍的異體字。
12 漉：讀作「路」。一種洗菜方式，讓水流過蔬果，慢慢往下過濾。
13 瀋：汁水。
14 殆：大概、也許，用於推測時的語氣。
15 藥目：藥方。
16 藜藿：皆為野菜名，此處泛指野菜。
17 賚：讀作「賴」，賞賜、賜予。
18 旌以金扁：以金匾大加表揚。旌，此作動詞用，宣揚、頌揚。扁，通「匾」，匾額。
19 瘧劑：治療瘧疾的方劑。
20 盛儀：豐厚的禮品。
21 素封：指無官爵封地，卻財產富裕的人。
22 重貲安輿：有重金相贈、車轎接送。貲，通「資」，財物、錢財。安輿，安車，老弱婦孺或官員乘坐的車輛。
23 末著：沒沒無聞。
24 去此莫適：離開此地也無處可去。去，離開。適，留宿、歇腳之意。
25 跓躕：讀作「斥剁」。一下前進一下後退。
26 紿：讀作「代」，欺騙。
27 撾門：敲門。撾，讀作「抓」。敲打。

◆**馮鎮巒評點**：笑煞天下名醫，謔甚，然語實非妄。

足以笑遍天下名醫，十分有趣，但這話並非是虛妄。

醫術
素問靈
樞競揣
摩窺垣誰
洞十三科道人
一語殊調侃巷
箇名醫錢字多

白話翻譯

張某是沂水縣人，家中窮困，他在路上偶遇一名擅長替人看相的道士。道士看過他的面相，對他說：「你可以依靠專業技術發財。」張某問：「我適合做哪個行業呢？」道士說：「可以行醫。」張某說：「我認識的字不多，怎麼能當大夫啊？」道士笑道：「眞是不開竅！當名醫跟識字多寡有何干係？你只管去做就是了。」張某回家後，無所事事，於是蒐集了一些民間偏方，在市集上擺地攤，放幾樣藥材，憑著三寸不爛之舌開始替人診病，別人也不覺得他有何怪異之處。恰巧青州太守罹患咳嗽病，頒布公文廣徵名醫。沂州地處偏僻山區，醫生很少，縣令害怕無法跟上頭交差，要求各鄉里自薦名醫。大家一致推舉張某。縣令馬上召見，張某這時也患上咳喘病，無法自醫，聽說徵召令後感到十分惶恐，堅決推辭。縣令不接受他搪塞的理由，派驛車將他送往府城。路過深山時，張某感到非常口渴，咳得更加厲害。他到村裡去討水喝，山裡的水價等同上好的美酒，挨家挨戶都討遍了，沒有人願意施捨他。他見到一個婦人正在洗野菜，菜多水少，盆裡的水混濁得像口水一樣。張某口渴難耐，便向她討要剩餘的洗菜水。喝下後不久便解渴了，咳嗽竟也好了，張某於是心想：這也許眞是個好藥方。等到了府城，各縣來的大夫已先替太守治療過一遍，病況未見好轉。輪到張某時，他要求給他闢一間隱密的處所，隨便構擬一個藥方，讓官署內外的人傳閱；又派人到民間採野菜，按照山上那婦人的方法淘洗，將汁水給太守服用。太守喝了一次，病就痊癒了，他感到相當高興，賞給張某很多錢，更賜予他一塊題了金字的匾額以示讚揚。張某的名聲從此傳揚開去，醫館門庭若市，經他治療的病症無不藥到病除。

有個罹患傷寒的患者，向張某訴說症狀，要求他開藥。張某剛好喝醉酒，誤將治瘧疾的藥開給病人。酒醒後才知開錯藥，也不敢跟別人說。三天後，忽然有人帶著厚禮登門致謝，一問之下，那個罹患傷寒的病人，吃了藥大吐大瀉後便痊癒了。這樣的例子不勝枚舉，張某從此成爲富豪，身價大漲，求醫者沒有重金聘請，車馬接送，他就不肯出診。

益都的韓老先生是一位名醫，未成名前以到處兜售藥材爲生。有天晚上，他沒地方落腳，就到一戶人家投宿，主人的兒子罹患傷寒快死了，請他治療。韓某想，若不治療則無地方可過夜，若要治療又實在沒把握治好。於是他走來走去，用手指搓起身體，把身上的汙垢搓下一大片揉成丸狀，接著就想到要是把這個泥丸當成藥丸，對身體也沒有什麼害處。就算到了天亮，病人尚未痊癒，至少也賺到個寢食溫飽，就把泥丸給了病人。

韓某睡到半夜，忽然聽見主人急促的敲門聲。他以爲主人的兒子死了，害怕被羞辱，驚慌地起床翻牆逃走。主人追了好幾里，韓某眼看逃不掉才停下來，這才得知病人發汗後便痊癒了。主人將韓某留下設宴招待，臨走時還贈送他一筆錢。

藏虱

鄉人某者，偶坐樹下，捫[1]一虱，片紙裹之，塞樹孔中而去。後二三年，復經其處，忽憶之，視孔中紙裹宛然。發而驗之，虱薄如麩[2]。置掌中審顧之。少頃，掌中奇痒[3]，而虱腹漸盈矣。置之而歸。痒處核起[4]，腫數日，死焉。

1 捫：捉捏。
2 麩：讀作「夫」。小麥磨成麵粉後所留下的皮殼、碎屑。
3 痒：皮膚搔癢。同今「癢」字，是癢的異體字。
4 核起：如核仁般腫起。

白話翻譯

我家鄉有個人，一天坐在樹下，在身上捉到一隻蝨子，就用小紙片包起來，塞在樹縫裡。過了兩、三年，這人經過同個地方，忽然憶起往事，見樹洞裡的紙包還在，打開一看，蝨子已變成薄薄一層，像麩皮一樣。他把蝨子放在掌上審視，不久忽覺掌心奇癢，蝨子的肚子漸漸鼓起來。這人把蝨子扔掉後回家，癢處竟腫了個果核般大的包，腫了幾天，這人就死了。

◆**仙舫評點**：捫虱則殺之，人之恆也。鄉人憫而舍焉。一念之仁，可謂善矣，乃卒死於虱者，何也？有不赦之罪，而使之漏網，未有不反受其殃者。大人操生殺之權，可勿斷歟！

捉到蝨子就把牠殺掉，是人之常情。這個人憐憫牠而放生，一念之仁，可說是善舉，最後卻因蝨子而死，這是什麼道理？難道這個人有什麼不可饒恕的罪過，天公一時不察，而讓他成了漏網之魚，所以才藉蝨子來懲罰他。冥冥之中掌握生殺大權的主宰，可別斷錯了！

夢狼

白翁，直隸[1]人。長子甲，筮仕[2]南服，三年無耗。適有瓜葛[3]丁姓造謁，翁款之。丁素走無常[4]。談次，翁輒問以冥事，丁對語涉幻；翁不深信，但微哂之。別後數日，翁方臥，見丁又來，邀與同遊。從之去，入一城闕。移時，丁指一門曰：「此間君家甥也。」時翁有姊子為晉令，訝曰：「烏在此？」丁曰：「倘不信，入便知之。」翁入，果見甥，蟬冠[5]豸繡[6]坐堂上，戟幢[7]行列，無人可通。丁曳之出，曰：「公子衙署，去此不遠，亦願見之否？」翁諾。少間，至一第，丁曰：「入之。」窺其門，見一巨狼當道，大懼不敢進。丁又曰：「入之。」又入一門，見堂上、堂下，坐者、臥者，皆狼也。又視墀中[8]，白骨如山，益懼。丁乃以身翼翁而進。

公子甲方自內出，見父及丁良喜。少坐，喚侍者治肴蔌[9]。忽一巨狼，啣死人入。翁戰惕而起曰：「此胡為者？」甲曰：「聊充庖廚。」翁急止之。心怔忡不寧，辭欲出，而群狼阻道。進退方無所主，忽見諸狼紛然嗥避[10]，或竄床下，或伏几底。錯愕不解其故。俄有兩金甲猛士怒目入，出黑索索甲。甲撲地化為虎，牙齒巉巉[11]，一人出利劍，欲梟其首[12]。一人曰：「且勿，且勿，此明年四月間事，不如姑敲齒去。」乃出巨錘錘齒，齒零落墮地。虎大吼，聲震山岳。翁大懼，忽醒，乃知其夢。心異之，遣人招丁，丁辭不至。翁誌其夢，使次子詣

甲，函戒哀切。既至，見兄門齒盡脫；駭而問之，則醉中墜馬所折。考其時，則父夢之日也。益駭。出父書。甲讀之變色，為間曰：「此幻夢之適符耳，何足怪。」時方賂當路者[13]，得首薦，故不以妖夢為意。

弟居數日，見其蠹役[14]滿堂，納賄關說者，中夜不絕，流涕諫止之。甲曰：「弟日居衡茅[15]，故不知仕途之關竅耳。黜陟[16]之權，在上臺不在百姓。上臺喜，便是好官；愛百姓，何術能令上臺喜也？」弟知不可勸止，遂歸。告父。翁聞之大哭。無可如何，惟捐家濟貧，日禱於神，但求逆子之報，不累妻孥[17]。次年，報甲以薦舉作吏部，賀者盈門；翁惟欷歔，伏枕託疾不出。未幾，聞子歸途遇寇，主僕殞命。翁乃起，謂人曰：「鬼神之怒，止及其身，祐我家者不可謂不厚也。」因焚香而報謝之。慰藉翁者，咸以為道路訛傳，惟翁則深信不疑，刻日為之營兆[18]。——而甲固未死。先是，四月間，甲解任，甫離境，即遭寇，甲傾裝以獻之。諸寇曰：「我等來，為一邑之民洩冤憤耳，寧耑[19]為此哉！」遂決其首。又問家人：「有司大成者誰是？」司故甲之腹心，助桀為虐者。家人共指之。賊亦殺之。更有蠹役四人，甲聚斂臣[20]也，將攜入都。并搜決訖，始分貲入囊，騖馳而去。甲魂伏道旁，見一宰官過，問：「殺者何人？」前驅者曰：「某縣白知縣也。」宰官曰：「此白某之子，不宜使老後見此兇慘，宜續其頭。」即有一人掇[21]頭置腔上，曰：「邪人不宜使正，以肩承領可也。」遂去。移時復甦。妻子往收其尸，見有餘息，載之以行；從容灌之，亦受飲。但寄旅邸，貧不能歸。半年許，翁始得確耗，遣次子致之而歸。甲雖復生，而目能自顧其背，不復齒人數矣。翁姊子有政聲，是年行取[22]為御史，悉符所夢。

異史氏曰：「竊歎天下之官虎而吏狼者，比比也。即官不為虎，而吏且將為狼，況有猛於虎者耶！夫人患不能自顧其後耳；甦而使之自顧，鬼神之教微矣哉！」

鄒平[23]李進士匡九，居官頗廉明。常有富民為人羅織，門役嚇之曰：「官索汝二百金，宜速辦；不然，敗矣！」富民懼，諾備半數。役搖手不可。富民苦哀之。役曰：「我無不極力，但恐不允耳。待聽鞫[24]時，汝目睹我為若白之，其允與否，亦可明我意之無他也。」少間，公按是事。役知李戒煙，近問：「飲煙否？」李搖其首。役即趨下曰：「適言其數，官搖首不許，汝見之耶？」富民信之，懼，許如數。役知李嗜茶，近問：「飲茶否？」李頷之。役托烹茶，趨下曰：「諧矣！適首肯，汝見之耶？」既而審結，富民其獲免，役即收其苞苴[25]，且索謝金。

嗚呼！官自以為廉，而罵其貪者載道焉。此又縱狼而不自知者矣。世之如此類者更多，可為居官者備一鑒也。

又邑宰楊公，性剛鯁[26]，攖[27]其怒者必死。尤惡隸皂[28]，小過不宥。每凜坐堂上，胥隸之屬，無敢咳者。此屬間有所白，必反而用之。適有邑人犯重罪，懼死。一吏索重賄，為之緩頰。邑人不信，且曰：「若能之，我何靳報[29]焉。」乃與要盟[30]。少頃，公鞫是事。邑人不肯服。吏在側呵語曰：「不速實供，大人械梏死矣！」公怒曰：「何知我必械梏之也？想其賂未到耳。」遂責吏，釋邑人。邑人乃以百金報吏。要知狼詐多端，此輩敗我陰騭[31]，甚至喪我身家。不知居官者作何心腑，偏要以赤子飼麻胡[32]也。

1 直隸：位於今北京與天津兩市、河北省大部及河南、山東小部分地區。
2 筮仕：指作官。因古人有出仕要先占卜吉凶的習俗，所以筮仕代指作官。筮，讀作「士」，以蓍草（蓍，讀作「詩」）占卜吉凶。
3 瓜葛：遠親。
4 走無常：一古代傳說，因地府偶有冥官短缺，於是在陽間找活人抓去充當官吏，在當陰差時死去，差事了結又活過來。
5 蟬冠：指官帽。用貂尾蟬紋作裝飾的帽子，是古代達官顯貴者所戴。
6 豸繡：繡有獬豸的官服，獬豸即獨角獸。豸，讀作「制」。
7 戟幢：古代儀仗所用的以羽毛做裝飾的旌旗和戟。
8 墀中：台階。墀，讀作「持」。
9 肴蔌：指菜肴。蔌，讀作「素」，蔬菜的統稱。
10 嗥避：哀叫閃避。嗥，讀作「豪」，吼叫號哭。
11 巉巉：讀作「潺潺」，形容牙齒尖利。
12 梟其首：斬他的頭。梟，讀作「銷」，古代刑罰之一，即砍頭。
13 當路者：即當權者，掌權的官員。
14 蠹役：為害於民的官吏。蠹，蛀蟲，引申為貪贓枉法之徒。
15 衡茅：古時平民百姓住的簡陋屋舍。
16 黜陟：指官吏的罷免和升遷。陟，讀作「治」，擢升。
17 妻孥：妻子和兒女。孥，讀作「奴」。

18 營兆：尋找墓地。
19 耑：讀作「專」，同「專」，專門。
20 聚斂臣：替長官搜刮民脂民膏、助紂為虐的劣官。
21 掇：讀作「奪」，接取、拾取。
22 行取：明代制度，地方官員經由高級官員舉薦，可以調往京城，通過考選以改派官職。
23 鄒平：古代縣名，位於今山東省。
24 鞫：讀作「局」，審問、審判。
25 苞苴：原意為裝東西的茅草袋子。此指行賄的錢財物品。
26 鯁：正直、耿直。
27 攖：讀作「英」，觸犯、冒犯。
28 隸皂：衙役。古代衙役多穿黑色衣服，故稱之。
29 靳報：吝惜這點報酬。靳，讀作「進」，吝惜。
30 要盟：脅迫對方結盟。
31 陰騭：陰德、陰功。騭，讀作「智」。
32 赤子飼麻胡：拿嬰兒去餵麻胡。比喻明知故犯。麻胡，民間傳說中殘暴冷血嗜殺的人。

◆**但明倫評點**：生死之權，在百姓不在上臺：百姓怨，便是死期；媚上臺，何術能解百姓怨也？

生死的大權，操縱在百姓之手而非在當朝權貴之手：百姓怨聲載道，就是為官者的死期；諂媚當權者，有何種方法可以解消百姓的怨恨呢？

夢狼
夢回無計破其顏
賀客盈門淚點潸
有識官場真面目
虎狼何必在深山

白話翻譯

直隸有個姓白的老頭，大兒子名甲，在南方做官，三年來音訊全無。這時剛好來了一位姓丁的遠房親戚來拜訪老頭，受到老頭的熱情招待。丁某經常替陰司辦差，兩人聊了片刻，老頭就向他打聽陰間的事，丁某談著談著提到一些匪夷所思之事，老頭半信半疑，只是微笑以對。丁某告辭後幾天，老頭正躺臥在床上，看見丁某又來拜訪，且邀請他一同出外遊玩。老頭跟在他後面進入一座城，過了不久，丁某指著一扇門說：「你的外甥就在這裡面。」老頭的姊姊確實有個兒子在山西做官，他很訝異地問：「爲何在此？」丁某答：「如若不信，進去一觀便知。」老頭走進去，果然見到他的外甥，只見外甥穿戴官帽與官服，坐在大堂之上，儀仗隊伍站了滿堂，他無法上前。丁某把老頭拉出來，說：「你兒子的官府，離此處不遠，想要一同去看一眼嗎？」老頭答應了。片刻之後，他們來到一處官府，丁某說：「進去。」老頭往門口一瞧，只見一匹狼擋在前頭，老頭驚恐萬分，不敢進去。丁某再說：「進去。」又進了一扇門，只見大堂上下，或坐或躺，全都是狼，又看到臺階前一堆白骨疊得像山一樣高，老頭越看越感到毛骨悚然，丁某便用身體護在身周，保護老頭往前走。

老頭的兒子甲從官衙裡走出來，看見父親和丁某很高興。他們坐了一會兒，甲命侍者準備酒宴。忽然一頭大狼叼著一具屍體進來，老頭渾身發抖地站起，說：「這是要做什麼？」甲回答：「這是要給廚房加菜用的。」老頭急忙阻止，心神不寧地想告辭離去，卻被狼群擋住去路。正在進退兩難之時，忽然看到這些狼都嗥叫著躲開了，有的鑽進床底下，有的趴在桌子下。老頭非常驚恐，卻不明就裡。突然間，兩名身穿鎧甲的武士瞪著眼睛走進來，拿出黑色的囚繩把甲捆綁起來，甲倒在地上變成一隻老虎，牙齒白森森的鋒利非常。一人拿出利劍打算砍掉牠的頭，另一人說：「別砍！別砍！這是明年四月的事，不如先把牠的牙拔掉。」於是那人拿出一支大錘來，就把老虎的牙齒敲掉了。牙齒散落在地上，老虎痛得大吼大叫，聲音足以搖撼山嶽。老頭非常驚駭，忽然醒來，才知道原來是夢境，心裡卻仍覺得怪異，派人去請來丁某，丁某卻推辭不來。

老頭一直惦記這個夢，於是派了二兒子去看望大兒子甲，還在信中誠懇地囑咐他。二兒子到了大兒子的府邸，發現哥哥的門牙全掉光了，很害怕地問他怎麼一回事，大兒子說是喝醉酒從馬背上掉下來摔斷的，再問確切時間，正是老頭做夢那天。弟弟聽完更感到害怕，拿出老父親寫的信，甲讀了之後臉色立刻大變，過了一會兒說：「這不過是湊巧而已，有什麼可大驚小怪的。」當時他剛剛賄賂當朝權貴，成爲被舉薦的第一個候選者，對妖夢之說並不放在心上。

弟弟住了幾天，只見滿屋子貪官污吏，充斥著收受賄賂替人打通關節的說客，到了夜晚仍絡繹不絕。他流淚苦勸兄長改過，甲卻答：「二弟整天住在破草屋裡，並不知道爲官的竅門。罷免升遷的大權，全掌握在當權者手中，而不是百姓呀。能得到上司喜愛的就是好官，只知道愛護百姓，又怎能討上司歡心呢？」二兒子知道兄長聽不進勸告，只好回家告訴父親，老頭聽完大哭一場，他無計可施，只好把家中錢財捐出去幫助窮人，天天向神祈禱，只求逆子將來遭受到的報應不會連累妻子與孩子。第二年，有人來報喜道甲被薦舉作了吏部，來道喜的人擠滿屋子；老頭卻忍不住嘆氣，趴臥床榻間推託身體有恙，不肯出去招待客人。沒多久，他聽說兒子在回家路上遇到強盜，主僕均喪命，老頭這才從床上起來，對人說：「這是鬼神發怒。幸好只懲治他一人，保祐我一家老小不受牽連，眞是大恩大德啊。」於是燒香拜謝神明。前來安慰老頭的人都說這是假消息，只有老頭深信不疑，整天爲大兒子尋找墓地——然而甲其實並沒有死。

在這之前的四月，甲卸任剛離開治理的縣城，就遭到土匪搶劫。他想交出財物以自贖，土匪說：「我們來此，是爲百姓洩憤申冤的，哪可能是爲了財物！」便砍了他的頭。又問他的隨從：「誰是司大成？」司大成原是甲的心腹，幫助甲欺壓百姓，僕從們一起指認他，土匪就把他也殺了。還有四名殘害百姓的僕役，都是幫甲搜刮民脂民膏的惡徒，白甲原先打算把他們一起帶去京城赴任新職。土匪們把他們全都找出來處決，最後才搜刮甲的財物，揮鞭躍馬，揚長而去。甲的靈魂趴在路邊，見到一位陰差路過，陰差問：「被殺的都是些什麼人？」在前頭領路的人答：「是某縣的白知縣。」陰差說：「這個人是白某的兒子，別讓他見到兒子身首異處的凶殘景象，把他的頭再接上吧。」有個人過來把甲的頭安放回他的脖子上，說：「心術不正的人，頭不應該正著放，放在肩膀上就可以了。」這些人隨後離開。不久，甲還陽甦醒過來，妻兒原要前來收屍，見甲還剩一口氣，便把他放在車上往前走。給他灌點水是喝得下的，只是人寄宿在旅店裡，身無分文無法回家。過了約半年，老頭才得知確切消息，派二兒子把甲帶回來。甲雖然活過來，眼睛卻只能看到自己的後背了，這件事也逐漸被人淡忘。老頭的外甥爲官聲譽很高，當年被擢升爲御史，這些也都和老頭的夢境相符。

記下奇聞異事的作者如是說：「我以爲官員如虎，衙吏如狼，到處都是。即使爲官者不像老虎那般兇殘，衙吏卻如餓狼一樣貪得無厭，何況更有甚者！人的缺點就是不能顧及未來果報。要能先使人幡然悔悟，才能提醒他們事情因果，鬼神教導人改過的方法是何等用心良苦啊！」

鄒平縣有個進士叫李匡九，爲官一向自命清高。有個富人被人構陷，衙吏恐嚇他：「長官要你交出二百兩銀子，快些回去準備；否則，官司必輸無疑！」富人感到害怕，答應能準備半數，衙吏卻搖手不肯。富人不斷哀求他，衙吏說：「並非是我不盡力幫你，無奈長官他不肯呀。一會兒聽審時，你可以觀察，我再替你求情，看長官是否答應，也能知道這不是我能決定的。」

過了一會兒，李匡九審訊時，衙吏知道他戒菸，靠近問他：「抽菸嗎？」李匡九搖頭。衙吏隨即下堂告知：「剛剛說的這個數目，長官搖頭不准，你看到了嗎？」富人信以爲眞，感到很害怕，答應去湊足衙吏所要求的數目。衙吏知道李匡九喜歡喝茶，又靠近問他：「喝茶嗎？」李匡九點頭。衙吏奉完茶，下去向富人道：「好了！剛剛長官點頭答應，你看見了嗎？」審訊結束，富人被判無罪，衙吏立刻收取賄賂，還要求了一筆酬謝金。

唉！當官的自以爲清廉，可是罵他貪官的人到處都是，正是放縱屬下爲所欲爲，而自己還被蒙在鼓裡。世間像這樣的情形到處都是，可以作爲當官的人的借鏡啊。

楊大人是某縣縣令，性情剛正耿直，若是惹他不快的人必定要死。他特別討厭衙門官吏，縱然是犯個小過錯也要追究。每次上堂，下屬沒有人敢咳嗽出聲。下屬若是提出建議，他必定反其道而行。碰巧有個縣民犯了重罪，怕被判死刑。其中一個衙吏要求他拿出錢來，就答應幫他疏通。縣民不相信，說：「如果眞能免刑，我怎會吝惜這點錢呢！」官吏於是和他立下契約。

不久，楊大人審問這樁案子。縣民不肯認罪，衙吏在旁喝斥道：「還不從實招來！大人會用刑把你折磨到死！」楊大人憤怒地說：「誰說我要向他嚴刑逼供呢？想必是你們這些人的賄賂還沒收到吧！」於是譴責衙吏，釋放縣民。縣民隨後拿了一百兩黃金酬謝衙吏。要知道：這些如狼的官吏非常狡詐，若是稍有分神，就會被他們所利用，他們不僅任由爪牙去剝削鄉民的血汗錢，更會敗壞我們的名譽，損毀我們的陰德，甚至使我們喪命。不知這些做官的人是什麼樣的心態，偏偏要縱容官吏擺佈，如同用嬰兒去餵食惡魔一般！

化男

蘇州[1]木瀆鎮[2]有民女夜坐庭中，忽星隕中顱，仆[3]地而死。其父母老而無子，止此女，哀呼急救。移時始蘇，笑曰：「我今為男子矣！」驗之，果然。其家不以為妖，而竊喜其暴得丈夫[4]也。奇已。亦丁亥間事。

1蘇州：今江蘇省蘇州市。
2木瀆鎮：蘇州府治吳縣西南二十七里處。
3仆：讀作「撲」，倒臥、跌倒而趴在地上。
4丈夫：男子。

白話翻譯

蘇州木瀆鎮有位女子夜晚坐在庭院中，忽然有顆隕星落下來打中她的腦袋，女子倒地而亡。她的父母年事已高，沒有男嗣，只有這個女兒，因此哀呼搶救。不久，女子醒了過來，卻笑道：「我現在是男子了！」父母查驗，果然變成男子。他的家人不覺得他是妖怪，反而暗自高興突然得了一個兒子。真是奇怪啊！這是丁亥年間發生的事。

夜明

有賈客泛於南海[1]。三更[2]時，舟中大亮似曉。起視，見一巨物，半身出水上，儼若山岳；目如兩日初升，光四射，大地皆明。駭問舟人，並無知者。共伏瞻之。移時，漸縮入水，乃復晦。後至閩中[3]，俱言某夜明而復昏，相傳為異。計其時，則舟中見怪之夜也。

1南海：泛指南方海域。
2三更：晚上十一點至隔日凌晨一點。
3閩中：今福建省。

白話翻譯

有一名客商乘船航行於南方海域。三更時分，船上大放光明如同白晝。他起身下床想一探究竟，就見一龐然巨大的怪物，上半身露出水面，宛若一座高山；雙目如同兩顆剛剛升起的太陽，光芒四射，天空與海面都被照得光明一片。他震驚地詢問船上其他客人，沒人知道這是什麼怪物。大家趴伏在船上觀看。不久，那怪物漸漸沒入水中，四周才恢復黑暗。後來商人到了福建，那裡的人也都在談論某天晚上亮如白晝，後又恢復原狀，大家交頭接耳地談論此異象。推算時間，正是商人在船上看見那怪物出沒的那個夜晚。

夜明

一棹翩然海上過
宵深怪物放光多
倘逢寰宇昇平日
士庶應賡復旦歌

夏雪

丁亥年[1]七月初六日，蘇州[2]大雪。百姓皇[3]駭，共禱諸大王[4]之廟。大王忽附人而言曰：「如今稱老爺[5]者，皆增一大字；其以我神為小，消不得[6]一大字也？」眾悚然，齊呼「大老爺」，雪立止。由此觀之，神亦喜諂，宜乎治下部者之得車多[7]矣。

異史氏曰：「世風之變也，下者益諂，上者益驕。即康熙四十餘年中，稱謂之不古，甚可笑也。舉人稱爺，二十年始；進士稱老爺，三十年始；司[8]、院[9]稱大老爺，二十五年始。昔者大令[10]謁中丞，亦不過老大人而止；今則此稱久廢矣。即有君子，亦素諂媚行乎諂媚，莫敢有異詞也。若縉紳[11]之妻呼太太，裁[12]數年耳。昔惟縉紳之母，始有此稱；以妻而得此稱者，惟淫史[13]中有林喬[14]耳，他未之見也。唐時，上欲加張說大學士[15]。說辭曰：『學士從無大名，臣不敢稱。』今之大，誰大之？初由於小人之諂，而因得貴倨者[16]之悅，居之不疑，而紛紛者遂偏[17]天下矣。竊意數年以後，稱爺者必進而老◆，稱老者必進而大，但不知大上造何尊稱？匪夷所思已！」

丁亥年六月初三日，河南歸德府大雪尺餘，禾皆凍死，惜乎其未知媚大王之術也。悲夫！

夏雪
合向人間當大
名實天風雪一
世俗情

1 丁亥年：此指清聖祖康熙四十六年（西元一七〇七年）。
2 蘇州：今江蘇省蘇州市。
3 皇：通「惶」。
4 大王：位於蘇州閶門北面的金龍四大王廟。傳說金龍四大王掌管降雪。
5 老爺：古代對當官者或顯貴者的稱呼，此處「老爺」是對神祇的尊稱。
6 消不得：當不起，無法與此稱呼相匹配。
7 治下部者之得車多：此句意同《聊齋誌異．卷一．勞山道士》「遂有舐癰吮痔者」，替人舔皮膚的膿瘡和痔瘡，用以諷諭為了諂媚他人，不惜做些汙穢低賤的事情。下部，指長在下體的膿瘡。治下部，舔舐下體的膿瘡。此句是說，諂媚上位者，不惜做下等卑賤之事以取悅之，哄得上位者高興的人可以獲得許多車輛嘉獎。
8 司：指布政使司及按察使司。布政使，明清兩代各省民政兼財政長官。按察使，明清兩代掌管司法的長官。
9 院：指「部院」。清代各省巡撫，多半兼兵部侍郎及都察院副都御史，故稱。
10 大令：古代對縣令的尊稱。
11 縉紳：同「搢紳」。古代官員將笏插綁在腰間一端下垂的腰帶上，所以稱仕宦為縉紳。
12 裁：通「才」。
13 淫史：指《金瓶梅》一書，因內容涉及許多男女交媾之事，故被有些人視為淫書，但近代學者胡衍南先生認為《金瓶梅》並非淫書。
14 林、喬：《金瓶梅》書中的人物。林，指王招宣的遺孀。喬，是喬五太太，皇室的遠房親戚。
15 學士：古代官名。始於魏晉，掌管典禮、撰述；唐代設置學士院，稱為「翰林學士」，參與機要政務，起草詔書。
16 貴倨者：態度傲慢的達官貴人。
17 徧：同今「遍」字，是遍的異體字。

◆**但明倫評點**：今舉人果進而稱老矣，不謂更有監生而稱爺，且有捐資較監生少而亦進而稱老者，則從九職銜與舉人、進士同稱矣。

現如今果然有稱舉人為老爺的，除此之外還有稱監生為爺的，有捐官的錢比監生少也稱老爺的，九種官職頭銜的官員與舉人、進士稱呼相同。

白話翻譯

丁亥年的七月初六，蘇州降大雪。百姓驚惶不已，齊聚金龍四大王廟祈禱。金龍四大王忽然附於一個信眾之身，說：「如今被稱作老爺的，前面都加一個大字，難道你們認爲我這個神位階不夠高，擔不起一個大字嗎？」眾人毛骨悚然，齊聲高喊「大老爺」，雪立刻就停了。如此看來，神也喜歡被人諂媚，所以那些丟盡臉面阿諛諂媚之人，總能獲得許多好處。

記下奇聞異事的作者如是說：「社會風氣改變，在下位者越來越會諂媚，在上位者越來越驕傲。就在康熙執政的四十多年當中，稱謂不遵守古制，甚爲可笑。舉人稱爺，是從康熙二十年開始；進士稱老爺，是從康熙三十年開始；布政使司及按察使司、巡撫稱大老爺，是從康熙二十五年開始。以前的縣令拜謁巡撫，也不過稱老大人而已；現在已無人如此稱呼了。即使是君子，也習慣被人奉承，甚至自己也去諂媚權貴，無人敢有不同意見。如官員的妻子稱太太，才不過數年而已。從前只有官員的母親才如此稱呼；妻子被如此稱呼，只有《金瓶梅》中的林太太與喬五太太而已，其他的記載就沒見到過。唐代時，玄宗想冊封張說爲大學士。張說推辭道：『自古以來學士沒有在前面加一大字的，臣不敢接受這樣的稱號。』如今這個大字，是從何人開始流行起來的呢？起初由小人的諂媚，想要討好達官貴人，達官貴人受之無愧，效仿者已是遍於天下。我猜想幾年之後，稱爺者必然加一老字，稱老者必加一大字，但不知大字之上還能再加出何種尊稱，實在匪夷所思！」

丁亥年六月初三日，河南歸德府下了一尺多厚的大雪，禾苗都凍死了，可惜當地百姓不知道取悅金龍四大王的方法，可憐啊！

禽俠

天津某寺，鸛鳥[1]巢於鴟尾[2]。殿承塵[3]上，藏大蛇如盆，每至鸛雛團翼[4]時，輒出吞食淨盡。鸛悲鳴數日乃去。如是三年，人料其必不復至，而次歲巢如故。約雛長成，即逕去，三日始還。入巢啞啞，哺子如初。蛇又蜿蜒而上。甫近巢，兩鸛驚，飛鳴哀急，直上青冥[5]。俄聞風聲蓬蓬，一瞬間，天地似晦。眾駭異，共視乃一大鳥，翼蔽天日，從空疾下，驟如風雨，以爪擊蛇，蛇首立墮，連催殿角數尺許，振翼而去。鸛從其後，若將送之。◆巢既傾，兩雛俱墮，一生一死。僧取生者置鐘樓上。少頃，鸛返，仍就哺之，翼成而去。

異史氏曰：「次年復至，蓋不料其禍之復也；三年而巢不移，則報仇之計已決；三日不返，其去作秦庭之哭[6]，可知矣。大鳥必羽族之劍仙也，飆然[7]而來，一擊而去，妙手空空兒[8]何以加此？」

濟南有營卒[9]，見鸛鳥過，射之，應弦而落。喙中啣魚，將哺子也。或勸拔矢放之，卒不聽。少頃，帶矢飛去。後往來郭間，兩年餘，貫矢如故。一日，卒坐轅門[10]下，鸛過，矢墜地。卒拾視曰：「矢固無恙耶？」耳適癢，因以矢搔耳。忽大風催門，門驟闔，觸矢貫腦而死。

禽俠
託地應無計萬
全覆巢何復費
遷延俠禽縱使
能消恨雛子傷
殘又一年

1 鸛鳥：一種水鳥，捕食蛇、蛙、魚類、昆蟲等。由雌、雄交替孵卵。白鸛在歐洲被認為是送子鳥，且會帶來好運，是德國的國鳥。
2 鴟尾：古代宮殿屋脊兩端，形似鴟尾形狀，以瓦燒製而成的裝飾物。
3 承塵：俗稱天花板。
4 團翼：雛鳥羽翼初長成的模樣。
5 青冥：天空。
6 秦庭之哭：典故出自《左傳．定公四年》。春秋時期，楚國大夫申包胥向秦國求援，秦哀公不肯派兵，申包胥靠著牆哭泣，最終感動了哀公，答應出兵救楚。
7 飆然：如暴風般迅速。
8 妙手空空兒：唐代文學家裴鉶所著傳奇《聶隱娘》中的人物「空空兒」，文中被魏博節度使田季安派出刺殺聶隱娘。
9 營卒：此指綠營兵，即清朝漢人兵眾的統稱。
10 轅門：原指古代君王出外巡察，在險要之地駐駕時，侍衛為了保護君王，將兩輛車翻仰，讓兩車之轅（車前方套駕牲畜的兩根直木）相向交接，形成一個半圓形的門。後指將帥的營門或督、撫衙署的外門。

◆**但明倫評點**：禽鳥中有志士，有俠仙，人有自愧不如者矣。

鳥類中也存在有理想抱負的鳥，也有路見不平拔刀相助的俠客，人反而要自愧不如了。

白話翻譯

天津的某間寺廟，鸛鳥將巢築在屋脊的鴟尾上。大殿天花板上藏了一條大蛇，蛇身如同盆子一般粗大，每當幼鸛的羽毛翅膀快要豐滿了，大蛇就會出來把雛鳥吞吃乾淨，成鸛悲鳴哀號數日才飛走。這情況持續了三年，人們以爲成鸛必定不會再回來，翌年，成鸛依然把巢築在故地。等到幼鸛快要長成，成鸛忽然飛走，三天後才回來巢中，啞啞地鳴叫，像從前一樣哺育雛鸛。大蛇又蜿蜒爬上來，剛接近鸛巢，兩隻成鸛十分驚慌，倏然飛起直上天際，急切地哀鳴著。不久，耳邊聽到蓬蓬的風聲，瞬間天昏地暗，大家都感到害怕怪異地一起抬頭，便看見一隻大鳥，翅膀遮蔽住天空與太陽，從高空疾飛而下，如急風驟雨，用爪攻擊大蛇，蛇頭立刻掉下來，更將大殿一角都撞毀了好幾尺，大鳥這才振翅離去。成鸛尾隨在大鳥身後，宛如送別恩人。鸛巢也掉落在地，兩隻幼鸛，死了一隻，活了一隻。和尚把活著的小鸛安置在鐘樓上。不久，成鸛返回，仍然到鐘樓上哺育小鸛，待小鸛的羽翼豐滿才一同飛去。

記下奇聞異事的作者如是說：「鸛鳥翌年復來，沒料到災禍未除；連續三年都在此築巢而不遷走，是已然定下報仇的計策；三日不返，可想而知，必是去向大鳥乞求援助。那隻大鳥必定是鳥族中的劍俠，牠驟然而來，殺了大蛇便走，傳奇故事中的刺客大概也不過如此吧？」

濟南有個綠營士兵，看到鸛鳥飛過，以箭射之，鸛鳥應聲落地，嘴中還叼著魚，是要回巢餵養幼雛的。有人勸這士兵把箭拔下，把鸛鳥放生，士兵不聽勸，鸛鳥不久後就帶著箭飛走了。後來這隻鳥時常在近郊盤旋，過了兩年多，箭還插在牠身上。一天，那士兵坐在轅門口，鸛鳥飛過，箭落在地上。士兵拾起來看，說：「箭啊，別來無恙否？」正好此時耳朵發癢，他就用箭頭撓耳朵，忽然大風把門吹開，門猛然關上，力道之大促使箭穿過士兵的頭顱而身亡。

鴻

天津弋人[1]得一鴻[2]。其雄者隨至其家，哀鳴翱翔，抵暮始去。次日，弋人早出，則鴻已至，飛號從之；既而集其足下。弋人將並捉之。見其伸頸俛[3]仰，吐出黃金半鋌[4]。弋人悟其意，乃曰：「是將以贖婦也。」遂釋雌。兩鴻徘徊，若有悲喜，遂雙飛而去。◆弋人稱金，得二兩六錢強。噫！禽鳥何知，而鍾情若此！悲莫悲於生別離[5]，物亦然耶？

1 弋人：狩獵鳥的弓箭手。
2 鴻：一種類似雁的鳥，體型比雁大，背部脖頸灰色，翅膀黑色，腹部白色。
3 俛：低頭。同今「俯」字，是俯的異體字。
4 鋌：讀作「定」。金錠。
5 悲莫悲於生別離：語出《楚辭．九歌．少司命》：「悲莫悲兮生別離，樂莫樂兮新相知。」人生最悲哀者，莫過於與親人生離死別；人生最快樂者，莫過於認識新的朋友。

◆**但明倫評點**：啣金贖婦，果效雙飛。或謂鳥亦猶人，我云人不如鳥。

啣著金子要贖回雄雁的妻子，果然如願雙宿雙飛。有人說鳥和人一樣重情重義，我倒是認為，人反而不如鳥了。

白話翻譯

天津一個獵戶捕到一隻雌雁，雄雁追隨來到獵戶家，不斷在空中飛翔哀鳴，直到天黑才飛走。第二天，獵戶一大早出門，雄雁已經來到，牠一邊飛一邊哀啼，隨後停在獵戶腳下。獵戶把雄雁也捉起來，看雄雁伸縮脖子，抬頭低頭間，吐出半錠黃金，他明白雁的用意，說：「你想用這半錠黃金贖回你的妻子。」於是把雌雁放了。兩隻大雁在上空徘徊，好似互訴悲喜之情，接著雙雙飛去。獵戶把金子秤上一秤，足有二兩六錢重。唉！禽鳥沒有智識，卻能如此癡情！人生最大悲哀莫過於生離死別，動物也是如此嗎？

象

粵[1]中有獵獸者，挾矢如山。偶臥憩息，不覺沉睡，被象來鼻攝[2]而去。自分必遭殘害。未幾，釋置樹下，頓首一鳴，群象紛至，四面旋繞，若有所求。前象伏樹下，仰視樹而俯視人，似欲其登。獵者會意，即足踏象背，攀援而升。雖至樹巔，亦不知其意向所存。少時，有狻猊[3]來，眾象皆伏。狻猊擇一肥者，意將搏噬。象戰慄，無敢逃者，惟共仰樹上，似求憐拯。獵者會意，因望狻猊發一弩，狻猊立殪[4]。諸象瞻空，意若拜舞。獵者乃下。象復伏，以鼻牽衣，似欲其乘。獵者隨跨身其上，象乃行。至一處，以蹄穴地，得脫牙無算[5]。獵人下，束治置象背。象乃負送出山，始返。

1粵：廣東省的簡稱。
2攝：讀作「射」。捕捉。
3狻猊：獅子。讀作「酸尼」。
4殪：讀作「亦」。斃命。
5無算：無法估量，無法估計。

◆**但明倫評點**：知獵人能制狻猊而鼻攝而去，頓首而求，頤指而升，伏身以待；遂乃應弦飲羽，取彼兇殘。今之自戕其類，擇肥而搏噬者到處有之，有憐而拯之之人，且殺身圖報而不惜，豈第脫牙相送已哉！

大象知道獵人能對付獅子，所以才用鼻子將他捲走。牠們叩頭拜求，用下巴指點獵人爬樹，躲在樹上等獅子到來。獵人於是張弓拉箭，終於將獅子一箭斃命。現如今同類自相殘殺，挑肥揀瘦捕捉而食者的情況到處可見，有可憐而願意拯救的人，用性命相報尚且不惜，何況是如大象拔牙相送以感激獵人的救命之恩啊！

象

白話翻譯

廣東有一個獵人，他帶著弓箭上山，躺在樹下休息，不自覺睡著了，被象用鼻子捲起帶走。獵人自忖定會遭到殺害，沒一會兒，象卻把他放在樹下，點頭鳴叫一聲，群象紛紛前來，圍繞在獵人四周，似有所求。先前那頭象趴到樹下，抬頭看看樹又低頭看看獵人，好像要他爬樹。獵人明白其意，踩著象背爬到樹上。雖然爬到樹頂，卻也不知這些象是何用意。不久，有一頭獅子前來，群象都趴在地上。獅子選了一頭肥的象，想要捉來吃了。群象害怕得發抖，但沒有一頭象敢逃走，只能抬頭看向樹上，像在請獵人拯救牠們。獵人當下會意，對準獅子射出一箭，獅子當場斃命。群象望著空中，彷彿對獵人行禮致謝，獵人這才爬下樹。象伏在地，用鼻子拉住獵人衣服，好像要他騎在自己身上。獵人便跨上象背，大象這才往前行，走到一處後，用蹄刨地，挖出許多象牙。獵人跳下象背，把象牙捆好放上象背，大象馱起獵人送他下山後才掉頭離去。

負尸

有樵夫赴市，荷[1]杖而歸，忽覺杖頭如有重負。回顧，見一無頭人懸繫其上。大驚，脫杖亂擊之，遂不復見。駭奔，至一村。時已昏暮，有數人爇火[2]照地，似有所尋。近問訊，蓋眾適聚坐，忽空中墮一人頭，鬚髮蓬然，倏忽已渺。樵人亦言所見，合之適成一人，究不解其何來。後有人荷籃而行，忽見其中有人頭，人訝詰之，始大驚，傾諸地上，宛轉而沒。

1 荷：讀作「賀」，背負。
2 爇火：點燈。爇，讀作「熱」或「若」，燒也。

白話翻譯

有位樵夫去市集，揹著扁擔回家，忽然覺得扁擔頭上面有重物。回頭一瞥，看到一個沒有頭的人體懸掛在扁擔上。樵夫十分驚訝，丟下扁擔亂打一通，死屍才不見蹤影。他被嚇得拔腿狂奔，來到一座村子。此刻正值傍晚，幾個人點起燈照在地上，好像在尋找什麼。樵夫走近一問，得知方才這幾個人坐在一起閒聊，忽然從空中掉下一顆人頭，鬚髮凌亂，轉眼間又消失了。樵夫也講述自己所見怪異之事，頭與身體拼在一起恰好是一個人，卻不知這屍體從何而來。後來有人揹著籃子行走，忽見籃子裡有顆人頭，路人訝異地詢問，這人才驚覺此事，把人頭丟往地上，突然間又消失不見了。

紫花和尚

諸城1丁生，野鶴公2之孫也。少年名士，沉病而死，隔夜復蘇，曰：「我悟道矣。」時有僧善參玄3，因遣人邀至，使就榻前講「楞嚴」4。生每聽一節，都言非是，乃曰：「使吾病痊，證道5何難。惟某生可愈吾疾，宜虔請之。」蓋邑有某生者，精岐黃6而不以術行，三聘始至，疏方7下藥，病愈。既歸，一女子自外入，曰：「我董尚書8府中侍兒也。紫花和尚與妾有夙冤，今得追報，君又活之耶？再往，禍將及。」言已，遂沒。某懼，辭丁。丁病復作，固要9之，乃以實告。丁歎曰：「孽自前生◆，死吾分耳。」尋卒。後尋諸人，果曾有紫花和尚，高僧也，青州董尚書夫人嘗供養家中；亦無有知其冤之所自結者。

紫花和尚

聽講楞嚴病榻前，少年慧業合生天。前身已證如來果，何事冥中負夙愆。

◆**但明倫評點**：孽自前生，醫藥罔效，固已。第既為高僧，何至與宦家侍兒結冤？又何以遲至今世而乃追報耶？

冤孽是從前世就結下的，藥石罔效，固然如此。但既然紫花和尚是位高僧，又為何會與官家侍女結下仇怨？又為何延遲到這一世才來報仇呢？

1 諸城：今山東省諸城市。

2 野鶴公：即丁耀亢（西元一五九九～一六六九年），字西生，號野鶴，又號紫陽道人、木雞道人。山東諸城人。入清後，官容城（今河北省容城縣）教諭，順治四年（西元一六四七年）駐留泰州，住於光孝寺，與李漁齊名，並稱「北丁南李」。著有《續金瓶梅》、《丁野鶴先生詩詞稿》。

3 參玄：即參禪。佛教徒按照佛陀的教法，進行禪修，以證成涅槃，解脫生老病死之苦。

4 楞嚴：即《楞嚴經》。全稱《大佛頂如來密因修證了義諸菩薩萬行首楞嚴經》。唐朝般刺蜜帝譯，收於大正藏第十九冊。屬於如來藏系的著作，主張一切透過感官所能經驗到的事物都是心的顯現，心本是清淨無染，眾生由於不知心的純淨，不悟一切事物皆是剎那生滅，而不斷地生死輪迴，當修禪定而證悟涅槃，以求究竟解脫生死輪迴之苦。

5 證道：此指體悟佛經中所言的佛理。

6 岐黃：指岐伯和黃帝。岐黃為醫家的祖師，《黃帝內經》假託黃帝和岐伯之名問答論醫術。後用以比喻醫術。

7 疏方：開藥方。

8 董尚書：即董可威，字嚴甫，號葆元，山東益都（今山東省青州市）人。明萬曆年間進士，官拜工部尚書。

9 要：邀請。

白話翻譯

諸城縣丁生，是丁野鶴先生之孫。很年輕就考中秀才，得了重病死掉，隔天又甦醒過來，說：「我悟道了。」當時有位和尚善於闡釋佛學，於是派人約他前來，在床榻前講《楞嚴經》。丁生每聽一節，便批評一次講得不對，還說：「若能讓我的病痊癒，體證經意有何困難？只有某生可以治我的病，應誠心延請。」縣城有某生，精通醫術而從不行醫，三請才肯來，開方子對症下藥，丁生的病好了很多。某生回家後，一名女子從外面走進，說：「我本是董尚書府中婢女，紫花和尚與我有宿怨，如今得以報仇，你爲何又將他救活？你若是再前去，你就大禍臨頭了。」說完，人就消失無蹤。某生很害怕，不再替丁生治病。丁生的病復發，再三邀請某生，某生據實以告。丁生歎息道：「這是前世的罪孽，死是我命中注定的。」不久丁生便死了。後來詢問了不少人，果然曾有位紫花和尚，是位得道高僧。青州的董尚書夫人曾把他請到家中供養，可是無人知曉紫花和尚是如何與人結下仇怨的。

周克昌

淮上[1]貢士周天儀，年五旬，止一子，名克昌，愛昵之。至十三四歲，丰姿益秀；而性不喜讀，輒逃塾，從群兒戲，恆終日不返。周亦聽之。一日，既暮不歸，始尋之，殊竟烏有。夫妻號咷[2]，幾不欲生。年餘，昌忽自至。言：「為道士迷去，幸不見害。值其他出，得逃而歸。」周喜極，亦不追問。及教以讀，慧悟倍於疇曩。逾年，文思大進，既入郡庠試[3]，遂知名。世族爭婚，昌頗不願。趙進士女有姿，周強為娶之。既入門，夫妻調笑甚懽[4]；而昌恆獨宿，若無所私。逾年，秋戰[5]而捷。周益慰。然年漸暮，日望抱孫，故嘗隱諷昌。昌漠若不解。母不能忍，朝夕多絮語。昌變色，出曰：「我久欲亡去，所不遽捨者，顧復之情耳。實不能探討房帷[6]，以慰所望。請仍去，彼順志者且復來矣。」媼追曳之，已踣[7]，衣冠如蛻。大駭，疑昌已死，是必其鬼也。悲嘆而已。次日，昌忽僕馬而至，舉家惶駭。近詰之，亦言：為惡人略[8]賣於富商之家；商無子，子焉。得昌後，忽生一子。昌思家，遂送之歸。問所學，則頑鈍如昔。乃知此為昌；其入泮鄉捷者，鬼之假也。然竊喜其事未泄，即使襲孝廉[9]之名。入房，婦甚狎熟；而昌靦然有愧色，似新婚者。甫周年，生子矣。

異史氏曰：「古言庸福人[10]，必鼻口眉目間具有少庸，而後福隨之；其精光陸離[11]者，鬼所棄也。庸之所在，桂籍[12]可以不入闈[13]而通，佳麗可以不親迎而致；而況少有憑藉，益之以鑽窺[14]者乎！」

周克昌
掌上明珠去復回幻形真
是費疑猜文場科第閨
幃福竟使庸奴坐享來

1 淮上：古代淮城。今江蘇省淮安市淮陰區。
2 號咷：讀作「豪逃」，大哭大叫。
3 郡庠試：科舉時代的童生試。
4 懽：同今「歡」字，是歡的異體字。
5 秋戰：即秋闈，指鄉試。
6 房帷：傳宗接代的事。
7 踣：讀作「博」，跌倒。
8 略：此處作掠奪、侵占之意。
9 孝廉：舉人。

10 庸福人：人雖平庸卻能因此而有福。
11 精光陸離：儀表堂堂。
12 桂籍：記錄科舉登第人員的名冊。
13 闈：科舉考試的考場，此處秋闈即指鄉試。
14 鑽窺：原指男女偷情，此指投機取巧。

◆**何守奇評點**：周克昌，鈍者也，非鬼代，嗚呼孝廉？此情可想。

周克昌本是愚鈍的人，若非是鬼魂冒名頂替，怎麼可能考中舉人？此中情由不難猜想。

白話翻譯

淮陰有個貢生叫周天儀，五十歲，只有一個兒子，名克昌，周天儀十分寵愛這個兒子。克昌長到十三、四歲，姿容俊朗，但生性不喜讀書，經常從私塾逃課，與其他孩子們玩耍，一整天都不回家，天儀也任由他去。有一天到傍晚了還不回來，周天儀才四處尋找，卻連影子都尋不到，周氏夫婦難過得嚎啕大哭，痛不欲生。

一年多後，克昌忽然自己回來，說：「我被一個道士騙走，幸好他沒有傷害我，趁著他外出才逃回來。」周天儀非常高興，也沒有再追問。等後來教他讀書時，發現他比以前聰明多了。才過了一年，克昌文思大進，參加童生考試，竟然考中秀才，聲名大噪。世家大戶搶著要把女兒嫁給他，克昌卻不願意。趙進士的女兒頗有姿色，周天儀強迫克昌娶她。新婦入門，夫妻倆有說有笑，克昌卻一直自己睡一個房間，沒有與新婦同房。又過一年，克昌鄉試中舉，周天儀更加欣慰。但他的年紀逐漸衰老，日夜冀望抱孫子，因而常常向克昌暗示。克昌反應很冷漠，周母實在忍不住了，早晚嘮叨此事。克昌終於翻臉，離家而去，說：「我早就想離開家，之所以沒有馬上就走，是顧念父母養育之恩。我無法傳宗接代、滿足雙親願望，我還是離開，讓那個能順從你們心意的人回來吧。」周母追出去拽他衣襟，克昌跌了下來，衣服冠帽像蛻下的蛇皮，人已經從裡面消失無蹤。周母大驚，懷疑克昌已經死了，所見的是他的鬼魂，只能悲傷哀歎。

第二天，克昌忽然帶著僕人騎馬回家，全家上下都很驚訝惶恐，上前問他，自言被壞人掠奪賣到富商家中。富商膝下無子，就把他當成兒子看待，在克昌來到之後，就忽然生了一個兒子。克昌想家，就把他送回，問他學過的課業，依舊笨拙愚鈍。周天儀這才明白，眼前是眞正的克昌，而那個當秀才、中舉人的，是冒名頂替的鬼。值得竊喜的是，此事並未外洩，克昌仍能承襲舉人頭銜。他進入新房，妻子與他十分親近熟悉，克昌卻靦腆羞愧，像似新婚，不過一年，就生了兒子。

記下奇聞異事的作者如是說：「古人說，傻人有傻福，鼻子嘴巴眉毛眼睛之間有少許的平庸特徵，福氣才會隨之而來。那種儀表堂堂的人，連鬼也嫌棄他。平庸的傻人，功名可以不用考試就能取得，美人可以不用親自迎娶就能得到；更何況那種本來就有靠山，又懂得投機取巧的庸人呢！」

鞠藥如

鞠藥如，青州[1]人。妻死，棄家而去。後數年，道服荷蒲團至。經宿欲去，戚族強留其衣杖。鞠託閒步至村外，室中服具，皆冉冉[2]飛出，隨之而去。◆

1 青州：地名，今山東省青州市。
2 冉冉：移動緩慢的樣子。

白話翻譯

鞠藥如是青州人，妻子亡故後就離家出走。數年後，他身穿道服揹蒲團地回來。過了一夜，正欲離去，親友硬是把他的衣服手杖給扣留。他只好藉故說要出去散步，等他走到村外，留在屋中的衣服手杖皆緩緩飛出，隨他離開。

◆**但明倫評點**：服杖皆作冉冉飛，其人焉能留。

鞠藥如的衣服手杖都緩緩飛出了，他又豈能自個兒留下。

褚生

順天陳孝廉[1]，十六七歲時，嘗從塾師讀於僧寺，徒侶甚繁。內有褚生，自言山東人，攻苦講求，略不暇息；且寄宿齋中，未嘗一見其歸。陳與最善，因詰之。答曰：「僕家貧，辦束金[2]不易，即不能惜寸陰[3]，而加以夜半，則我之二日，可當人三日。」陳感其言，欲攜榻來與共寢。褚止之曰：「且勿，且勿！我視先生，學非吾師也。阜城門[4]有呂先生，年雖耄[5]，可師，請與俱遷之。」——蓋都中設帳[6]者多以月計，月終束金完，任其留止。於是兩生同詣呂。

呂，越之宿儒[7]，落魄不能歸，因授童蒙[8]，實非其志也。得兩生甚喜；而褚又甚慧，過目輒了，故尤器重之。兩人情好款密，晝同几，夜亦同榻。月既終，褚忽假歸，十餘日不復至。共疑之。一日，陳以故至天寧寺[9]，遇褚廊下，劈檾淬硫[10]，作火具焉。見陳，忸怩不安。陳問：「何遽廢讀？」褚握手請間，戚然曰：「貧無以遺先生，必半月販，始能一月讀。」陳感慨良久，曰：「但往讀，自合極力[11]。」命從人收其業[12]，同歸塾。戒陳勿洩，但託故以告先生。

陳父固肆賈[13]，居物[14]致富，陳輒竊父金，代褚遺師。父以亡金責陳，陳實告之。父以為癡，遂使廢學。褚大慚，別師欲去。呂知其故，讓之曰：「子既貧，胡不早告？」乃悉以金

返陳父，止褚讀如故，與共饔飧[15]，若子焉。陳雖不入館，每邀褚過酒家飲。褚固以避嫌不往；而陳要之彌堅，往往泣下，褚不忍絕，遂與往來無間。逾二年，陳父死，復求受業。呂感其誠，納之；而廢學既久，較褚懸絕矣。居半年，呂長子自越來，丐食尋父。門人輩斂金助裝，褚惟灑涕依戀而已。呂臨別，囑陳師事褚。陳從之，館褚於家。未幾，入邑庠[16]，以「遺才」[17]應試。陳慮不能終幅[18]，褚請代之。至期，褚偕一人來，云是表兄劉天若，囑陳暫從去。陳方出，褚忽自後曳之，身欲踣[19]，劉急挽之而去。覽眺一過，相攜宿於其家。家無婦女，即館客於內舍。

居數日，忽已中秋。劉曰：「今日李皇親園[20]中，游人甚夥，當往一豁積悶，相便送君歸。」使人荷茶鼎、酒具而往。但見水肆梅亭，喧啾[21]不得入。過水關，則老柳之下，横一畫橈[22]，相將登舟。酒數行，苦寂。劉顧僮曰：「梅花館近有新姬，不知在家否？」僮去少時，與姬俱至，蓋勾欄[23]李遏雲也。李，都中名妓，工詩善歌，陳曾與友人飲其家，故識之。相見，略道溫涼。姬戚戚有憂容。劉命之歌，為歌「蒿里」[24]。陳不悅，曰：「主客即不當卿意，何至對生人歌死曲？」姬起謝，強顏歡笑，乃歌豔曲。陳喜，捉腕曰：「卿向日『浣溪紗』[25]讀之數過，今並忘之。」姬吟曰：「淚眼盈盈對鏡臺，開簾忽見小姑[26]來，低頭轉側看弓鞋[27]。強解綠蛾[28]開笑面，頻將紅袖拭香腮，小心猶恐被人猜。」陳反覆數四。已而泊舟，過長廊，見壁上題詠甚多，即命筆記詞其上。日已薄暮，劉曰：「闈[29]中人將出矣。」遂送陳歸。入門，即別去。

陳見室暗無人，俄延間，褚已入門；細審之，卻非褚生。方疑，客遽近身而仆。家人曰：「公子憊矣！」共扶拽之。轉覺仆者非他，即己也。既起，見褚生在旁，惚惚若夢。屏人而研究之。褚曰：「告之勿驚：我實鬼也。久當投生，所以因循於此者，高誼所不能忘，故附君體，以代捉刀[30]；三場[31]畢，此願了矣。」陳復求赴春闈[32]。曰：「君先世福薄，慳[33]吝之骨，誥贈[34]所不堪也。」問：「將何適？」曰：「呂先生與僕有父子之分，繫念常不能置。表兄為冥司典簿[35]，求白地府主者，或當有說。」◆遂別而去。陳異之。天明，訪李姬，將問以泛舟之事；則姬死數日矣。又至皇親園，見題句猶存，而淡墨依稀，若將磨滅。始悟題者為魂，作者為鬼。至夕，褚喜而至，曰：「所謀幸成，敬與君別。」遂伸兩掌，命陳書褚字於上以誌之。陳將置酒為餞，搖首曰：「勿須。君如不忘舊好，放榜後，勿憚修阻[36]。」陳揮涕送之。見一人伺候於門；褚方依依，其人以手按其頂，隨手而匾，掬入囊，負之而去。過數日，陳果捷。于是治裝如越。呂妻斷育幾十年，五旬餘，忽生一子，兩手握固不可開。陳至，請相見，便謂掌中當有文曰「褚」。呂不深信。兒見陳，十指自開，視之果然。驚問其故，具告之。共相歡異。陳厚貽之，乃返。後呂以歲貢廷試[37]入都，舍於陳；則兒十三歲，入泮[38]矣。

異史氏曰：「呂老教門人，而不知自教其子。嗚呼！作善於人，而降祥於己，一間[39]也哉！褚生者，未以身報師，先以魂報友，其志其行，可貫日月[40]，豈以其鬼故奇之與！」

1 孝廉：舉人。
2 束金：即「束修」。古代送給老師的酬金。
3 寸陰：短暫的時光。
4 阜城門：北京城內的九道門其中之一。
5 耄：讀作「茂」，年老。
6 設帳：開學堂授徒。
7 宿儒：博學多聞的長者。
8 童蒙：年幼而尚未受教育啟發的孩童。
9 天寧寺：位於北京西長安門外的佛教寺院。
10 劈䔢淬硫：把麻劈開，搓成繩子，再將硫黃塗在繩上，如此遇火即燃，可用作引線。䔢，讀作「請」，一種草，白麻，莖皮可以做導火繩。淬，沾染。
11 自合極力：自當盡力相助。
12 業：物品、用具。
13 肆貫：經營店鋪的生意人。
14 居物：囤積貨物，價格便宜時買進，貴的時候再賣出。
15 共饔飧：共享一頓餐飯。饔，讀作「庸」，早飯。飧，讀作「孫」，晚飯。
16 邑庠：古代推行科舉制度時，對縣學的稱呼。庠，讀作「翔」。
17 遺才：古代秀才參加鄉試，並未經過學道的科考錄送，而是由臨時添補核准的考生。
18 終幅：指整篇作完的八股文。
19 踣：讀作「柏」。跌倒。
20 李皇親園：位於北京城南的亭園。
21 喧啾：喧嘩吵鬧，形容人多擁擠。
22 畫橈：畫舫。橈，讀作「鬧」的二聲。
23 勾欄：宋、元時代的劇場或賣藝場所。後多用以指稱妓院。
24 蒿里：古樂府曲名，送葬時所用。
25 浣溪紗：詞牌名。
26 小姑：丈夫的妹妹。
27 弓鞋：古代婦女纏足所穿的弓形鞋。
28 綠蛾：形容婦女的眉毛。綠，此指黑色。
29 闈：科舉考試的考場，此處指秋闈，即鄉試。
30 捉刀：替人代筆寫文章。
31 三場：明、清兩代的鄉試共分三場，分別在二月初九、十二與十五日舉辦。
32 春闈：指明清兩代的會試，因在春天舉行。
33 慳：讀作「謙」，吝嗇。
34 誥贈：朝廷以誥命封賜給臣子的親屬爵號。誥，讀作「告」。
35 典簿：古代掌管文書簿籍的官職。
36 勿憚修阻：不要懼怕路途遙遠險阻。憚，讀作「旦」，畏懼、懼怕。
37 歲貢廷試：此指歲貢生免除去國子監就學，直接參加廷試，成績優秀者可被授予官職。
38 泮：即「入泮」，俗稱考中秀才。古代學宮內有泮池（半月形的水池），故稱學宮為「泮宮」，童生入縣學為生員，即稱「入泮」。
39 一間：比喻非常靠近，差距沒有多少。此指迅速。
40 可貫日月：可與日月同光，名垂千古。

白話翻譯

順天有位陳舉人，十六、七歲時，曾跟隨一位塾師在寺廟裡讀書。塾師的學生眾多，其中有位姓褚的學生，是山東人，他刻苦發奮，讀書到了廢寢忘食的地步。褚生一直住在廟裡，沒見他回家過，陳舉人與他感情最好，問他爲什麼這樣用功，他回答：「我家裡很窮，好不容易才籌出學費。即使不能用盡每一刻極短的時間，但我每天讀書至半夜，讀兩天的成果，就可以抵上別人的三天。」陳舉人聽了很感動，想把床搬來和他一起住。褚生阻止了他：「別這樣做！我看這位老師不適合我們跟隨，阜城門有位呂先生，雖然老邁，卻能教我們許多，我們一起改拜他爲師吧。」先前京城裡開館授徒的先生大多按月計算學費，到了月底期滿，學生是否繼續留下學習可自己決定。陳褚兩生於是一起到呂先生門下拜師了。

呂先生是浙江德高望重的學者，只因科舉落第，不能返鄉，才在這裡開館教孩童讀書，這並非他的志向。這時得到這兩位學生，呂先生感到很滿意，加之褚生天資聰穎，過目不忘，呂先生對他特別賞識。陳褚二人感情越來越好，白天同桌讀書，夜晚同榻而眠。到了月

◆**但明倫評點**：不曰有父子之緣，而曰有父子之分。分者，就其所感之情而言也。然有情則有分，有分而緣已在其中，故繫念常不能置，白之地府主者，而其謀果成。

不說有父子的因緣，而說有父子的情分。分者，是感念呂先生對褚生的師生情誼。有師生之情就有父子之分，既有父子之分，那麼父子的因緣也在裡面了，所以褚生時常牽掛而不能置之不理，告訴地府的主事者，他所謀求的事情就能夠得償所願了。

底，褚生忽然告假返鄉，十幾天都沒回來，呂先生和陳生對此都感到十分疑惑。有一天，陳生有事到天寧寺，竟在廊簷下偶遇褚生，他正在劈白麻，好用來搓成繩子、塗上硫黃，製作導火線。褚生見到陳生，露出羞愧不安的樣子。陳生問：「你為什麼不繼續讀書？」褚生握住陳生的手好一會兒，悲傷地說：「我太窮了，沒錢交學費，必須做半個月買賣才能交出一個月的學費。」陳生感慨良久，說：「你先回去讀書，我會盡力幫你。」隨即吩咐隨從把褚生的行囊收拾好，與他一起回到學堂。褚生囑咐陳生不要將此事告訴別人，對呂先生找個藉口推託即可。

陳生的父親原本是商人，靠囤積居奇貨發財。陳生這時偷起父親的錢，幫褚生交學費。陳父因為錢不見了責問陳生，陳生才將此事告知父親。陳父認為兒子太傻，不讓他繼續讀書了。褚生對此感到慚愧，向老師告辭離去。呂先生知道後，責備褚生說：「既然繳不出學費，何不早點說呢？」他把學費全部退還給陳父，讓褚生留下讀書，和他共享每日三餐，把他當成兒子一樣。陳生雖然不再到學堂讀書，但也經常邀請褚生到酒店喝酒。褚生怕人說閒話而不敢去，陳生仍不斷相邀，甚而到落淚哀求的程度，褚生不忍拒絕，因此繼續和陳生密切往來。

過了兩年，陳父染病過世，陳生回到學堂讀書。呂先生被他的誠意打動，於是讓他留下，但由於陳生荒廢學業太久，與褚生的程度差距太大。半年後，呂先生的長子從浙江北上，一路乞討到京城尋父，學生們便合夥湊旅費讓老師返鄉，褚生拿不出錢，只能流淚不捨。呂先生臨行前囑咐陳生拜褚生為師。陳生聽從老師的話，請褚生到家裡教他。不久，陳生進入縣學，以

「遺才」身分應試，他覺得自己的文章不好，褚生便表示要代他赴考。到了考期，褚生帶來一個人，說是他的表兄劉天若，囑咐陳生暫且跟他走。陳生才踏出門，褚生忽然從後面拉住他，陳生差點摔倒，劉天若急忙挽著他離去。兩人在城中閒逛，晚上就到劉天若家住宿，由於屋裡沒有女眷，讓客人住在內室也不是問題。

幾天後正逢中秋佳節，劉天若提議：「今天李皇親園的遊客很多，我們也去散散心，順便送你回家。」派人攜帶茶具、酒具前往。園中只見水閣梅亭，人聲喧鬧，擠得水洩不通。過了水關，在一棵老柳樹下停著一艘畫舫，兩人挽手登上船。幾杯酒下肚後他們感到無聊起來，劉天若對家僮說：「梅花館最近新來了位歌妓，不知是否在家？」家僮前去邀請，那位歌妓和他一起回來了，原來是妓院中的李遏雲。她是京城名妓，善於歌唱賦詩，陳生曾與友人在她家飲酒，所以彼此認識，他們見面後寒暄一番，李遏雲卻面露憂色。劉天若叫她唱歌，她竟唱了《蒿里》這首輓歌，陳生不悅，道：「我們賓主就算不合你心意，也不應該唱死人的歌來敷衍我們吧！」李遏雲起身致歉，勉強笑著唱了首豔曲。陳生聽了很高興，抓住李遏雲的手腕道：「你以前寫的《浣溪沙》我讀了好幾遍，可如今忘記了。」李遏雲於是吟唱起來：「淚眼盈盈對鏡臺，開簾忽見小姑來，低頭轉側看弓鞋。強解綠蛾開笑面，頻將紅袖拭香腮，小心猶恐被人猜。」陳生跟著反覆誦讀四遍，船隻靠岸，經過一道長廊，見牆壁上題詠的詩詞不少，劉天若於是命人把李遏雲的詞寫在牆上。此時已是傍晚，劉天若說：「闈中的人該出來了。」於是送陳生返家。陳生一踏進家門，劉天若就告辭回去了。

陳生看見屋裡黑暗沒人，正在猶豫，看見褚生隨後進門，仔細一看卻不是褚生。他正在懷疑，客人猛地走上前撲倒在地，家人都說：「公子累了！」一起把客人扶起。陳生察覺倒在地上的正是自己，起來後看見褚生在旁邊，他意識恍惚，像在作夢，摒退旁人向褚生詳細問個究竟。褚生說：「我說實話，你不要害怕。我並不是人，而是個鬼，原本早該去投胎，之所以流連陽世，是感念你的深厚友情不忍心斷絕，所以才附在你身上，代你去赴考。如今三場已畢，我的心願才能了結。」陳生求褚生代他再考一場春闈。褚生說：「你祖輩的陰德不多，小氣吝嗇的後人無法承受高官厚祿。」陳生又問：「你要去哪裡？」褚生說：「呂先生與我有父子情誼，我經常掛念，放心不下。我的表兄是陰間掌管簿籍的文書，若是求他告訴地府的主事者，或許能有個照應。」說完告別而去，陳生覺得這件事很詭異。

天亮以後，陳生去拜訪李遏雲，想要問她在船上飲酒唱歌之事。一打聽才知道她已經死去數日，陳生又去了李皇親園，見牆上所題詩句尚在，然而墨色淺淡，若有若無。陳生這才醒悟，寫詩的人是一個靈體，而作者是一個鬼。到了晚上，褚生很高興地來了，說：「我們謀劃的事情成功了，今日來向你告別。」接著伸出雙掌，讓陳生在手上寫字留念。陳生想要辦酒宴爲褚生餞行，褚生搖頭說：「不用麻煩，你如果顧念我們往日情誼，放榜之後，不要懼怕路途險阻，來拜訪我吧。」陳生流淚送別褚生，忽然瞧見一個人在門旁等候，褚生正依依難捨，那人用手按住他頭頂，他的身軀立刻變得扁平，那人就將他以這個型態裝進袋子裡背走了。

過了幾天，陳生果然考中舉人，於是整理行囊前往浙江。呂先生的妻子已經幾十年沒有生育，到了五十多歲忽然生了一個兒子，嬰兒的兩手緊握，不能打開。陳生來訪，要求看看這個孩子，並說孩子手掌中一定有兩個「褚」字。呂先生不相信，直到孩子看見陳生，一下打開手掌，上面果然寫著兩個「褚」字。呂先生驚訝詢問緣由，陳生據實以告，兩人又驚又喜，陳生送給呂先生豐厚的禮物，便回家了。後來呂先生以拔貢身份，在京城廷試，住在陳生家，說孩子已經十三歲，已到縣學讀書。

記下奇聞異事的作者如是說：「呂先生開館授徒，並不知道學生即是親兒，眞是令人感嘆啊！替別人做好事，能爲自己帶來福氣，這只是一線之隔！褚生此人，在沒有以身報答老師之前，先以魂靈報答朋友，他的志向和德行，可與日月同輝，怎能因爲他是個鬼，就懷疑這個故事的眞實性呢！」

盜戶

順治間，滕[1]、嶧[2]之區，十人而七盜，官不敢捕。後受撫，邑宰別之為「盜戶」。凡值與良民爭，則曲意左袒之，蓋恐其復叛也。後訟者輒冒稱盜戶，而怨家則力攻其偽；每兩造[3]具陳，曲直且置不辨，而先以盜之真偽，反復相苦[4]，煩有司稽籍焉。適官署多狐，宰有女為所惑，聘術士來，符捉入瓶，將熾以火。狐在瓶內大呼曰：「我盜戶也！」聞者無不匿笑。◆

異史氏曰：「今有明火劫人[5]者，官不以為盜而以為姦；踰牆行淫者，每不自認姦而自認盜：世局又一變矣。設今日官署有狐，亦必大呼曰『吾盜』無疑也。」

章丘[6]漕糧[7]徭役，以及徵收火耗[8]，小民常數倍於紳衿[9]，故有田者爭求託焉。雖於國課[10]無傷，而實於官橐[11]有損。邑令鍾，牒[12]請釐弊，得可。初使自首；既而奸民以此要上，數十年鬻[13]去之產，皆誣託詭挂，以訟售主。令悉左袒之，故良懦者多喪其產。有李生為某甲所訟，同赴質審。甲呼之「秀才」；李厲聲爭辯，不居秀才之名。喧不已。令詰左右，共指為真秀才。令問：「何故不承？」李曰：「秀才且置高閣[14]，待爭地後，再作之未晚也。」噫！以盜之名，則爭冒之；以秀才之名，則爭辭之：變異矣哉！有人投匿名狀云：「告狀人原壤[15]，為抗法吞產事：身以年老不能當差，有負郭田[16]五十畝，於隱公元年[17]，暫挂惡衿顏淵[18]名下。今功令森嚴，理合自首。詎[19]惡久假不歸，霸為己有。身往理說，被伊師率惡黨七十二人[20]，毒杖交加，傷殘脛肢[21]；又將身鎖置陋巷，日給簞食瓢飲[22]，囚餓幾死。互鄉地証，叩乞革頂[23]嚴究，俾血產歸主，上告。」此可以繼柳跖[24]之告夷、齊[25]矣。

◆**但明倫評點**：別為盜戶而左袒之，至冒稱之，化且即於狐，宰之德政亦可觀矣。

因為身為盜戶而獲得偏袒，那些假冒的人，甚至連化成人形的狐妖都謊稱自己是盜戶，縣官的德政也很可觀啊。

1 滕：讀作「藤」，古代縣名。今山東省滕州市。

2 嶧：讀作「亦」，古代縣名。今山東省棗莊市嶧城區。

3 兩造：指訴訟雙方的原告與被告。

4 相苦：各執一詞，爭論不休。

5 明火劫人：盜賊點燃火把，在大庭廣眾之下搶劫。

6 章丘：古代縣名。今山東省章丘市。

7 漕糧：清朝初年由山東、河南、浙江、江蘇、湖南、湖北、安徽、遼寧等省徵收的米糧，經由河道轉運京師，稱為「漕糧」。

8 火耗：朝廷為彌補鑄造錢幣時所產生的損耗而徵收的附加稅。

9 紳衿：退休回鄉居住的官員和士子。泛指地方上有聲望權勢的人。

10 國課：國家的稅收。

11 官橐：官吏的私有財產。橐，讀作「陀」，袋子，借指錢袋。

12 牒：讀作「蝶」，官府發布的公文或證明文書。

13 鬻：讀作「玉」，賣。

14 置高閣：棄置不用。

15 原壤：春秋時代魯國人，孔子故友。生性不拘泥於禮法，母親死去時不哭喪反而歌唱。

16 負郭田：城鎮近郊的肥沃田地。

17 隱公元年：周平王四十九年，西元前七二二年。

18 顏淵：字子淵（西元前五二一～前四九〇年），春秋魯人，孔子弟子。家貧卻勤勉好學。

19 詎：讀作「拒」，豈料、沒想到。

20 七十二人：孔子門下七十二位弟子。

21 傷殘脛肢：打傷小腿。

22 簞食瓢飲：粗茶淡飯。

23 革頂：革除功名職務。

24 柳跖：即盜跖。春秋時代魯國的大盜。跖，讀作「植」。

25 夷、齊：指伯夷和叔齊。伯夷，名元，字公信。商朝末年孤竹君的長子。叔齊，名智，字公達，是伯夷之弟。孤竹君原本立叔齊為太子，叔齊讓位給伯夷，伯夷推辭不接受，後人嘉獎他不貪慕權位。兩人因不願登基為王，先後都逃到周國。曾勸諫阻止武王討伐商紂，等到殷朝滅亡，他們不恥食周朝的米糧，隱居於首陽山，最終餓死。

白話翻譯

清朝順治年間，滕縣、嶧縣一帶，十個人當中就有七個是盜賊，官府不敢拘捕。後來這些盜賊接受朝廷招安，縣官將他們列爲「盜戶」。凡遇他們與良民爭執，官府總會偏袒他們，唯恐他們心中不服又開始作亂。後來只要百姓打起官司，總有一方謊稱自己是盜戶，而與他們結怨的另一方則竭力揭穿他們是假冒的。往往原告與被告各執一詞，對於要訴訟之事的是非暫且放在一邊，而先論斷盜戶身分的眞假，對此反覆質疑詢問，使得有關單位得勞心核查。適逢官署有許多狐妖作祟，縣官的女兒被狐妖所迷惑，請來道士用符咒對付，將狐妖捉入瓶中禁錮，再用火焚燒。只聽狐妖在瓶中大喊：「我是盜戶！」聽到這話的人沒有不暗自偷笑的。

記下奇聞異事的作者如是說：「如今在光天化日之下公然行搶的盜賊，官府不當成竊盜搶劫案處置，而當成姦淫犯處理；翻牆姦淫婦女的人，往往不承認自己是強姦犯，而自稱盜賊，世道風俗又發生變化了。如若官署中有狐妖，想必大聲呼喊『我是盜戶』也是毫無疑問的。」

章丘縣在攤派運送公糧的勞役，以及徵收附加稅，普通百姓要繳的賦稅或勞役，往往比豪紳大戶多出數倍，因而有田產的百姓爭著將自己的產業登記到豪紳名下。雖然對國家稅收沒有影響，但對地方官府的私囊卻有損害。有位鍾縣令上書公文，請求清除這種弊端，得到朝廷准許。官府剛開始讓這些百姓出來自首，卻有刁民藉此事要脅官府，連幾十年前賣掉的田產都謊稱是掛名的，再與原來的買主打官司。縣令都袒護這些狡猾的百姓，所以很多善良儒弱的人都喪失了田產。有位李生被某甲告到官府，兩人一同對簿公堂。某甲稱呼李生爲「秀才」；李生厲聲爭辯，說自己並非秀才，兩人爲此吵鬧不休。縣官問身邊的官吏，大家都指證李生是眞正的秀才。縣官問李生說：「你爲什麼不肯承認？」李生回答：「秀才之名暫且不論，爭完田地再當秀才也不遲。」唉！盜賊的名號，大家爭相冒充；秀才的頭銜，卻爭相推辭，世風演變得也太奇怪了！有人投遞匿名狀告：「告狀人原壤，爲違法侵呑田產之事向官府陳述如下：我因年老不能履行傜役義務，在春秋魯隱公元年將自己在近郊擁有的五十畝良田，暫時掛在惡紳顏淵名下。如今法令森嚴，理當自首。可是顏淵這個惡霸不肯歸還土地，將之占爲已有。我前往講道理，被他的老師孔子率領惡徒七十二人，用棍棒毒打，導致小腿重傷，又把我鎖在一個小巷中，只給我粗茶淡飯，險些把我關到餓死。這些事情有互相居民可以作證，請求官府將他們革職查辦，讓田產得以歸還原主。謹具詞上告。」這段訴狀可以與盜跖控告伯夷、叔齊的狀子相媲美了。

某乙

邑[1]西某乙，故梁上君子也。其妻深以為懼，屢勸止之；乙遂翻然自改[2]。居二三年，貧窶[3]不能自堪，思欲一作馮婦[4]而後已。◆乃託貿易，就善卜者問何往之善。術者占曰：「東南吉，利小人，不利君子。」兆[5]隱與心合，竊喜。遂南行，抵蘇、松[6]間，日游村郭，凡數月。偶入一寺，見牆隅堆石子二三枚，心知其異，亦以一石投之。徑趨龕[7]後臥。日既暮，寺中聚語，似有十餘人。忽一人數石，訝其多，因共搜龕後，得乙，問：「投石者汝耶？」乙諾。詰[8]里居、姓名，乙詭對之。乃授以兵[9]，率與共去。至一巨第，出奐梯[10]，爭踰垣入。以乙遠至，逕不熟，俾[11]伏牆外，司傳遞、守囊橐[12]焉。少頃，擲一裹下；又少頃，縋一篋[13]下。乙舉篋知有物，乃破篋，以手揣取，凡沉重物，悉納一囊，負之疾走，竟取道歸。由此建樓閣、買良田，為子納粟[14]。邑令扁[15]其門曰「善士」。後大案發，群寇悉獲；惟乙無名籍，莫可查詰，得免。事寢[16]既久，乙醉後時自述之。

曹有大寇某，得重貲[17]歸，肆然安寢。有二三小盜，踰垣入，捉之，索金。某不與；箠灼[80]並施，罄所有，乃去。某向人曰：「吾不知炮烙之苦如此！」遂深恨盜，投充馬捕，捕邑寇殆盡。獲曩[19]寇，亦以所施者施之。

1 邑：此處指縣市，蒲松齡的家鄉。山東省淄（讀作「資」）川縣，今山東省淄博市淄川區。
2 翻然自改：大徹大悟。
3 貧窶：指貧窮困苦。窶，讀作「具」，貧窮、窮困。
4 馮婦：姓馮，名婦，春秋晉國人。善於與虎搏鬥，改行後又重操舊業。
5 兆：古人灼燒龜甲、獸骨產生裂紋，以此顯現的徵兆來占卜吉凶。
6 蘇、松：蘇，蘇州府；松，松江府，今上海市松江縣。
7 龕：讀作「勘」，供奉神、佛像或祖先牌位的小櫥櫃。
8 詰：讀作「傑」，問。
9 兵：兵器。
10 耎梯：繩子編成的梯子。耎，通「軟」。
11 俾：指使、指揮。讀作「必」。
12 橐：讀作「陀」，袋子。
13 縋一篋：垂下一個箱子。縋，讀作「墜」，以繩索懸綁物體後降落。篋，讀作「竊」，置物箱。
14 納粟：明清科舉制度之一，繳納財物給官府，即可不參加歲試直接參加鄉試，稱納粟。
15 扃：作動詞用，懸掛匾額。
16 寢：平息、止息。
17 貲：通「資」。指財物、錢財。
18 箠灼：比喻嚴刑拷打。箠，用鞭子抽打；灼，用燒紅的鐵器燒灼人的皮膚。
19 曩：讀作「囊」的三聲，以前、昔日之意。

◆**但明倫評點**：先作馮婦而扃其門。

重操偷盜的舊業之後，就把門鎖上。

白話翻譯

山東省淄川縣西的某乙，以偷竊爲業。他妻子對此很懼怕，常常勸他金盆洗手，某乙大徹大悟，改過自新。過了兩、三年，家中貧窮得實在受不了，於是他盤算起重操舊業。假託要出外做生意，問算命先生該往何方。算命先生推衍一番後，說：「東南方吉利，利於小人，不利於君子。」卦象甚合心意，某乙暗自竊喜，便往南行。他來到蘇州、松江一帶，每天在村子和城鎮間四處遊蕩，就這樣過了好幾個月。

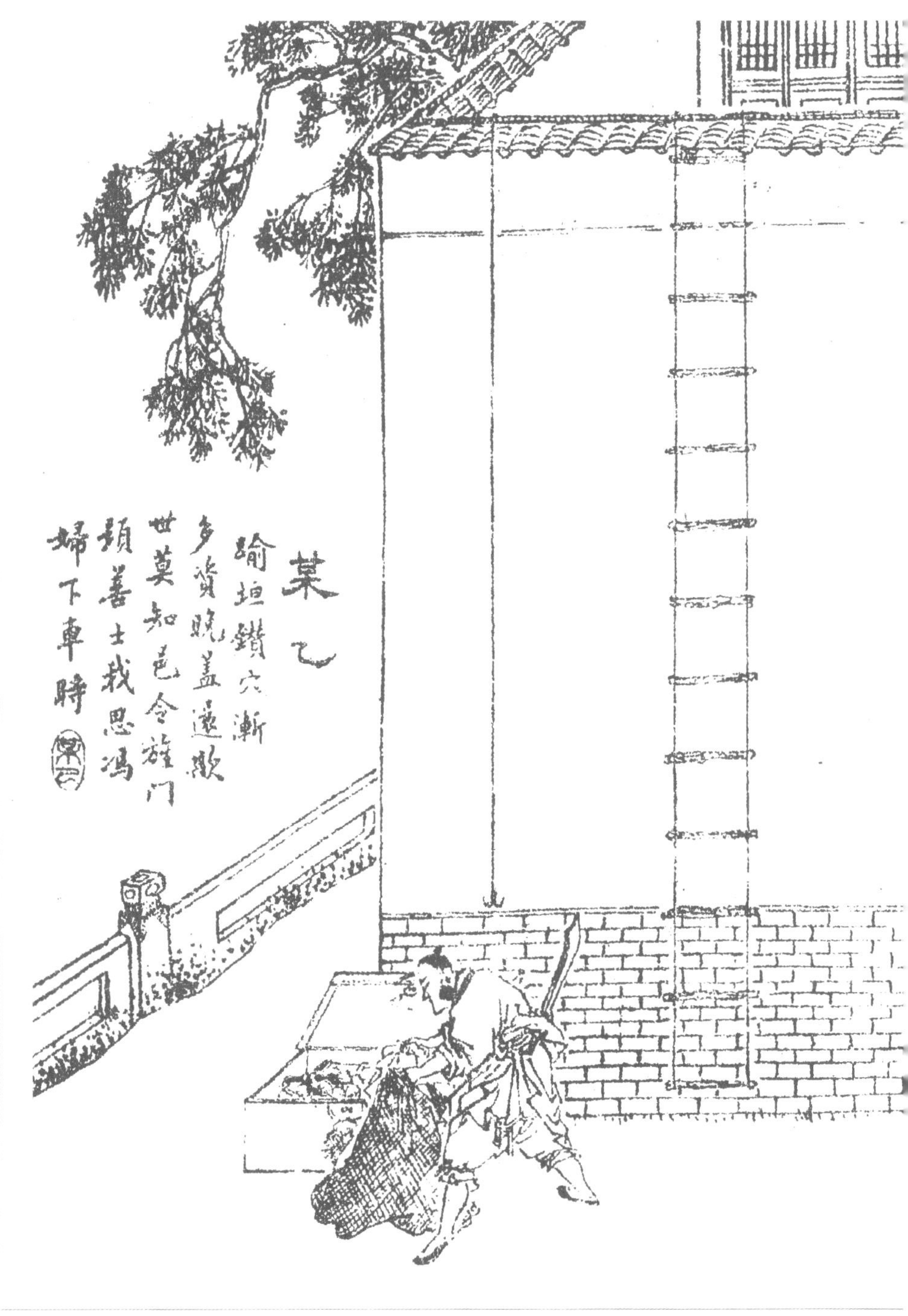
某乙
踰垣鑽穴漸
多貲既盖遂敗
世莫知邑令旌門
頻善士我思馮
婦下車時

一天，某乙偶然路過一間寺廟，見到牆角堆著兩、三顆石子，心知此地必有古怪，也拾起一顆投了過去，然後走到神龕後睡覺。太陽逐漸西沉，寺裡聚起許多人說話，約有十來人。其中一人數起牆角的石子，發現多了一枚，於是一群人到神龕後面搜尋，找到某乙，問他：「多的那顆石子是你放的嗎？」某乙點頭承認。那些人又問他的籍貫、姓名，某乙隨便捏造個假身分欺騙他們，那些人給了某乙武器，帶他一起出去。來到一座龐大的宅院前，拿出繩子編成的梯子，爭先恐後翻過矮牆進去。因爲某乙是從外地來的，不熟路徑，就讓他伏在牆外，負責傳遞消息和保管囊袋。不久，從牆上丟下來一個包裹；又過了一會兒，用繩子墜下一個箱子。某乙接過箱子，知道箱內有貴重東西，於是打開箱子，用手抓取，凡是沉重的東西，都裝到一個袋子裡，背起來就邁腿狂奔，直接回到家鄉。從此某乙建樓閣、買良田，替兒子捐官納粟。縣令懸掛一個「善士」的匾額到他家門前。後來，那椿盜竊案敗露，群盜都被抓獲，只有某乙作案時沒用眞實姓名，無法查究，得以免於被捕。這些都是事發許久以後，某乙喝醉酒時自己說出來的。

曹州有個大盜，偷到重金後回家安然度日。一天，有兩、三個小賊，翻牆進來捉住他，向他勒索金銀。那人不給，小偷們就對他用刑，那人把全部家產都給那些小偷，他們才離去。那人對別人說：「我不知道炮烙之刑是如此地痛苦啊！」從此恨透了這些盜匪，投身做捕快，把縣城內的盜賊幾乎都抓捕殆盡，終於逮住了先前害他的小偷，讓他們嚐嚐炮烙的滋味。

霍女

朱大興，彰德[1]人。家富有而吝嗇已甚，非兒女婚嫁，坐無賓、廚無肉。然佻達[2]喜漁色，色所在，冗費不惜。每夜，踰垣過村，從蕩婦眠。

一夜，遇少婦獨行，知為亡者[3]，強脅之，引與俱歸。燭之，美絕。自言「霍氏」。細致研詰。女不悅曰：「既加收齒[4]，何必復盤察？如恐相累，不如早去。」朱不敢問，留與寢處。顧女不能安粗糲[5]，又厭見肉臛[6]，必燕窩或雞心、魚肚白作羹湯，始能饜飽。朱無奈，竭力奉之。又善病，日須參湯一碗。朱初不肯。女呻吟垂絕，不得已，投之，病若失。遂以為常。女衣必錦繡，數日，即厭其故。如是月餘，計費不貲[7]，朱漸不供。女啜泣不食，求去。朱懼，又委曲承順之。每苦悶，輒令十數日一招優伶為戲；戲時，朱設凳簾外，抱兒坐觀之。女亦無喜容，數相誚罵，朱亦不甚分解。居二年，家漸落。向女婉言，求少減；女許之，用度皆損其半。久之，仍不給，女亦以肉糜[8]相安；又漸而不珍亦御矣。朱竊喜。忽一夜，啟後扉亡去。朱怊悵[9]若失；遍訪之，乃知在鄰村何氏家。

何大姓，世胄[10]也，豪縱好客，燈火達旦。忽有麗人，半夜入閨闥[11]。詰之，則朱家之逃妾也。朱為人，何素藐之；又悅女美，竟納焉。綢繆[12]數日，益惑之，窮極奢欲，供奉一如朱。朱得耗[13]，坐索之，何殊不為意。朱質於官。官以其姓名來歷不明，置不理。朱貨產行賕[14]，乃准拘質。女謂何曰：「妾在朱家，原非采禮媒定者，胡畏之？」何喜，將與質成[15]。座客顧生諫曰：「收納逋逃[16]，已干國紀[17]；況此女入門，日費無度，即千金之家，何能久也？」何大悟，罷訟，以女歸朱。

過一二日，女又逃。有黃生者，故貧士，無偶。女叩扉入，自言所來。黃見豔麗忽投，驚懼不知所為。黃素懷刑[18]，固卻之。女不去。應對間，嬌婉無那[19]。黃心動，留之；而慮其不能安貧。女早起，躬操家苦[20]，劬勞[21]過舊室。黃為人蘊藉瀟灑，工於內媚[22]，因恨相得之晚。止恐風聲漏洩，為歡不久。而朱自訟後，家益貧；又度女終不能安，遂置不究。女從黃數歲，親愛甚篤。

一日，忽欲歸寧，要黃御[23]送之。黃曰：「向言無家，何前後之舛[24]？」曰：「曩漫言之。妾鎮江[25]人。昔從蕩子，流落江湖，遂至於此。妾家頗裕，君竭貲而往，必無相虧。」黃從其言，賃輿同去。至揚州[26]境，泊舟江際。女適凭[27]窗，有巨商子過，驚其豔，反舟綴[28]之，而黃不知也。女忽曰：「君家綦[29]貧，今有一療貧之法，不知能從否？」黃詰之。女曰：「妾相從數年，未能為君育男女，亦一不了事。妾雖陋，幸未老耄[30]，有能以千金相贈者，便鬻[31]妾去，此中妻室、田廬皆備焉。此計如何？」黃失色，不知何故。女笑曰：「君勿急，天下固多佳人，誰肯以千金買妾者。其戲言於外，以覘[32]其有無。賣不賣，固自在君耳。」黃不肯。女自與榜人[33]婦言之，婦目黃，黃漫應焉。婦去無幾，返言：「鄰舟有商人子，願出八百。」黃故搖首以難之。未幾，復來，便言如命，即請過船交兌。黃微哂。女曰：「教渠[34]

姑待，我囑黃郎，即令去。」女謂黃曰：「妾日以千金之軀事君，今始知耶？」黃問：「以何詞遣之？」女曰：「請即往署券[35]，去不去固自在我耳。」黃不可。女逼促之，黃不得已，詣焉。立刻兌付。黃令封誌[36]之，曰：「遂以貧故，竟果如此，遽相割捨。倘室人必不肯從，仍以原金璧趙[37]。」方運金至舟，女已從榜人婦從船尾登商舟，遙顧作別，並無悽戀。

黃驚魂離舍[38]，嗌[39]不能言。俄商舟解纜，去如箭激。黃大號，欲追傍之，榜人不從，開舟南渡矣。瞬息達鎮江，運貲上岸。榜人急解舟去。黃守裝悶坐，無所適歸，望江水之滔滔，如萬鏑之叢體[40]。方掩泣間，忽聞姣聲呼「黃郎」。愕然四顧，則女已在前途。喜極，負裝從之。問：「卿何遽得來？」女笑曰：「再遲數刻，則君有疑心矣。」黃乃疑其非常，固詰其情。女笑曰：「妾生平於吝者則破之，於邪者則誑之也。◆若實與君謀，君必不肯，何處可致千金者？錯囊充牣[41]，而合浦珠還[42]，君幸足矣，窮問何為？」乃僱役荷囊，相將俱去。至水門內，一宅南向，逕入。俄而翁媼男婦，紛出相迎，皆曰：「黃郎來也！」黃入參公姥[43]。有兩少年，揖坐與語，是女兄弟，大郎、三郎也。筵間味無多品，玉盤四枚，方几已滿。雞蟹鵝魚，皆臠切為箇[44]。少年以巨碗行酒，談吐豪放。已而導入別院，俾夫婦同處。衾枕滑耎，而床則以熟革代棕藤焉。日有婢媼饋致三餐，女或時竟日不出。黃獨居悶苦，屢言歸，女固止之。一日，謂黃曰：「今為君謀：請買一人，為子嗣計。然買婢媵則價奢；當偽為妾也兄者，使父與論婚，良家子不難致。」黃不可，女弗聽。有張貢士[45]之女新寡，議聘金百緡[46]，女強為娶之。新婦小名阿美，頗婉妙。女嫂呼之；黃瑟蹴[47]不安，而女殊坦坦。

他日，謂黃曰：「妾將與大姊至南海[48]一省阿姨，月餘可返，請夫婦安居。」遂去。夫妻獨居一院，按時給飲食，亦甚隆備。然自入門後，曾無一人復至其室。每晨，阿美入覲嫗，一兩言輒退。娣姒[49]在旁，惟相視一笑。既流連久坐，亦不款曲，黃見翁，亦如之。偶值諸郎聚語，黃至，既都寂然。黃疑悶莫可告語。阿美覺之，詰曰：「君既與諸郎伯仲，何以月來都如生客？」黃倉猝不能對，吃吃而言曰：「我十年於外，今始歸耳。」美又細審翁姑閥閱[50]，及妯娌里居。黃大窘，不能復隱，底里盡露。女泣曰：「妾家雖貧，無作賤媵[51]者，無怪諸宛若[52]鄙不齒數矣！」黃惶怖莫知籌計，惟長跪一聽女命。

美收涕挽之，轉請所處。黃曰：「僕何敢他謀，計惟孑身自去耳。」女曰：「既嫁復歸，於情何忍？渠雖先從，私也；妾雖後至，公也。不如姑俟其歸，問彼既出此謀，將何以置妾也？」居數月，女竟不返。一夜，聞客舍喧飲，黃潛往窺之，見二客戎裝上坐：一人裹豹皮巾，凜若天神；東首一人，以虎頭革作兜牟[53]，虎口啣額，鼻耳悉具焉。驚異而返，以告阿美，竟莫測霍父子何人。夫妻疑懼，謀欲僦寓他所，又恐生其猜度。黃曰：「實告卿：即南海人還，折證[54]已定，僕亦不能家此也。今欲攜卿去，又恐尊大人別有異言。不如姑別，二年中當復至。卿能待，待之；如欲他適，亦自任也。」阿美欲告父母而從之，黃不可。阿美流涕，要以信誓，乃別而歸。

黃入辭翁姑。時諸郎皆他出，翁挽留以待其歸，黃不聽而行。登舟淒然，形神喪失。至瓜州[55]，忽回首見片帆來，駛如飛；漸近，則船頭按劍而坐者，霍大郎也。遙謂曰：「君欲遄

56返，胡再不謀？遺夫人去，二三年，誰能相待也？」言次，舟已逼近。阿美自舟中出，大郎挽登黃舟，跳身遥去。先是，阿美既歸，方向父母泣訴，忽大郎將輿登門，按劍相脅，逼女風走。一家慴息57，莫敢遮問。女述其狀，黃不解何意，而得美良喜，開舟遂發。至家，出貲營業，頗稱富有。阿美常懸念父母，欲黃一往探之；又恐以霍女來，嫡庶復有參差58。居無何，張翁訪至，見屋宇修整，心頗慰。謂女曰：「汝出門後，遂詣霍家探問，見門戶已扃59，第主亦不之知，半年竟無消息。汝母日夜零涕，謂被奸人賺去，不知流離何所。今幸無恙耶？」黃實告以情，因相猜為神。

後阿美生子，取名仙賜。至十餘歲，母遣詣鎮江，至揚州界，休於旅舍，從者皆出。有女子來，挽兒入他室，下簾，抱諸膝上，笑問何名。兒告之。問：「取名何義？」答云：「不知。」女曰：「歸問汝父當自知。」乃為挽髻，自摘髻上花代簪之；出金釧60束腕上。又以黃金內袖，曰：「將去買書讀。」兒問其誰，曰：「兒不知更有一母耶？歸告汝父：朱大輿死無棺木，當助之，勿忘也。」老僕歸舍，失少主；尋至他室，聞與人語，窺之，則故主母。簾外微嗽，將有咨白61。女推兒榻上，恍惚已杳。問之舍主，並無知者。數日，自鎮江歸，語黃，又出所贈。黃感歎不已。及詢朱，則死裁三日，露尸未葬，厚恤之。

異史氏曰：「女其仙耶？三易其主不為貞；然為吝者破其慳62，為淫者速其蕩，女非無心者也。然破之則不必其憐之矣，貪淫鄙吝之骨，溝壑何惜焉？」

1 彰德：古代府名，今河南省安陽市。
2 佻達：輕佻放蕩。佻，讀作「條」。
3 亡者：逃跑的人。亡，此處指逃跑、逃亡。
4 收齒：此指收留。
5 粗糲：糙米，此指粗糙的食物。
6 肉臛：肉羹，此指一般肉製品。臛，讀作「或」。
7 貲：通「資」。指財物、錢財。
8 肉糜：肉粥。
9 怊悵：惆悵懊悔的樣子。怊，讀作「超」。
10 世胄：世家子弟。胄，後裔。
11 閨闥：閨房，女子居住的內室。闥，讀作「踏」。
12 綢繆：纏綿、親密。此指男女交歡。
13 耗：音訊、消息。
14 貨產行賕：賣掉家宅田產，賄賂官府。賕，讀作「球」，賄賂。
15 質成：對質。
16 逋逃：逃亡的犯人。逋，讀作「補」的一聲。
17 干國紀：觸犯國家的法律。
18 懷刑：遵守法律，或作畏懼法律。出自《論語．里仁》：「君子懷刑，小人懷惠。」
19 無那：婀娜多姿，風情無限。
20 躬操家苦：親自做家裡的粗活。
21 劬勞：辛勞。劬，讀作「渠」，辛苦、辛勞。
22 內媚：善於博取女子歡心。
23 御：駕車。
24 舛：讀作「喘」，錯誤。
25 鎮江：古代府名，今江蘇省鎮江市。
26 揚州：今江蘇省揚州市。

27 凭：靠著。同今「憑」字，是憑的異體字。
28 綴：尾隨。
29 綦：讀作「其」，當動詞用，極、甚。
30 耄：讀作「茂」，年老。
31 鬻：讀作「玉」，賣。
32 覘：讀作「沾」，觀看、察視。
33 榜人：船夫。榜，此處讀作「蹦」。
34 渠：他，指第三人稱。
35 署券：簽賣身契。
36 封誌：蓋上印記封存。
37 璧趙：即完璧歸趙。典出《史記．廉頗藺相如列傳》，此處指將財物還給原來的主人。
38 驚魂離舍：嚇得魂不守舍。
39 嗌：讀作「義」，哽咽。
40 萬鏑之叢體：萬箭齊發，射穿身體。鏑，讀作「狄」，箭鏃。叢體，集中射擊在一人身上。叢，聚集。
41 錯囊充牣：金銀充滿錢袋。錯囊，繡著紋彩的錢袋。牣，讀作「任」，滿。
42 合浦珠還：此處比喻妻子失而復得。東漢時代，合浦郡盛產珍珠，因宰守貪婪，縱容濫採，蚌就逐漸遷徙至交阯郡。後孟嘗任合浦太守，革除以前的弊端，蚌才逐漸搬回來。典故出自《後漢書．卷七六．循吏傳．孟嘗傳》。
43 公姥：岳父和岳母。
44 臠切為箇：把肉切成大塊。
45 貢士：此指貢生。古代舉薦給朝廷的生員。
46 百緡：一百串錢。緡，讀作「民」，一串錢。
47 瑟踧：窘迫不自安。踧，讀作「促」。
48 南海：今珠江三角洲。

49 娣姒：妯娌。
50 閥閱：此指世家門第。
51 媵：此指侍妾。媵，讀作「硬」。古代之陪嫁女。
52 宛若：妯娌。
53 兜牟：頭盔。
54 折證：對證，辯白。
55 瓜州：位於江蘇長江北岸，今江蘇省揚州市瓜洲鎮。
56 遄：讀作「船」，急速、火速。
57 慴息：害怕而不敢大聲喘氣。慴，讀作「哲」，害怕、恐懼。
58 嫡庶復有參差：指妻妾之間又起爭端。

59 扃：讀作「窘」的一聲，門閂。此作動詞用，將門鎖上。
60 金釧：金手鐲。釧，讀作「串」，手鐲。
61 咨白：稟報。
62 慳：讀作「謙」，吝嗇。

◆**但明倫評點**：所行真快人心。然干卿何事，而必舍己身以破吝人，自數易其主也？中間點醒，收束前文。

所做所為真是大快人心。然而這又與她何關，何必捨己去讓吝嗇的人破產，改嫁幾個男人呢？文中點出霍女的用意，對於前文做個總結。

白話翻譯

彰德縣有個叫朱大興的人，家境富裕，爲人卻很吝嗇，除非兒女婚嫁或宴請賓客，否則家中不煮肉。然而他的個性輕佻，愛好美色，只要是美麗的女人，他願一擲千金，每天晚上都要翻牆而出，找蕩婦睡覺。

一晚，他遇到一位獨行的少婦，猜想她是逃家出來，於是威脅並把她帶回家。用燈火一照，這女人長得極美。她自稱姓霍，朱大興詳細詢問她的家世來歷，霍女不悅道：「既然你肯收留，又何必問東問西？要是怕被我連累，不如我現在就走。」朱大興不敢再問，與她共寢。

霍女不吃粗茶淡飯，又極厭惡肉類，一定要有燕窩、雞心、魚肚熬湯，才能飽餐一頓。朱大興

霍女

來去無端三易
主慳囊傾盡
費仙才自歸
南海無消息
東航金釧何
當來

拿她沒辦法，只能盡力滿足她。霍女體弱多病，說自己得每天喝一碗人參湯，朱大興起初不肯，霍女呻吟將死，他不得已才餵她喝參湯，霍女的病立即痊癒，從此每天都得這樣做。霍女穿衣要錦繡綢緞才肯穿，但是穿幾天就嫌破舊不肯再穿，如此過了一個多月，開銷不小。朱大興漸漸不供應，霍女就哭泣不肯吃飯，只求離去。朱大興怕她走，又百般討好起她，每當她感到煩悶，隔十幾天就招伶人來演戲；演出時，朱大興在簾外放個凳子，抱起兒子坐在外頭觀看。即使如此，霍女也高興不起來，屢屢對朱大興責罵，朱大興也不與爭辯。兩年後，朱家家道中落，朱大興委婉地向霍女要求縮減開支，霍女允許了，日常用度都減少一半。時間長了，朱家仍無法供給，霍女連肉粥也不挑剔了，又慢慢能接受普通食物。朱大興暗自竊喜，然而到了某晚，霍女打開後門逃走，朱大興悵然若失，四處尋訪，才知她到鄰村投奔何氏去了。

何家是官宦人家，何氏又豪爽好客，家中經常宴客至通宵達旦。一天半夜，忽然有位美人闖到房中，一問之下，才知是朱家的逃妾。何氏一向瞧不起朱大興的為人，他又喜愛霍女容貌，就收留她作妾。兩人親密了幾日，何氏更加被霍女迷惑，像朱大興一樣，耗費家產來供給她日常所需。朱大興得知此事後，就到何家上門討人，何氏絲毫不放在心上。朱大興去官府告他，官府因為霍女來歷不明，姓名也不清楚，便置之不理。朱大興賣掉家產，賄賂官員，此案才被審理，傳喚何氏對簿公堂。霍女對何氏道：「妾在朱家，也非明媒正娶，有何好怕？」何氏聽後很高興，準備與朱大興當面對質。座上賓有個叫顧生的勸他：「收留別人家逃妾，已觸犯國法，何況這個女人進門後，每天揮霍無度。就是富有人家，又維持得了多久呢？」何氏一聽，豁然開朗，遂撤銷訴訟，把霍女送回朱家。

過了一、兩天，霍女又逃走。一位姓黃的窮書生喪妻沒續弦，霍女忽然敲門進來，並說明來歷。黃生一向奉公守法，潔身自好，忽見美人來投奔，惶恐得不知所措，堅持拒絕。霍女堅持留下，談話間嬌媚婉轉、婀娜多姿。黃生心動，就留下她，又擔心她無法吃苦，霍女卻每日早起，辛苦的家務全一手包辦，比黃生的亡妻更勤奮辛勞。黃生性格風流倜儻，懂得討女人歡心，只恨太晚遇到霍女，恐怕風聲洩露，兩人無法長久相聚。朱大興自從訴訟後，家境更貧，又考慮霍女終不能過苦日子，也就不再追究。霍女在黃家住幾年，夫妻感情日漸親密。

有一天，霍女突然要求回娘家，讓黃生駕車送她回去。黃生說：「你從來沒有提起家人，爲什麼前後說的有出入呢？」霍女說：「從前是胡亂說的，我本是鎮江人，以前和一個浪蕩子四處流浪，才到了你這裡。我娘家很富有，你花點旅費送我回去，我一定不虧待你。」黃生聽她的話，租一輛車與她歸寧。來到揚州境內，船停在江邊，霍女倚窗向外眺望，有個大商人的兒子正好經過，對她的美貌驚爲天人，掉轉船頭尾隨他們，而黃生毫無所覺。霍女忽然說：「你家境貧寒，我有個治療貧窮的辦法，不知你能否依從？」黃生詢問詳情，霍女說：「我嫁給你好幾年，從未能生個一男半女，心裡一直覺得過意不去。我雖然長得醜陋，幸好還沒衰老，若能遇到個肯出一千兩銀子的人，就把我賣了。有了錢，還愁沒有妻子、田產、房舍嗎？你覺得這個辦法如何？」黃生聽了，臉色大變，不知發生何事。霍女笑道：「你莫急，天下美女多得是，誰肯出一千兩銀子買我呀？你就放出風聲，看有沒有人想買我，賣與不賣都由你決定。」

黃生不肯，霍女就對船夫的妻子說了此事。船夫的妻子看看黃生，黃生隨便點頭應允。船夫妻子去了沒多久，回來道：「鄰船上有個商人的兒子願出八百兩。」黃生故意搖頭難為她。不久，她又回來，回覆說對方同意出一千兩，請黃生到船上處理交兌。黃生微笑，霍女說：「請你讓他稍等，我囑咐黃郎幾句，便讓他去。」霍女對黃生說：「我每日以價值千金之身侍奉你，你今天才知道吧？」黃生問要如何應對。霍女說：「請你即刻過去簽賣身契，去不去由我決定。」黃生不肯，霍女催逼他前往，黃生不得已，只好登船拜訪，當場就取了銀子。黃生叫人將銀子彌封，說：「夫妻之情何肯割捨？只因我實在太窮了，不得已才忍痛割愛。如果我妻子堅決不肯改嫁，我會把銀子完璧奉還。」銀子剛運到黃生船上，霍女就跟隨船夫的妻子，從船尾登上富商的船，遙望與黃生告別，毫無眷戀難捨之情。

黃生失魂落魄，嗚咽說不出話。不久，富商的船解開纜繩，像箭一般駛離了，黃生大哭起來，想追上去，船夫不肯，逕自駕船往南方去。轉眼就到了鎮江，把貨運上岸，船夫急忙解開纜繩，把船開走了。黃生守著行李在岸上發楞，不知該去哪裡，望著滔滔江水，如同萬箭穿心般，苦不堪言。他正掩面哭泣，忽聽一聲嬌呼「黃郎」，他驚訝地環顧四周，霍女就在面前。他高興地背起行李走上前，問：「你怎麼這麼快就回來了？」霍女笑道：「再遲些，你就會對我起疑心。」黃生懷疑她不是普通人，想詢問她真相。霍女笑道：「我平生最喜歡讓那些吝嗇

小氣的人傾家蕩產，欺騙那些心存邪念的人。如果我老實跟你說，你一定不肯答應，哪裡能弄到一千兩銀子？充實錢袋，妻子失而復得，是你的幸運，追根究底又是要幹什麼呢？」於是雇了僕人，挑起行李，一起回娘家。

到了鎮江水門內，那兒有一座朝南的宅院，他們直接進入。不久，男女老少紛紛出來迎接，大家喊道：「黃郎來了！」黃生入內拜見岳父岳母，有兩個少年向他作揖寒暄，原來是大舅子和三舅子。宴席間菜肴種類不多，四個大盤就擺滿一桌，雞蟹鵝魚都是切成大塊烹煮。少年用大碗喝酒，談吐豪放不羈，飯後將夫妻倆領到別院，讓他們休息。被褥和枕頭又軟又滑，寢具的棕藤都換成精緻的皮墊，每天有丫鬟老媽子送來三餐，霍女有時整天都不在別院。黃生獨居無聊，常常說想回家，霍女堅持留下。

一天，她對黃生說：「我正在為你打算，為了傳宗接代，我決定買個女人嫁你為妾。但是買小妾太貴了，若你可以假裝是我的兄長，讓我父親出面給你提親，好人家的女兒倒也不難娶到。」黃生不同意，霍女不予理會。

有個張貢士的女兒剛死了丈夫，霍女以一百兩銀子為聘禮，強迫黃生娶她。新娘子小名叫阿美，姿容曼妙，霍女叫她嫂子，黃生覺得很彆扭不自在，霍女卻十分坦然。一天，霍女對黃生說：「我要和大姊去南海拜訪姨娘，一個多月就可回來，請你們夫妻安心在此住下。」說完就離開了。夫妻倆於是單獨住在一個院落裡，有人會按時送來食物，內容很豐盛。但是阿美自從嫁來後，從沒有人前來探問。每天早晨，她去給婆婆請安，總是說一、兩句話就退下了，妯娌在一旁也只是相視一笑。就算是留下來，她們對阿美的態度也很冷淡，黃生拜見岳父也是如此。有一次，幾個舅子正聚在一起聊天，黃生一到，他們全部停止交談，黃生感到疑惑納悶，卻無人可以傾訴。阿美察覺了，問他：「你既然和幾位公子是兄弟，爲什麼一個多月來都像陌生人一樣？」黃生倉促之間不知如何回應，結結巴巴地說：「我在外地十年，現在才回來。」阿美又細問公婆的身世和妯娌鄉里，黃生窘迫，隱瞞不下去，只好實言相告。阿美哭著說：「我雖非出身富貴人家，但沒有給人家當賤妾的，難怪眾妯娌都看不起我！」黃生心中驚惶，不知所措，只能跪在地上，任她處置。

阿美止住哭泣，扶他起身，反問他今後要怎麼辦。黃生說：「我還能有什麼想法，只有我們各自離開此地。」阿美說：「既然嫁給你，又趕我回娘家，你於心何忍？她雖然先嫁給你，卻是私奔；我雖然後到，卻是明媒正娶。不如暫且等她回來，問她既然出此計策，要準備如何安置我。」

住了數個月，他們發現霍女竟一去不返。一天晚上，客房裡傳出客人的喝酒喧嘩聲。黃生偷偷前往窺探，只見兩個客人以軍裝打扮坐在上座，一人頭上裹著豹皮做的頭巾，威風凜凜，如同天神。另一個坐在東面，以虎皮做頭盔，虎口正好罩住額頭，老虎的耳朵和鼻子都在上面。黃生大感驚異，回去告訴阿美此事，一直猜不透霍家父子的來歷。夫妻心中積滿疑問和恐懼，想另找地方住，又怕霍家人起疑。黃生說：「實話告訴你，就算是去南海的人回來，當面對質，我也不能再住在這裡。我想帶你離開這裡，又怕令尊大人不同意。不如暫且作別，兩年內我一定回來。你若能等我，就等；若想改嫁，也由你自己做主。」阿美想告知父母後跟黃生走，黃生不肯。阿美流著淚要黃生起誓，這才辭別回娘家。

黃生向岳父岳母辭行時，正好幾位舅子都出門，岳父岳母挽留黃生等霍女回來，黃生堅持要走。上船後，黃生心情悲淒，失魂落魄。到了瓜洲，忽見一艘帆船飛速駛來，當船逐漸靠近，就看見有個人坐在船頭手握劍柄，正是霍家大哥。他朝黃生喊道：「你要回家，爲什麼不與我們商議？留下夫人獨自回去，還要人等上兩、三年，誰願意等你？」說完把船駛近，阿美從船艙走出，霍家大哥扶她登上黃生的船，然後縱身跳回自己的船上，立刻把船開走了。

原來，先前阿美回娘家，正在向父母哭訴，霍家大哥忽然駕著車馬上門，手持寶劍要脅阿美立刻跟他走，阿美的家人都屏息不敢吭聲。阿美把情形告訴黃生，他也猜不透大舅子這麼做的用意，見到阿美去而復返很高興，就這樣開船回家了。返家後，黃生用既有的資產做起生意，家裡逐漸富有起來。阿美掛念父母，想讓黃生回去探望；又怕霍女跟來，妻妾爭執不下。住了沒多久，張貢士來看望女兒，見黃生房舍蓋得美輪美奐，頗感欣慰，對女兒說：「你離家後，我就去霍家探問，卻看到門窗都關上，屋主也不知霍家人搬到哪去了，半年多沒有任何消息。你的母親日夜哭泣，說你被壞人擄走，不知流落何方。如今都還平安吧？」黃生把實情告訴張翁，大家都猜測起霍家人其實是神仙。

後來，阿美生了兒子，取名爲仙賜。仙賜十幾歲時，阿美派他去鎮江。到了揚州地界，仙賜住在旅館，跟隨的人都外出了，有個女子進來，把仙賜領到另一間房，放下門簾，把他抱在膝上，笑著問他喚作何名，仙賜把姓名告訴她。女子又問：「爲什麼取這個名字？」仙賜說：「不知道。」女子說：「你回去問你父親，就會知道。」就替他梳個髮髻，並從自己的髮髻上取下花來替仙賜簪上，拿出金鐲子戴上他的手腕，又把黃金放進仙賜袖中，說：「拿去買些書來讀吧。」仙賜問她是誰，她說：「你不知道你還有一位母親嗎？回去告訴你父親，朱大興死時沒有棺木，應當資助朱家置辦喪事。別忘了。」老僕回到旅館，看見小少爺不見了，找到另外一間房，聽見他正和別人說話，暗中窺視才發現原來是以前的主母。他在簾外輕咳，想進去稟告。霍女把仙賜推到床上，恍惚之間就消失了，詢問旅館老闆也不知道她是誰。幾天後，仙賜從鎮江回來，把這件事告訴父親，又拿出霍女所贈的東西。黃生感歎不已，派人去打探朱大興消息，得知他死去才三天，曝屍沒有下葬，黃生便將他厚葬了。

記下奇聞異事的作者如是說：「霍女莫非是個神仙？她前後有過三個男人，雖然不貞潔，卻讓那些吝嗇小氣的人揮霍金錢，讓好色的人傾家蕩產，這樣的女子又豈是沒心沒肺的人？但是既然讓朱大興破產了，那也不必再可憐他。像這些好色又小氣的人，即便是讓他們曝屍荒野，又有什麼好同情的呢？」

司文郎

平陽[1]宗王平子，赴試北闈[2]，賃居報國寺[3]。寺中有餘杭[4]生先在，王以比屋居，投刺[5]焉。生不之答。朝夕遇之，多無狀。王怒其狂悖，交往遂絕。一日，有少年遊寺中，白服[6]裙帽，望之傀[7]然。近與接談，言語諧妙。心愛敬之。展問邦族，云：「登州[8]宋姓。」因命蒼頭[9]設座，相對噱談[10]。

餘杭生適過，共起遜坐。生居然上座，更不撝挹[11]。卒然問宋：「爾亦入闈者耶？」答曰：「非也。駑駘[12]之才，無志騰驤[13]久矣。」又問：「何省？」宋告之。生曰：「竟不進取，足知高明。山左、右並無一字通者。」宋曰：「北人固少通者，而不通者未必是小生；南人固多通者，然通者亦未必是足下。」言已，鼓掌；王和之，因而鬨堂。生慚忿，軒眉攘腕[14]而大言曰：「敢當前命題，一校文藝[15]乎？」宋他顧而哂曰：「有何不敢！」便趨寓所，出經[16]授王。王隨手一翻，指曰：「『闕黨童子將命[17]。』」生起，求筆札。宋曳之曰：「口占可也。我破[18]已成：『於賓客往來之地，而見一無所知之人焉。』」王捧腹大笑。生怒曰：「全不能文，徒事嫚罵，何以為人！」王力為排難，請另命佳題。又翻曰：「『殷有三仁焉[19]。』」宋立應曰：「三子者不同道，其趨一也。夫一者何也？曰：仁也。君子亦仁而已矣，何必同？」生遂不作，起曰：「其為人也小有才。[20]」遂去。王以此益重宋。邀入寓室，款言移晷[21]，盡出所作質宋。宋流覽絕疾，逾刻已盡百首。曰：「君亦沉深於此道者；然命筆時，無求必得之念，而尚有冀倖得之心，即此，已落下乘。」遂取閱過者一一詮說。王大悅，師事之。使庖人以蔗糖作水角[22]。宋啗而甘之，曰：「生平未解此味，煩異日更一作也。」由此相得甚懽[23]。

宋三五日輒一至，王必為之設水角焉。餘杭生時一遇之，雖不甚傾談，而傲睨之氣頓減。一日，以窗藝[24]示宋。宋見諸友圈贊[25]已濃，目一過，推置案頭，不作一語。生疑其未閱，復請之。答已覽竟。生又疑其不解。宋曰：「有何難解？但不佳耳！」生曰：「一覽丹黃[26]，何知不佳？」宋便誦其文，如夙讀[27]者，且誦且訾[28]。生跼蹐[29]，汗流，不言而去。移時，宋去，生入，堅請王作。王拒之。生強搜得，見文多圈點，笑曰：「此大似水角子！」王故樸訥，靦然而已。次日，宋至，王具以告。宋怒曰：「我謂『南人不復反矣』[30]，傖楚[31]何敢乃爾！必當有以報之！」王力陳輕薄之戒以勸之，宋深感佩。既而場[32]後，以文示宋，宋頗相許。

偶與涉歷殿閣，見一瞽僧坐廊下，設藥賣醫。宋訝曰：「此奇人也！最能知文，不可不一請教。」因命歸寓取文。遇餘杭生，遂與俱來。王呼師而參之。僧疑其問醫者，便詰症候。王具白請教之意。僧笑曰：「是誰多口？無目何以論文？」王請以耳代目。僧曰：「三作兩千餘言，誰耐久聽！不如焚之，我視以鼻可也。」王從之。每焚一作，僧嗅而領之曰：「君初法大家，雖未逼真，亦近似矣。我適受之以脾。」問：「可中否？」曰：「亦中得。」餘杭生未深信，先以古大家文燒試之。僧再嗅曰：「妙哉！此文我心受之矣，非歸、胡[33]何解辦此！」生大駭，始焚己作。僧曰：「適領一藝，未窺全豹[34]，何忽另易一人來也？」生託言：「朋友之作，止彼一首；此乃小生作也。」僧嗅其餘灰，咳逆數聲，曰：「勿再投矣！格格[35]而不能下，強受之以鬲[36]；再焚，則作惡矣。」◆生慚而退。

數日榜放，生竟領薦[37]；王下第。生與王走告僧。僧歎曰：「僕雖盲於目，而不盲於鼻；簾中人[38]並鼻盲矣。」俄餘杭生至，意氣發舒，曰：「盲和尚，汝亦啖人水角耶？今竟何如？」僧曰：「我所論者文耳，不謀與君論命。君試尋諸試官之文，各取一首焚之，我便知孰為爾師[39]。」生與王並搜之，止得八九人。生曰：「如有舛錯，以何為罰？」僧憤曰：「剜我盲瞳去！」生焚之，每一首，都言非是；至第六篇，忽向壁大嘔，下氣[40]如雷。眾皆粲然。僧拭目向生曰：「此真汝師也！初不知而驟嗅之，刺於鼻，棘於腹，膀胱所不能容，直自下部[41]出矣！」生大怒，去，曰：「明日自見，勿悔！勿悔！」越二三日，竟不至；視之，已移去矣。——乃知即某門生也。宋慰王曰：「凡吾輩讀書人，不當尤人，但當克己：不尤人則德益弘，能克己則學益進。當前蹭落[42]，固是數之不偶[43]；平心而論，文亦未便登峰，其由此砥礪，天下自有不盲之人。」王肅然起敬。又聞次年再行鄉試，遂不歸，止而受教。宋曰：「都中薪桂米珠[44]，勿憂資斧。舍後有窖鏹[45]，可以發用。」即示之處。王謝曰：「昔竇、范[46]貧而能廉，今某幸能自給，敢自污乎？」王一日醉眠，僕及庖人竊發之。王忽覺，聞舍後有聲；竊出，則金堆地上。情見事露，並相慴伏[47]。方訶責間，見有金爵，類多鐫款[48]，審視，皆大父[49]字諱。——蓋王祖曾為南部郎[50]，入都寓此，暴病而卒，金其所遺也。王乃喜，稱得金八百餘兩。明日告宋，且示之爵，欲與瓜分，固辭乃已。以百金往贈瞽僧，僧已去。

積數月，敦習益苦。及試，宋曰：「此戰不捷，始真是命矣！」俄以犯規被黜。王尚無言；宋大哭，不能止。王反慰解之。宋曰：「僕為造物所忌，困頓至於終身，今又累及良友。其命也夫！其命也夫！」王曰：「萬事固有數在。如先生乃無志進取，非命也。」宋拭淚曰：「久欲有言，恐相驚怪。某非生人，乃飄泊之游魂也。少負才名，不得志於場屋。佯狂[51]至都，冀得知我者，傳諸著作。甲申之年[52]，竟罹於難，歲歲飄蓬。幸相知愛，故極力為『他山』之攻[53]，生平未酬之願，實欲借良朋一快之耳。今文字之厄若此，誰復能漠然哉！」王亦感泣。問：「何淹滯？」曰：「去年上帝有命，委宣聖[54]及閻羅王核查劫鬼[55]，上者備諸曹任用，餘者即俾轉輪[56]。賤名已錄，所未投到者，欲一見飛黃[57]之快耳，今請別矣。」王問：「所考何職？」曰：「梓潼府[58]中缺一司文郎[59]，暫令聾僮署篆[60]，文運[61]所以顛倒。萬一倖得此秩，當使聖教昌明。」明日，忻忻[62]而至，曰：「願遂矣！宣聖命作『性道論』[63]，視之色喜，謂可司文。閻羅稽簿[64]，欲以『口孽』[65]見棄。宣聖爭之，乃得就。某伏謝已。又呼近案下，囑云：『今以憐才，拔充清要；宜洗心供職，勿蹈前愆。』此可知冥中重德行更甚於文學也。君必修行未至，但積善勿懈可耳。」王曰：「果爾，餘杭其德行何在？」曰：「不知。要冥司賞罰，皆無少爽。即前日瞽僧，亦一鬼也，是前朝名家。以生前拋棄字紙過多，罰作瞽。彼自欲醫人疾苦，以贖前愆，故託游廛肆[66]耳。」王命置酒。宋曰：「無須；終

歲之擾，盡此一刻，再為我設水角足矣。」

王悲愴不食。坐令自啜[67]，頃刻，已過三盛[68]。捧腹曰：「此餐可飽三日，吾以志君德耳。向所食，都在舍後，已成菌[69]矣。藏作藥餌，可益兒慧。」王問後會，曰：「既有官責，當引嫌也。」又問：「梓潼祠中，一相酹[70]祝，可能達否？」曰：「此都無益。九天甚遠，但潔身力行，自有地司牒報，則某必與知之。」言已，作別而沒。王視舍後，果生紫菌，採而藏之。旁有新土墳起，則水角宛然在焉。王歸，彌自刻厲[71]。一夜，夢宋輿蓋而至，曰：「君向以小忿，誤殺一婢，削去祿籍；今篤行已折除矣。然命薄不足任仕進也。」是年，捷於鄉；明年，春闈又捷。遂不復仕。生二子，其一絕鈍，啖以菌，遂大慧。後以故詣金陵，遇餘杭生於旅次[72]，極道契闊[73]，深自降抑[74]，然鬢毛斑矣。

異史氏曰：「餘杭生公然自詡，意其為文，未必盡無可觀；而驕詐之意態顏色，遂使人頃刻不可復忍。天人之厭棄已久，故鬼神皆玩弄之。脫能增修厥德，則簾內之『刺鼻棘心[75]』者，遇之正易，何所遭之僅也。」

司文郎
水角訂交談藝日
半生淪落誤儒
冠聾僮摘篆悲文
運盲目何須
怒試官

1 平陽：古代府名，治所在今山西省臨汾市。

2 北闈：在北京順天府舉行的鄉試，因北京在北方，故稱「北闈」。

3 報國寺：位於北京廣寧門外。

4 餘杭：古代縣名，今浙江省杭州市北部。

5 刺：拜帖。古代在竹簡上刻上姓名作為拜見的名帖。

6 白服：讀書人還沒做官時所穿的衣服。

7 傀然：高大魁梧的樣子。

8 登州：古代府名，今山東省蓬萊縣。

9 蒼頭：此指僕役，古代僕役以接近黑色的頭巾包頭。

10 噱談：有說有笑。噱，讀作「絕」。

11 撝挹：也作「偽抑」。讀作「輝易」，謙遜。

12 駑駘：劣質的馬，比喻才能低下。駘，讀作「台」。

13 騰驤：馬飛奔馳騁的樣子。比喻奮發上進，登上仕途。驤，讀作「襄」。

14 軒眉攘腕：橫眉豎目，捋袖伸腕，形容人憤怒的樣子。

15 文藝：八股文的別名。

16 經：指四書、五經等儒家典籍，此處應指《論語》。

17 闕黨童子將命：出自《論語‧憲問》：「闕黨童子將命。或問之曰：『益者與?』子曰：『吾見其居於位也，見其與先生並行也，非求益者也，欲速成者也。』」闕黨，孔子故鄉。將命，傳達長輩的話。孔子批評闕黨童子不靠自身努力求取上進，卻只想投機取巧走捷徑。宋生借題發揮，以此嘲諷餘杭生。

18 破：破題。八股文開頭用兩句點破題目要旨。

19 殷有三仁焉：出自《論語‧微子》：「微子去之，箕子為之奴，比干諫而死。孔子曰：『殷有三仁焉。』」微子、箕子、比干是三位仁人，他們為了勸諫昏庸殘暴的紂王而落得悽慘的下場。

20 其為人也小有才：出自《孟子‧盡心下》：「其為人也小有才，未聞君子之大道也，則足以殺其軀而已矣。」餘杭生用這則典故，是要諷刺宋生只有小聰明，未達君子的標準。

21 移晷：日影移動，指時間很長。晷，讀作「軌」，日影。

22 水角：指用豆沙、芝麻等餡做的甜水餃。

23 懽：同今「歡」字，是歡的異體字。

24 窗藝：指平時練習所做的八股文。

25 贊：評語。

26 丹黃：古代批注書籍，用以書寫的紅色顏料，也作「朱黃」。此處引申為評點校正。

27 夙讀：以前就讀過。夙，從前、先前。

28 呰：讀作「紫」，詆毀、說壞話。

29 跼蹐：讀作「局極」。恐懼緊張的樣子。

30 南人不復反矣：三國時代，諸葛亮討伐孟獲，經過七擒七縱，才使得孟獲心悅誠服，向諸葛亮說：「公天威也，南人不復反矣！」事見《三國志‧蜀書‧諸葛亮傳》裴松之注引《漢晉春秋》。宋生引用這句話，比喻餘杭生已經心悅誠服。

31 傖楚：指粗俗鄙陋的人。魏晉南北朝時，吳人鄙視楚人，認為他們是蠻荒之地未受教化之人，稱楚地人為傖楚。後來「傖楚」變成一種罵人的話，譏諷粗鄙的人。傖，讀作「倉」。

32 場：科舉的考試日期。此處借指考試。

33 歸、胡：指明代歸有光（西元一五〇七～一五七一年）及胡友信（西元一五一六～一五七二年）。兩人並稱「歸胡」，所作八股文作品被視為士子們的典範。

34 未窺全豹：未能窺見事物的全部樣貌。出自《晉書．王獻之傳》：「管中窺豹，時見一斑。」

35 格格：格格不入。此指無法相容。

36 肝鬲：橫膈膜。鬲，讀作「隔」，通「隔」字。

37 領薦：指領鄉薦，即考中舉人。唐代科舉制度，參加進士考試的人，依例由地方官員推薦，此稱鄉舉或鄉薦。後代考中舉人，稱領鄉薦，或簡稱領薦。

38 簾中人：負責閱卷的考官。

39 師：即房師。科舉時代，舉子稱所屬的閱卷考官為「房師」。

40 下氣：放屁。

41 下部：肛門。

42 踧落：不如意、不得志。踧，讀作「促」。

43 數之不偶：命運多舛，遭逢磨難。不偶，不順遂，無法成就功名。

44 薪桂米珠：柴價貴得像桂木，米價貴得像珍珠，比喻物價昂貴。

45 鏹：讀作「搶」。古代串銅錢的繩索，泛指錢幣。

46 竇、范：指竇儀（西元九一四～九六六年）與范仲淹（西元九八九～一〇五二年），皆為北宋名臣，皆以為官廉潔自制、盡忠職守著稱。

47 慴伏：因害怕而感到恐懼。慴，讀作「哲」。害怕、恐懼。

48 鐫款：鐘鼎上所刻的文字。鐫，讀作「娟」，雕鑿。款，古代金屬器皿上鑄刻的題款。

49 大父：祖父。

50 南部郎：南京的六部郎官，指郎中。

51 佯狂：假裝發瘋癲狂。

52 甲申之年：明代崇禎十七年（西元一六四四年）。這一年李自成起義攻陷北京。

53 極力為「他山」之攻：意謂盡力砥勵朋友學業進步。他山，也作「它山」，典出《詩經．小雅．鶴鳴》：「它山之石，可以攻玉。」它山之石可以用作琢磨玉器的石頭。此指指點、教導。

54 宣聖：孔子。

55 劫鬼：遭逢劫難不幸而死的鬼魂。

56 轉輪：投胎轉世。佛教相信人有前世今生，死後將根據各人業力進入六道輪迴。

57 飛黃：即飛黃騰達。比喻科舉登地。

58 梓潼府：主宰功名之神梓潼帝君的府邸。

59 司文郎：官名，唐代起設置。此指輔佐梓潼帝君掌管文運的神祇。

60 聾僮：梓潼帝君的兩名部下，一個名為天聾，一個名為地啞，含有昏昧不明的意思。署篆，代理官職。篆，官印，此處借指官職。

61 文運：指文風變遷。

62 忻忻：即欣然。高興、喜悅的樣子。

63 《性道論》：虛構的題目。性道，儒家典籍中說的人性與

天道。
64 稽簿：考察核對功過簿。簿，指記錄功過的冊子。
65 口孽：指造口業。言語上的過失。
66 廛市：商店林立的街市。廛，讀作「禪」，店鋪。
67 啾：同今「啖」字，是啖的異體字。
68 三盛：三杯或三盞。盛，此指裝酒的容器。
69 菌：靈芝一類的植物。
70 酹：讀作「類」，以酒灑地祭祀鬼神。
71 刻厲：發憤苦讀。
72 旅次：旅行寓居的處所。
73 道契闊：久別重逢，互相傾訴分離後的情形。
74 降抑：謙恭，謙虛。
75 刺鼻棘心：胸無點墨，寫出來的文章缺乏內涵。

白話翻譯

王平子是平陽縣人，上京趕考寄居在報國寺中。寺裡早先已經住一位餘杭縣來的考生，王平子就住在餘杭生隔壁，他投遞名帖前去拜訪，餘杭生沒有回覆，早晚偶然碰面時，態度也很無禮。王平子對他這種傲慢無禮的態度很惱怒，與他斷絕來往。一天，有位年輕人到寺中遊玩，穿著打扮儼然是未登第的書生模樣，看上去身形魁梧，器宇軒昂。王平子上前與他談話，發現對方談吐詼諧，心生敬愛，於是問他身世姓名。白衣少年說：「家住登州，姓宋。」王平子命僕人設座款待，兩人相談甚歡。

◆**但明倫評點**：「虐極，快極。受之以心者上也，受之以脾者次也；至受之以鬲，風斯下矣。學者先由其次以達於上，受之以耳，受之以目，受之以口。耳審之，目認之，口辨之，然后嗅之；嗅之得其真，乃心受之。慎勿妄受以鬲，致終身作惡逆症也。」

虐哉！快哉！以心承受的文章是最上乘，以脾臟承受則是次等，至於以橫隔膜承受，從肛門放出屁來，是最下等。學習寫作文章的人先從次等的開始，再追求上乘佳作，用耳朵聽、用眼睛看、用嘴去嚐。耳朵審閱它，眼睛認識它，口舌辨識它，最後用鼻子去嗅聞；嗅文章灰燼以了解文章的好壞，才能用心去體會。切記不可隨便以橫隔膜去承受，否則若是嗅到低劣的文章灰燼，一輩子都會覺得噁心。

餘杭生這時正好經過，兩人起身讓坐，餘杭生竟毫不謙讓，直接坐上主位，魯莽地問起宋生：「你也是來趕考的嗎？」宋生答：「不是。我是駑鈍之材，早就斷了晉身仕途的念頭。」餘杭生又問：「你是那省人？」宋生就把自己的鄉里出身告訴他。餘杭生說：「你不求進取，足見你還有自知之明。山東、山西兩省，根本沒有能做文章的人！」宋生說：「北方人有文采的固然不多，但是不能屬文的未必是在下；南方人有文采的固然不少，但是能寫一手好文章的也未必是閣下。」說完拍手鼓掌，王平子在一旁附和，兩人哄堂大笑。餘杭生惱羞成怒，橫眉豎眼地捲起袖子，狂妄地說：「你敢出題跟我比試八股文嗎？」宋生看向別處，笑道：「有何不敢？」他快步趕回住處，取來《論語》交給王平子。王平子隨手一翻，指著書上說：「闕黨童子將命。」餘杭生站起來，要找紙筆來寫，宋生拉住他道：「用口述的就行。我已經構思好破題了：在賓客往來之地，見到一個無知的人。」王平子捧腹大笑。餘杭生怒道：「你根本不會寫文章，只會罵人而已，算個什麼東西？」王平子極力調解，請求讓他再選個好題目。他又翻了一頁，說：「殷有三仁焉。」宋生立即應對：「三人作風不同，目標卻一致。這相同之處在哪呢？曰：仁也。君子也只是一個仁字而已，又何必要求作風一致呢？」餘杭生不作文回應了，只是站起來說：「這人還算有點小聰明！」說完就走了。

王平子更加敬佩宋生，邀請他到住處作客，他們暢談很久，王平子就把自己平日的習作都拿出來向宋生請教。宋生閱讀神速，很快就讀完上百篇，評論道：「看得出來你是下過苦功

的，但你在寫作八股文時，不要總想著一定要中榜不可，行文下筆不要有所顧忌。要心無旁騖，不要想著如何迎合考官喜好，放手去寫便是。不然，文章就落入俗套了。」接著對王平子的文章逐一點評。王平子很高興，當下就拜宋生作老師，並吩咐廚房做甜水餃招待。宋生吃了讚不絕口：「我這輩子從沒吃過這麼美味的食物，過幾天請再給我做一次。」從此兩人相處更加親密融洽。

宋生三五天就來拜訪一次，每次王平子都拿甜水餃招待他。餘杭生也碰見過宋生幾次，雖未深談，銳氣卻削減不少。有一天，餘杭生將習作的八股文拿給宋生過目，宋生看見餘杭生的文章已被圈點過，批註得密密麻麻，瞥了一眼就放到桌上，一句話也不說。餘杭生懷疑他沒有詳讀，請他再讀一遍，宋生說已經讀完了，餘杭生又懷疑他沒有讀懂。宋生說：「有什麼讀不懂的？不過是文章欠佳而已。」餘杭生說：「你才看到點評而已，怎麼就知道不是佳作呢？」宋生於是隨口背誦幾句，好像早已熟讀一般，而且一面背誦，一面批評，餘杭生覺得十分困窘慚愧，渾身冒出冷汗，一言不發地離開了。過了一會兒，宋生前腳返家，餘杭生後腳又進來，堅持要看王平子的文章。王平子不給他，他就自己在屋中翻找出來，看見文章上也有不少的圈字評點，譏諷道：「這圈點跟甜水餃似的！」王平子生性口拙不善言辭，感到十分尷尬羞慚，不知如何應對。第二天宋生來訪時，王平子將此事告知，宋生氣憤地說：「我本以為這位仁兄已經被我降伏，沒想到卻和蠻夷一樣無法教化，我要找個機會修理他一番！」王平子極力勸導宋生不要莽撞，宋生很欣賞他的忠厚爲人。考試結束後，王平子便把自己應試的文章拿給宋生過目，宋生十分讚賞。

一天，兩人一時興起在寺院中散步，看見一個盲僧坐在屋簷下賣藥。宋生神秘地說：「這是位奇人呀！他最擅長評判文章了，一定得去請教。」讓王平子返回住處取來文章。正巧撞見餘杭生，便和王平子一起來了。王平子喊了聲「禪師」，施禮拜見，盲僧以爲他是來求醫的，問他罹患何病。王平子說要請他評點文章。盲僧笑道：「是誰多嘴告訴你的？我看不見東西，還怎麼評點文章？」王平子回道可由他自己朗讀，請盲僧用聽的指教。盲僧說：「三篇文章一共兩千多字，誰有這麼大耐性逐字逐句聽你讀完！不如直接燒成灰，我用鼻子嗅就行。」王平子依言照辦，每燒一篇文章，盲僧聞一聞，便點點頭說：「你初學名家範本，雖還不到爐火純青的地步，卻也有模有樣。我剛才是用脾臟感受的。」王平子問：「依你看我能考中嗎？」盲僧說：「還是有希望的。」餘杭生對盲僧的話抱持懷疑態度，先燒了一篇古文名家的文章，測試盲僧能耐。盲僧嗅了嗅說：「眞是妙極了！這篇文章我是用心臟感受到的。若非歸有光、胡友信那樣的大家，怎能寫出這樣絕妙的文章？」餘杭生感到很驚訝，接著燒了自己的文章。盲僧嗅了嗅說：「剛才領教了一篇大作，還沒能看見全貌，爲什麼又換另一個人的啊？」餘杭生騙他道：「剛才那篇是朋友所作，只有一篇，這一篇才是小生寫的。」盲僧聞到灰燼，嗆得連咳數聲，連忙說：「千萬別再燒了！簡直難以下嚥！我勉強用橫隔膜來承受，再燒下去，我就要嘔吐啦！」餘杭生聽了，滿面羞慚地回去了。

幾天後公布榜文，餘杭生竟然上榜，王平子卻落榜。宋生和王平子將此事告訴盲僧，盲僧歎氣說：「老衲我雖眼瞎，但鼻子還算靈光，主考官連鼻子不好使了！」過了一會兒，餘杭生來到，神氣地問：「瞎和尚，你也吃了人家的甜水餃嗎？現在你又有何話說？」盲僧答：「我品評的是文章，不是預言你的命運。你去找找幾位考官的文章，各取一篇燒了，我就能知道錄取你的恩師是誰。」餘杭生和王平子一起去尋找，只找到八、九個考官的文章。餘杭生說：「你若是猜錯了，要怎麼處罰？」盲僧說：「挖掉我的盲眼珠子！」餘杭生開始燒文章，一連燒了好幾篇，盲僧都說不是，等燒到第六篇，盲僧一嗅，猛然對牆壁狂吐起來，屁聲如雷。眾人都哈哈大笑。盲僧拭淚向餘杭生說：「這位肯定是你的恩師了！剛開始不小心吸氣過猛，被濁氣嗆了鼻子，腸胃火辣辣的，連膀胱也受不了，直從肛門出去啦！」餘杭生大怒離去，說：「咱們明天再見，到時候你可別後悔！」等了三天，餘杭生也沒出現，到他住所一瞧，已經搬走了。打聽之下，餘杭生的錄取考官果然是盲僧猜測的那一位。

宋生寬慰王生：「我們讀書人不應怨天尤人，而當自我反省。不怨恨別人，道德修養才能有所精進，學問也會隨之進步。這次的失意，固然是運氣不好；平心而論，文章也未至登峰造極。從現在開始發憤苦讀，天底下還是有沒瞎的人！」王平子肅然起敬，又聽說第二年要再舉辦鄉試，索性不回家了，留下來接受宋生指點。宋生說：「京城生活費雖然高昂，但你不必擔心。你寓所後面埋著銀兩，可以挖出來用。」他把埋銀子的地點告訴王生，王生推辭道：「古人竇儀、范仲淹雖然家中窮困，尚且能清廉自持，不用不義之財，我現在生計還能維持，怎能做這種不道德的事呢！」有一次，王平子喝醉酒，他的僕人和廚師趁他睡著，偷偷去把銀子全挖出來，弄出的聲響把王平子吵醒了，循聲而去，發現地上已經堆滿銀子。僕人和廚師見事跡敗露，只好招認。王平子正在訓斥他們時，發現銀酒杯上刻著某種文字，仔細一看竟都是祖父的名字。原來王平子的祖父曾在南京六部任職，進京時也曾住在報國寺，後來突然染病過世，銀子是祖父埋下的。王平子興高彩烈，把銀子拿去秤重，共有八百多兩。第二天，他將此事告訴宋生，還把銀酒杯拿給他看，說要和宋生平分，宋生堅定拒絕才作罷。王平子又拿出一百兩要去酬謝盲僧，盲僧卻已離開了。

往後的幾個月裡，王平子更加發憤苦讀。臨考前，宋生說：「這一次要是再落榜，就是你眞的沒有做官的命了！」沒想到王平子竟是因違反考場規則，而被取消應考資格。王平子還沒表示，宋生已哭得十分傷心。王平子反過來安慰他，宋生說：「我遭到上天忌妒，終生不得志，現在又連累好友。果眞是命數嗎？」王平子說：「萬事都有命數，像先生您這樣不想求取功名，卻不是命中註定的啊。」宋生拭淚說：「有句話，我早就想說，怕你聽了會害怕。我不是活著的人，而是四處飄泊的遊魂。我年輕頗有才名，然而考場失利，連連落榜，養成放蕩不羈的性子，流浪來到京城，希望能找到知音，把我的遭遇寫進書中流傳後世。不料卻死於闖王

之亂，遊魂長年飄泊不定，幸好遇到你這樣的知音，就想幫助你達成心願，好實現我生前無法達成的願望，以此聊以慰藉。卻不想你和我一樣，文運也屢遭磨難，我怎能不悲痛呢！」王平子感動落淚，問宋生：「你爲什麼滯留在陽間呢？」宋生說：「去年天帝頒布詔令，委任文宣王孔子和閻王一起考核陰間鬼魂，上等的留下在陰曹衙門留用，剩下的就讓他們轉胎轉世。我的名字已經在考生名冊中，之所以還沒前往報到，是想親眼見到你飛黃騰達。現在，我們就此別過吧。」王平子問：「你要報考的是什麼職務？」宋生答道：「梓潼府裡有個司文郎的職缺，現在是讓梓潼帝君的下屬聾僮代理，正因如此，陽間的文風才如此紊亂。我若是僥倖得中，一定要讓儒家學說發揚光大。」

第二天，宋生歡欣鼓舞地前來，說：「總算得償所願了！宣聖命我寫一篇《性道論》，閱覽後很高興，說我可以當司文郎。閻王稽查生死簿，本想用我造過口業這個理由撤換人選，是宣聖王替我極力爭取，我才能順利就任。我跪謝宣聖王後起身，他又喊我過去，囑咐道：『我是因爲惜才，才拔擢你擔任這個職務，你要洗心革面盡心辦事，不要重蹈覆轍。』由此可見，幽冥中重視德行勝過文采。你一定是積福行善得還不夠，所以才沒能中榜，今後一定要努力積善，不可懈怠。」王平子說：「果眞如此，餘杭生的德行又在哪裡呀？」宋生說：「這個尚且不知。不過陰司賞罰分明，絲毫無差錯。日前所見那位盲僧，也是一個鬼，是前朝的文學大家，因爲生前浪費太多字紙，罰他這世作個瞎子。他想用醫藥解救人們病痛，以贖自己罪孽，因此流連市井。」王平子命僕人置辦酒席替宋生餞行，宋生推辭：「無須費事，我打擾你一年多，現在是最後一次，能再吃一次甜水餃，我就滿足了。」

甜水餃做好了，王平子太過悲傷而食不下嚥，只讓宋生自己吃。沒多久，宋生一連吃了三碗，拍著肚皮說：「這頓飯可以飽餐三天了，我是爲了要將你的友情銘記在心才吃的。以前吃的那些甜水餃，都埋在屋子後，長出靈芝啦，你可以收下做爲藥引，能使孩童變得聰慧。」王平子問：「何時可再相見呢？」宋生說：「在下有官職在身，不方便相見，總要避嫌才行。」王平子又問：「我若去文昌廟焚香祝禱，你能聽見嗎？」宋生說：「做這些都沒有幫助。九重天太遠，你只要潔身自好，努力行善，地府中自會有公文通報，我就一定能夠知道。」說完就告別消失了。王平子到屋舍後察看，土裡果然長出紫芝來，他採下並收藏，瞧見旁邊還有一個新土堆隆起，裡面埋的都是甜水餃。

王平子回去後，更加自律苦讀。一天夜裡，他夢見宋生乘著官轎前來，說：「你以前曾因一時氣憤，錯手殺了一個婢女，被削去官秩。如今你一心向善，已經贖清過往罪孽，卻因命薄，無法登上仕途。」這一年，王平子果然鄉試告捷，第二年又考中進士，於是打消出仕念頭。他有兩個兒子，其中一個天資駑鈍，餵他吃紫芝後竟立刻變得聰慧。後來，王平子到南京辦事，途中遇見餘杭生，兩人各自述說分別後的情形，餘杭生的個性變得謙虛，卻已是兩鬢斑白的老人了。

記下奇聞異事的作者如是說：「餘杭生公然自吹自擂，我認爲他的文章未必無可取之處，但他驕縱傲慢的態度，讓人無法忍受。天人都厭棄他已久，所以連鬼神都戲弄他。若他能在品德修養上有所精進，那些不學無術的閱卷官，一定能有與他臭味相投的，怎麼可能只有一個呢？」

醜狐

穆生，長沙[1]人。家清貧，冬無絮衣[2]。一夕枯坐，有女子入，衣服炫麗而顏色黑醜。笑曰：「得毋寒乎？」生驚問之。曰：「我狐仙也。憐君枯寂，聊與共溫冷榻耳。」生懼其狐，而厭其醜，大號。女以元寶置几上，曰：「若相諧好，以此相贈。」生悅而從之。床無裀褥[3]，女代以袍。將曉，起而囑曰：「所贈，可急市軟帛作臥具；餘者絮衣作饌，足矣。倘得永好，勿憂貧也。」遂去。生告妻，妻亦喜，即市帛為之縫紉。女夜至，見臥具一新，喜曰：「君家娘子劬勞[4]哉！」留金以酬之。從此至無虛夕。每去，必有所遺。

年餘，屋廬修潔，內外[5]皆衣文錦繡[6]，居然素封[7]。女賂遺漸少，生由此心厭之，聘術士至，畫符於門。女來，嚙折[8]而棄之。入指生曰：「背德負心，至君已極！然此奈何我！若相厭薄，我自去耳。但情義既絕，受於我者，須要償也！」忿然而去。生懼，告術士。術士作壇，陳設未已，忽顛地下，血流滿頰；視之，割去一耳。眾大懼，奔散；術士亦掩耳竄去。室中擲石如盆，門窗釜甑[9]，無復全者。生伏床下，蓄縮汗聳。俄見女抱一物入，貓首猧[10]尾，置床前，嗾[11]之曰：「嘻嘻！可嚼奸人足。」物即齕[12]履，齒利於刃。生大懼，將屈藏之，四肢不能動。物嚼指，爽脆有聲。生痛極，哀祝。女曰：「所有金珠，盡出勿隱。」生應之。女曰：「呵呵！」物乃止。生不能起，但告以處。女自往搜括，珠鈿衣服之外，止

得二百餘金。女少之，又曰：「嘻嘻！」物復嚼。生哀鳴求恕。女限十日，償金六百。生諾之，女乃抱物去。久之，家人漸聚，從牀下曳生出，足血淋漓，喪其二指。視室中，財物盡空，惟當年破被存焉。遂以覆生，令臥。又懼十日復來，乃貨婢鬻[13]衣，以足其數。至期，女果至；急付之，無言而去。自此遂絕。

生足創，醫藥半年始愈，而家清貧如初矣。狐適近村于氏。于業農，家不中貲[14]；三年間，援例納粟[15]，夏屋[16]連蔓，所衣華服，半生家物。生見之，亦不敢問。偶適野，遇女於途，長跪道左。女無言，但以素巾裹五六金，遙擲生，反身逕去。後于氏早卒，女猶時至其家，家中金帛輒亡去。于子睹其來，拜參之，遙祝曰：「父即去世，兒輩皆若[17]子，縱不撫卹，何忍坐令貧也？」女去，遂不復至。

異史氏曰：「邪物之來，殺之亦壯；而既受其德，即鬼物不可負也。既貴而殺趙孟[18]，則賢豪非之矣。夫人非其心之所好，即萬鍾[19]何動焉。觀其見金色喜，其亦利之所在，喪身辱行而不惜者歟？傷哉貪人，卒取殘敗！」

醜狐
双南從古重
黃金移得人
間好色心春
夢一場餘故
我分明恩
怨莫沉吟

1長沙：古代府名。今湖南省長沙市。
2絮衣：保暖的衣物。
3裀褥：被褥。裀，讀作「因」，墊褥。
4劬勞：辛勞。劬，讀作「渠」，辛苦、辛勞。
5內外：全家老小。
6錦繡：繡有紋飾的華貴衣物。
7素封：指無官爵封邑，卻財產富裕的人。
8嚙折：咬斷。嚙，同今「齧」字，是齧的異體字，咬。
9釜甑：代指廚房中的炊具。釜，古代一種用來烹煮食物的器具，如現今的鐵鍋；甑，讀作「贈」。古代蒸煮食物的瓦器，底部有許多小孔，放在炊具上使用，如現今的蒸籠。
10猧：讀作「窩」，小狗。此指狐女懷中貓頭狗尾的寵物。
11嗾：讀作「叟」。以口作聲，對狗發出指令。
12齕：讀作「和」，以牙齒去咬。
13鬻：讀作「玉」，賣。
14中貲：中等人家的錢財積蓄。
15納粟：明清科舉制度之一，繳納財物給官府，即可不參加歲試直接參加鄉試，稱納粟。
16夏屋：高大寬廣的樓房。
17若：你。
18既貴而殺趙孟：顯貴之後就忘了從前的恩義，把恩人給殺害了。趙孟，即趙盾，春秋時期晉國大夫，字孟。他極有政治手腕，可以授予人爵位俸祿，讓人身居高位；也可以剝奪權力地位，讓人一無所有。
19萬鍾：此指龐大的財富。

◆**何守奇評點**：此狐雖醜，擲金道左，猶無失其為故；視穆之背德負心，相去遠矣。

這狐妖雖然醜陋，仍會看在往日情分上把錢丟在道路旁；比起穆生忘恩負義，薄情寡恩，實在相差甚遠。

白話翻譯

穆生是長沙人，家境清寒貧窮，冬天沒有保暖衣物可穿。一天晚上，他閒來無事坐在家裡，有一名女子走了進來，她身穿華麗服飾，容貌卻黝黑醜陋。她笑問：「穿得這麼少不會冷嗎？」穆生驚訝地問她是何許人。女子說：「我是狐仙。可憐你孤單寂寞，想和你一起暖暖被窩，互訴衷腸。」穆生害怕女子的狐仙身分，又厭惡那張醜陋面容，大聲呼喊起來。醜狐就拿出一個金元寶放在桌上，說：「你若和我相好，這個就送給你。」穆生這才高興地答應了。床上沒有被褥床墊，女子就脫下自己的外衣代替。天快亮時，女子起床囑咐穆生：「我送你的金元寶，趕快拿去買些棉被寢具，其他的給你買棉襖、張羅食物，這點錢也應足夠。倘若你能與我永結同心，便不用再擔心日子過得貧困了。」說完就走了。穆生把這件事告訴妻子，妻子也很高興，立刻買來了棉布替他縫製一件棉襖。晚上醜狐又來，見到寢具煥然一新，欣喜地說：「眞是辛苦你家娘子了。」留下金銀當作酬謝，從此每晚都來。每次離開時，一定會留下一些錢財。

過了一年多，穆生的家屋修建得美輪美奐，家中的人都穿著華美的衣服，竟然是有錢人的樣子了。醜狐所贈的錢財越來越少，穆生也開始討厭她，請來道士在門口畫符，想要趕走牠。醜狐來時看到了，將符咒咬碎踩在地上，進屋指著穆生大罵：「再沒有比你更忘恩負義的薄倖人了！你以爲這樣就能對我怎樣了嗎？若是你討厭我，我離開便是；但你我情義既已斷絕，以前我給予你的恩惠，你都要償還給我！」說完氣憤地離開了。穆生心中恐懼，將這些話告訴道士。道士於是設壇施法，神壇都還沒佈置好，他就摔倒在地，血流滿面，仔細一看，一隻耳朵被割掉了。眾人驚恐得四處逃散，道士也摀著耳朵逃竄離去。穆生的屋裡忽然被投入像水盆那麼大的石塊，門窗炊具沒有一樣是完好的。穆生趴在床底下縮成一團，冷汗直流。不久，他看見醜狐抱著一隻看似貓頭狗尾的寵物進來，醜狐將牠放在床前，命令道：「嘻嘻！去咬那個壞人的腳。」那隻寵物就咬住穆生鞋子，牙齒像刀一樣鋒利。穆生很害怕，想要把腳彎曲起來藏好，四肢卻不聽使喚，動彈不得。那寵物啃起他的腳趾，發出清脆爽口的聲響，穆生疼痛難忍，不斷向醜狐求饒。醜狐說：「把所有金銀財寶都交出來，不許私藏。」穆生只好答應。醜狐對寵物說：「呵呵！」牠就停止咬穆生的腳。穆生痛得站不起來，只能口述藏起錢財的地方。醜狐自己去找，除了衣服首飾外，只找到兩百兩銀子。醜狐嫌少，又對寵物說：「嘻嘻！」寵物又開始咬穆生的腳。穆生不斷哀嚎求饒，醜狐便給他十天寬限，償還總計六百兩銀子。穆生答應後，醜狐才抱著寵物離去。過了許久，家人逐漸聚在穆生床前，把他從床底下拉出來，他的腳血流不止，一看已經被咬掉兩根腳趾。環顧室內，值錢的東西都不見了，只剩當年的一條破棉被，家人只得拿起破被蓋在他身上，讓他躺下休息。穆生又害怕十天後醜狐要來討債，設法賣出家中婢僕和衣物，湊夠錢的數目。時間到了，醜狐果然前來，穆生趕緊交出錢財，醜狐沒有多說一句話就離開了，從此也就不再前來。

穆生的腳傷敷藥醫治半年才痊癒，家中變得和以前一樣貧窮。醜狐嫁給鄰村姓于的人，于某是個農夫，家境也不富裕，卻在三年內，捐錢買了功名，蓋起連棟的華屋大廈，他所穿華貴的衣物，多半是從穆生家搜刮來的。穆生看到，也不敢多問，偶然在郊外遇到醜狐，只長跪在路邊。醜狐沒有說話，拿起一條白巾包裹五、六兩銀子，遠遠地丟給穆生，轉身就走。後來于某早逝，醜狐還是時常到于家去，于家的財物也經常丟失。于某的兒子看到醜狐來，只遙遙膜拜祈禱說：「父親雖已去世，我們這些兒孫也是你的孩子，縱然不撫養我們，又如何忍心看著我們貧窮度日呢？」醜狐就此離去，再也不來。

記下奇聞異事的作者如是說：「妖物邪崇上門，殺了牠固然是壯舉；然而既然受了牠的恩惠，就不該恩將仇報。身分顯貴之後就殺了昔日恩人，實非英雄豪傑所爲。如果不是心裡喜歡的人，就算再多錢財都無法打動。見錢眼開的人，只要是爲了自身利益，就算出賣身體、道德淪喪也在所不惜吧？貪心的人果然往往自取滅亡啊！」

參考書目

王邦雄，《莊子內七篇‧外秋水‧雜天下的現代解讀》（台北：遠流出版社，2013 年 5 月）
王邦雄等著，《中國哲學史》（台北：里仁書局，2006 年 9 月）
牟宗三，《中國哲學十九講》（台北：台灣學生書局，1999 年 9 月）
馬積高、黃鈞主編，《中國古代文學史 1-4 冊》（台北：萬卷樓圖書股份有限公司，2003 年）
張友鶴，《聊齋誌異會校會注會評本》（台北：里仁書局，1991 年 9 月）
郭慶藩，《莊子集釋》（台北：天工出版社，1989 年）
樓宇烈，《王弼集校釋‧老子指略》（台北：華正書局，1992 年 12 月）
盧源淡注譯，蒲松齡原著，《聊齋志異》（新北市：台科大圖書股份有限公司，2015 年 3 月）
何明鳳，〈《聊齋誌異》中的「異史氏曰」與評論〉，《文史雜誌》2011 年第 4 期
馮藝超，〈《子不語》正、續二書中殭屍故事初探〉，《東華漢學》第 6 期，2007 年 12 月，頁 189-222
楊清惠，〈論《聊齋志異》王士禛評點的小說敘事觀〉，《彰化師大國文學誌》第 29 期，2014 年 12 月
楊廣敏、張學豔，〈近三十年《聊齋志異》評點研究綜述〉，《蒲松齡研究》2009 年第 4 期
邱黃海，《從「任勢為治」說的形成論韓非思想的蛻變》，國立中央大學哲學研究所博士論文，2007 年 7 月

電子工具書

中央研究院漢籍電子文獻 https://hanji.sinica.edu.tw/
百度百科 http://baike.baidu.com/
佛光大辭典 https://www.fgs.org.tw/fgs_book/fgs_drser.aspx
教育部重編國語辭典修訂本 http://dict.revised.moe.edu.tw/cbdic/
教育部異體字字典 http://dict.variants.moe.edu.tw/
漢語大辭典 http://www.guoxuedashi.net/
維基百科 https://zh.wikipedia.org/zh-tw/

好讀出版　圖說經典32

聊齋志異九：莫逆之契

填寫線上讀者回函
請掃描 QRCODE

原　　著／(清)蒲松齡
編　　撰／曾珮琦
繪　　圖／尤淑瑜
總 編 輯／鄧茵茵
文字編輯／林泳誼、簡綺淇
美術編輯／許志忠
行銷企劃／劉恩綺
圖片整輯／鄧語葶

發 行 所／好讀出版有限公司
台中市407西屯區工業30路1號
台中市407西屯區大有街13號（編輯部）
TEL:04-23157795　FAX:04-23144188
http://howdo.morningstar.com.tw
(如對本書編輯或內容有意見，請來電或上網告訴我們)
法律顧問／陳思成律師

讀者服務專線：(02)23672044 / (04)23595819#230
讀者傳眞專線：(02)23635741 / (04)23595493
讀者專用信箱：service@morningstar.com.tw
晨星網路書店：http://www.morningstar.com.tw
郵政劃撥：15062393（知己圖書股份有限公司）
如需詳細出版書目、訂書，歡迎洽詢

初版／西元2022年7月1日
定價／299元
ISBN 978-986-178-601-8
如有破損或裝訂錯誤，請寄回台中市407工業區30路1號更換（好讀倉儲部收）

國家圖書館出版品預行編目資料

聊齋志異.九 / (清)蒲松齡原著；曾珮琦編撰 —— 初版 —— 臺中市：好讀出版有限公司，2022.07
面：　公分. ——（圖說經典；32）
ISBN　978-986-178-601-8（平裝）
857.27　　111007229